# JARDIN

## DE

# LA MALMAISON.

## TOME SECOND.

# JARDIN

### DE

# LA MALMAISON,

## PAR E. P. VENTENAT,

Botaniste de Sa Majesté l'Impératrice et Reine; Membre de la Légion
d'Honneur, de l'Institut de France, de l'Académie Impériale des Sciences
de Turin, et de la Société Économique de Florence, etc., Administrateur
perpétuel de la Bibliothèque du Panthéon.

## TOME SECOND.

## PARIS,

### DE L'IMPRIMERIE DE L. É. HERHAN,

BREVETÉ DU GOUVERNEMENT.

*Se trouve*

Chez L'AUTEUR, à la Bibliothèque nationale du Panthéon.

AN XII = 1804.

*Mimosa Decurrens*

Peint par P. J. Redouté.                                                         Gravé par ...

# MIMOSA *DECURRENS.*

*Fam.* des Légumineuses, *Juss.* — Polygamie Monoécie, *Linn.*
*Syst. Vegetab.* §. v. *Foliis duplicato-pinnatis. (Inermes).*

MIMOSA membranulis extantibus alata; petiolis inter pinnarum paria glandulosis; floribus capitato-racemosis.

Arbre de huit à dix mètres de hauteur, dont la cime étalée est garnie d'un feuillage aussi délié que celui d'une fougère; originaire de la Nouvelle Hollande, et croissant aux environs du port Jackson. Il passe l'hiver dans l'orangerie, et fleurit sur la fin de cette saison.

Tige droite, cylindrique, rameuse, relevée dans toute son étendue de nervures saillantes et membraneuses qui se croisent ou qui changent de direction à chaque point d'insertion des branches; recouverte d'un épiderme presque lisse et d'un gris cendré; haute de deux mètres, de la grosseur du pouce. Branches alternes, rapprochées, ouvertes, de la forme et de la couleur de la tige. Rameaux axillaires, presque droits, anguleux, glabres, d'un vert cendré.

Feuilles alternes, très-ouvertes, deux fois ailées sans impaire, pétiolées, glabres, d'un vert gai, longues de quinze centimètres, larges de douze. Folioles primaires (pinnules) huit à dix sur chaque rangée, presque opposées, horizontales pendant le jour, se redressant aux approches de la nuit : les deux inférieures plus courtes. Folioles secondaires au nombre de vingt-huit à trente-six sur chaque rangée, alternes, très-rapprochées, sessiles, linéaires, surmontées d'une glande peu apparente, se redressant pendant la nuit, ou lorsque le ciel est couvert de nuages; longues d'un centimètre, larges d'un millimètre.

Pétiole commun renflé à sa base, articulé au sommet d'une protubérance triangulaire dont les angles se prolongent sur les branches et les rameaux; anguleux, parsemé d'un duvet peu apparent; nu dans son extrémité inférieure, feuillé dans la supérieure, et muni entre chaque paire de folioles primaires d'une glande globuleuse, concave et ombiliquée. Pétioles partiels garnis de folioles secondaires dans toute leur étendue; de la forme du pétiole commun, dépourvus de glandes.

Grappes axillaires, solitaires, droites, simples, ovales, très-courtes. Axes des grappes de la forme des pétioles; nus dans leur moitié inférieure, garnis de fleurs et munis de bractées dans la supérieure.

Fleurs très-petites, d'un jaune citron, répandant une foible odeur de violette, sessiles, munies de bractées; rapprochées au nombre de vingt en une tête globuleuse, de la grosseur d'un pois, et pédonculée : les unes simplement mâles et les autres hermaphrodites.

Pédoncules naissant dans l'aisselle d'une bractée; alternes, ouverts, cylindriques, glabres, d'un blanc jaunâtre, long d'un centimètre.

Bractées à la base des pédoncules et des fleurs; solitaires, droites, ovales, aiguës, roussâtres, membraneuses, très-petites, tombant promptement.

CALICE d'une seule pièce, en cloche, glabre, d'un jaune très-pâle ; divisé à son limbe en cinq dents droites, ovales et obtuses.

COROLLE formée de cinq pétales droits, ovales, aigus, attachés à la base du calice, alternes avec les découpures de son limbe, de la même couleur et deux fois plus longs.

ÉTAMINES nombreuses, insérées sur le calice au-dessous de la corolle. FILETS capillaires, réunis en anneau à leur base *(monadelphes)*, distincts dans le reste de leur étendue et étalés en forme de houppe ; d'un jaune citron, deux fois plus longs que les pétales. ANTHÈRES droites, arrondies, creusées de quatre sillons, s'ouvrant latéralement, de la couleur des filets.

OVAIRE ovale, obtus, légèrement comprimé, glabre, de la couleur de la corolle. STYLE latéral, capillaire, un peu courbé vers le sommet, plus long que les étamines, de la couleur de l'ovaire. STIGMATE obtus.

FRUIT. . . . . . .

*Obs.* 1.° On cultive à la Malmaison un assez grand nombre d'Acacies dont quelques-unes n'ont pas encore fleuri et me paroissent nouvelles, et dont les autres sont encore peu répandues dans les jardins, telles que les *MIMOSA verticillata L'HÉRIT.*, *MIMOSA suaveolens SMITH*, *MIMOSA linifolia VENT.*, *MIMOSA floribunda VENT.*, *MIMOSA longifolia ANDR.*, *MIMOSA stricta ANDR.*, *MIMOSA myrtifolia SMITH*, *MIMOSA sensitiva LINN.*, *MIMOSA botrycephala* (1) *VENT.*, *MIMOSA lophanta VENT.*, *MIMOSA pubescens VENT.*, *MIMOSA portoricensis JACQ.*, *MIMOSA Julibrissin SCOPOLI*, *MIMOSA Catechu LINN.*, *MIMOSA Tamarindifolia LINN.*, etc. Le plus grand nombre de ces espèces est aussi cultivé chez M. Cels qui possède un bel individu de celle que je publie. Le tronc de cet individu qui provient de graines semées il y a environ huit ans, est presque de la grosseur du bras, et a déjà plus de cinq mètres de hauteur.

2.° J'ai cherché avec le plus grand soin les stipules du *MIMOSA decurrens*, et je n'en ai trouvé aucune trace, même à la base des feuilles qui n'étoient pas encore développées. Les angles latéraux de la protubérance sur laquelle est articulé le pétiole, tiendroient-ils lieu de stipules ?

*Expl. des fig.* 1, Fleur. 2, Calice ouvert, pour montrer l'attache des pétales et des étamines. 3, Pistil. (Figures six fois grossies).

(1) Cette espèce ne seroit-elle pas la même que celle qui a été publiée postérieurement dans le *Botaniste Repository*, pl. 255, sous le nom de *MIMOSA discolor*; quoique néanmoins les pistils des fleurs hermaphrodites du *MIMOSA discolor* soient représentés parfaitement conformes à ceux des fleurs composées ou syngénésiques ?

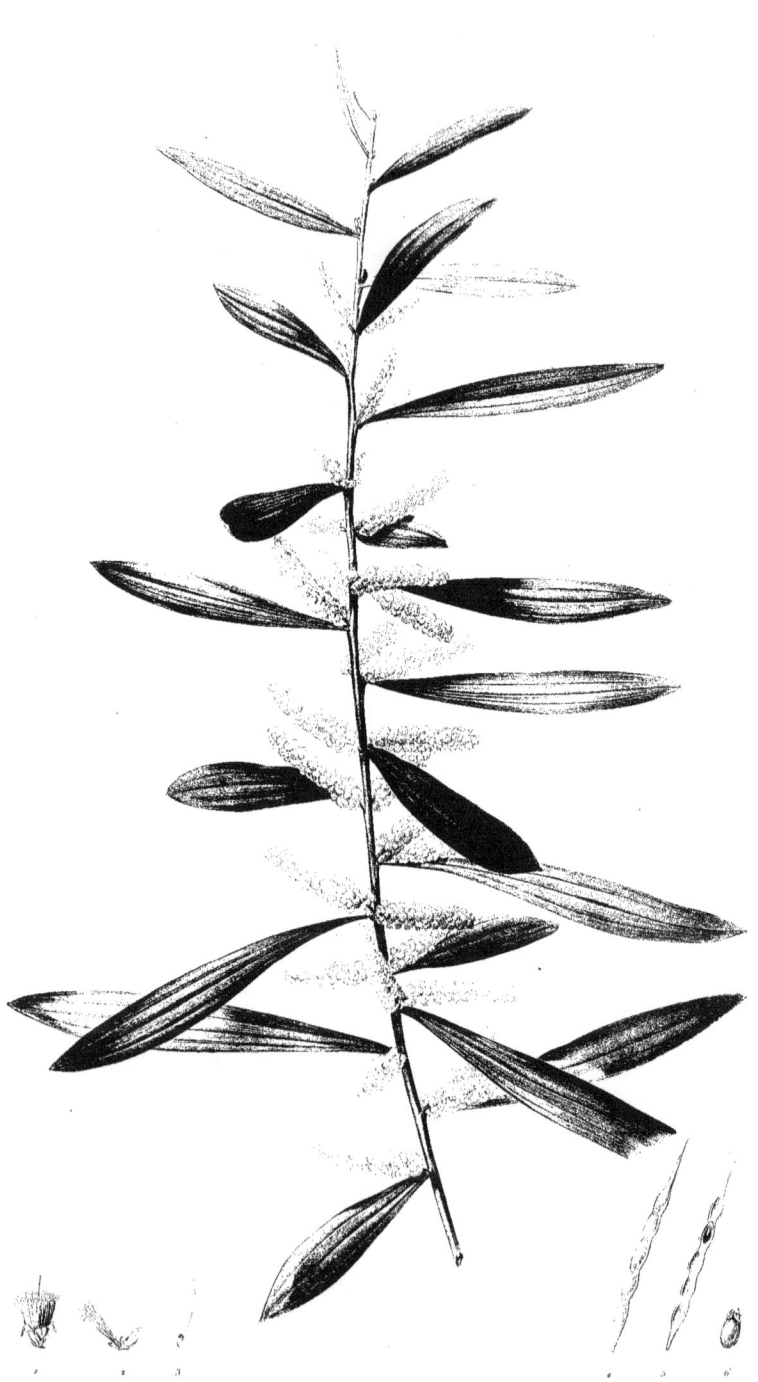

*Mimosa Longifolia*

Peint par P. J. Redouté.

Gravé par M.

# MIMOSA *LONGIFOLIA.*

Fam. des Légumineuses, *Juss.* — Polygamie Monoécie, *Linn.*
*Syst. Vegetab.* §. 1. *Foliis simplicibus.*

MIMOSA foliis lanceolatis, basi attenuatis, nervosis; spicis axillaribus, geminis, sessilibus, folio brevioribus.

Mimosa *longifolia.* Foliis integris, longissimis, utrinque glabris, obtusis; capituli geminati, racemosi, longissimi, oppositi, lutei, subcernui. *Andrews, Botan. Reposit.* 207.

Arbrisseau originaire des Isles de la Mer du Sud, d'un superbe aspect; très-élevé, garni de fleurs dans presque toute l'étendue de sa tige et de ses rameaux. Il passe l'hiver dans l'orangerie, et fleurit au commencement du printemps.

Tige droite, cylindrique, rameuse, feuillée, glabre, recouverte d'un épiderme lisse et d'un brun cendré; haute de deux mètres, de la grosseur de l'index. Rameaux axillaires, alternes, articulés, droits, relevés d'angles peu saillants formés par le prolongement de la base des pétioles; de la couleur de la tige.

Feuilles alternes, rapprochées, horizontales, pétiolées, obliques ou présentant leurs bords dans la direction de la tige; en lance, rétrécies dans leur partie inférieure, obtuses et glanduleuses à leur sommet, très-entières, relevées de nervures fines dont trois sont plus saillantes; glabres, planes, coriaces, subsistantes, paroissant veineuses et ponctuées, lorsqu'on les observe avec la loupe; d'un vert peu foncé, longues de quinze centimètres, larges de seize millimètres.

Pétioles articulés au sommet d'une protubérance qui se prolonge sur la tige et les rameaux; cylindriques, creusés de stries transversales; glabres, de couleur brune, extrêmement courts.

Épis rarement solitaires, plus souvent au nombre de deux et presque opposés; naissant dans les aisselles des feuilles et beaucoup plus courts; horizontaux, sessiles, cylindriques, obtus, semblables à des chatons. Axes des épis renflés à leur base, articulés, garnis de fleurs dans toute leur étendue, munis de bractées.

Fleurs sessiles, serrées, d'un jaune citron, sans odeur : quelques-unes simplement mâles, le plus grand nombre hermaphrodites.

Bractées solitaires à la base de chaque épi et de chaque fleur; ovales, obtuses, concaves, ciliées, membraneuses, roussâtres, très-courtes, tombant promptement: celles des épis deux fois plus longues que celles des fleurs.

Calice d'une seule pièce, en cloche, membraneux, d'un jaune très-pâle, divisé à son limbe en cinq dents; trois fois plus court que la corolle.

Pétales cinq, attachés à la base du calice et alternes avec les découpures de son limbe; ovales, aigus, d'abord droits, ensuite recourbés.

Étamines nombreuses, insérées sur le calice au-dessous de la corolle. Filets réunis en anneau à leur base, libres dans le reste de leur étendue, étalés en forme de houppe; capillaires, de la couleur des pétales et deux fois plus longs. Anthères droites, arrondies, à deux lobes, très-petites, de la couleur des filets.

Ovaire libre, ovale, pubescent, blanchâtre. *Style* latéral, capillaire, droit, plus long que les étamines. *Stigmate* simple, obtus.

Légume coriace, cylindrique, pointu, articulé, de couleur cendrée, s'ouvrant en deux valves, contenant plusieurs semences.

Semences en nombre égal à celui des articulations; ovales, luisantes, d'un brun foncé, creusées sur chaque face, lorsqu'on les observe avec la loupe, d'une strie presque elliptique; munies à leur sommet d'une caroncule membraneuse, saillante et irrégulièrement plissée.

*Obs.* 1.° On cultive à la Malmaison une variété de la plante que je viens de décrire, dont les feuilles sont plus étroites, et dont les épis sont plus grêles. Je dois avertir que c'est le fruit de cette variété que j'ai fait figurer. Ce fruit m'a été communiqué par M. Kennedy.

2.° Le *Mimosa longifolia* semble se rapprocher par son feuillage de quelques espèces de la première division du genre; mais il se distingue aisément par plusieurs caractères, et surtout par ses épis sessiles, presque toujours géminés, plus courts que les feuilles, et semblables à des chatons.

*Expl. des fig.* 1, Fleur grossie. 2, La même dont le calice est ouvert pour montrer l'attache de la corolle et des étamines. 3, Pistil grossi. 4, Fruit. 5, Une valve vue en dedans avec une semence. 6, Une semence séparée et grossie.

*Mimosa Verticillata*

# MIMOSA *VERTICILLATA.*

Fam. des Légumineuses, *Juss.* — Polygamie Monoécie, *Linn.*
*Syst. Vegetab.* §. 1. *Foliis simplicibus.*

MIMOSA foliis verticillatis, linearibus, mucronatis; spicis axillaribus, geminis, teretibus, obtusis.

Mimosa *verticillata.* Inermis; foliis verticillatis, linearibus, pungentibus. *L'Héritier, Mss. Aiton,
Hort. Kewens. Curtis, Magaz.* 110.

Arbrisseau touffu, dont le port ressemble à celui de quelques espèces du genre *Asparagus*, originaire de la Nouvelle Hollande, croissant aux environs du port Jackson. Il passe l'hiver dans l'orangerie, et fleurit au commencement
du printemps.

———————

Tige droite, cylindrique, rameuse dans toute son étendue; recouverte d'une écorce
presque lisse et d'un brun cendré; haute d'un mètre et demi, de la grosseur de
l'index. Branches verticillées dans la partie inférieure de la tige, alternes et
rapprochées dans la supérieure; feuillées, glabres, striées, horizontales, recourbées vers leur sommet. Rameaux alternes, très-ouverts et réfléchis, presque
glabres, légèrement anguleux, d'un vert cendré.

Feuilles disposées en anneau ou verticillées au nombre de six, opposées alternativement de trois en trois sur les côtés et sur les faces de leur support, obliques ou
présentant leurs bords dans la direction des branches et des rameaux, munies de
stipules; horizontales, sessiles, articulées, linéaires, très-entières, surmontées d'une
longue pointe de couleur brune, relevées sur chaque face d'une nervure longitudinale, parsemées de points peu apparents; glabres, subsistantes, d'un vert foncé,
de la longueur des entre-nœuds.

Stipules droites, en alène, membraneuses, roussâtres, très-courtes, tombant
promptement.

Épis dans l'aisselle des verticilles des jeunes rameaux; rarement solitaires, plus souvent
deux à deux et opposés; droits, cylindriques, obtus, pédonculés, plus longs que les
feuilles.

Pédoncules articulés, peu ouverts, cylindriques, légèrement pubescents, blanchâtres, de la moitié de la longueur des épis.

Fleurs très-petites, horizontales, serrées, sessiles, munies de bractées; d'un jaune
de soufre, sans odeur: les inférieures simplement mâles, les supérieures hermaphrodites.

Bractées solitaires à la base des fleurs et beaucoup plus courtes; ovales, pointues,
membraneuses, roussâtres, tombant promptement.

Calice à cinq divisions profondes, droites, linéaires, obtuses, membraneuses, de la
couleur et de la longueur des bractées.

Corolle formée de cinq pétales très-ouverts, ovales, aigus, attachés à la base du
calice, alternes avec ses divisions et deux fois plus longs.

Étamines nombreuses, insérées sur le calice au-dessous de la corolle. *Filets* capillaires, réunis en anneau à leur base *(monadelphes)*, distincts dans le reste de leur étendue; de la couleur des pétales et deux fois plus longs. *Anthères* arrondies, de la couleur des filets.

Ovaire ovale, obtus, glabre, blanchâtre. *Style* latéral, capillaire, plus long que les étamines. *Stigmate* simple.

Légume linéaire, aigu à chaque extrémité, gibbeux par la saillie des semences, un peu renflé sur ses bords; presque articulé, de couleur brune, à une loge, s'ouvrant en deux valves, contenant plusieurs semences.

Semences, ovales, obtuses, légèrement comprimées, lisses, d'un brun foncé, creusées sur chaque face d'une strie presque circulaire et peu apparente, munies d'une caroncule à leur sommet, adhérentes par un cordon ombilical très-court à la suture inférieure du légume.

*Obs.* 1.° Le célèbre et infortuné L'Héritier avoit fait dessiner et graver en 1789, la plante que je viens de décrire. Il se proposoit de la publier dans son *Sertum Anglicum*, lorsque les troubles de la révolution le forcèrent de suspendre les livraisons de ses différents ouvrages.

2.° J'ai observé chez M. Cels un pied de *Mimosa verticillata* dont les feuilles, au nombre de huit, étoient parfaitement verticillées, et dont les verticilles étoient tous à une égale distance.

3.° Le fruit du *Mimosa verticillata* m'a été communiqué par M. Kennedy.

4.° J'ai cru qu'il étoit inutile d'exprimer dans la phrase spécifique du *Mimosa verticillata* que cette plante n'étoit point épineuse, puisqu'elle appartient à une division dont on ne connoît encore aucune espèce qui soit armée d'épines ou d'aiguillons.

5.° On cultive depuis plusieurs années en France une espèce de *Mimosa* qui a les plus grands rapports avec le *Mimosa verticillata*, et qui est désignée dans les catalogues des jardiniers sous les noms de *verticillata*, *ulicina*, *juniperina*, *ampullascapa*, etc. Cette espèce que je n'ai trouvée dans les ouvrages d'aucun Botaniste, est décrite après celle-ci.

6.° J'aurois désiré pouvoir décrire les premières feuilles que poussent les jeunes tiges du *Mimosa verticillata*; mais les individus que j'ai eu occasion d'observer, soit à la Malmaison, soit chez M. Cels, étoient déjà très-vigoureux, et absolument nus dans leur partie inférieure. Ces feuilles, d'après la figure qui en a été donnée par M. Curtis, sont conjuguées, et à divisions ailées sans impaire. Les folioles disposées sur trois ou quatre rangées, sont opposées, sessiles, ovales et aiguës.

*Expl. des fig.* 1, Portion de rameau grossie pour montrer l'attache, la direction et la forme des feuilles. 2, Une fleur grossie. 3, Calice ouvert pour montrer l'insertion de la corolle et des étamines. 4, Pistil grossi. 5, Fruit. 6, Une semence.

*Mimosa Juniperina*

Peint par P.J. Redouté.

# MIMOSA *JUNIPERINA*.

FAM. des LÉGUMINEUSES, *JUSS.* — POLYGAMIE MONOÉCIE, *LINN.*
*Syst. Vegetab.* §. 1. *Foliis simplicibus.*

MIMOSA foliis verticillatis, linearibus, mucronatis; ramis pubescentibus; floribus globoso-capitatis.

Arbrisseau dont le port ressemble beaucoup à celui du *MIMOSA verticillata;* originaire de la Nouvelle Hollande, croissant aux environs du port Jackson. Il passe l'hiver dans l'orangerie, et fleurit au commencement du printemps.

---

TIGE droite, cylindrique, rameuse, recouverte d'un épiderme cendré et presque lisse; garnie de feuilles composées, lorsqu'elle commence à pousser; haute de deux mètres, de la grosseur du pouce. *BRANCHES* alternes, rapprochées, très-ouvertes, de la forme de la tige, pubescentes et d'un brun foncé dans leur partie supérieure. *RAMEAUX* nombreux, ayant la situation, la forme et la couleur des branches; feuillés dans toute leur étendue, rarement droits, plus souvent horizontaux ou réfléchis.

FEUILLES de la base des JEUNES TIGES alternes, réfléchies, pétiolées, conjuguées, à divisions ailées sans impaire. *FOLIOLES* sur deux rangées; opposées, horizontales, presque sessiles, ovales, obtuses, surmontées d'une petite pointe, coupées en deux parties inégales par la côte moyenne, tronquées obliquement sur le côté intérieur de leur base; glabres, d'un vert foncé : celles du rang supérieur longues de douze millimètres, larges de six; celles du rang inférieur plus petites.

PÉTIOLE COMMUN articulé, convexe en dehors, sillonné en dedans, surmonté d'une pointe. *PÉTIOLES PARTIELS* ou *DE CHAQUE DIVISION* conformes au pétiole commun.

FEUILLES de la partie supérieure des JEUNES TIGES et des TIGES ADULTES éparses, très-rapprochées et paroissant verticillées; horizontales, obliques ou présentant leurs bords dans la direction des branches et des rameaux; sessiles, articulées, linéaires, très-entières, surmontées d'une pointe longue, piquante et de couleur brune; relevées sur chaque surface d'une nervure longitudinale, parsemées de points peu apparents; glabres, subsistantes, d'un vert foncé, plus longues que les entre-nœuds.

STIPULES à la base de chaque feuille, horizontales, en alène, glabres, roussâtres, du quart de la longueur des feuilles.

FLEURS d'un jaune pâle, hermaphrodites, sessiles, munies de bractées; rapprochées en une tête globuleuse, pédonculée, de la grosseur du fruit du *RIBES nigrum* *(Cassis).*

PÉDONCULES axillaires, ouverts, cylindriques, glabres, blanchâtres, plus longs que les feuilles.

BRACTÉES au sommet du pédoncule, en nombre égal à celui des fleurs; membraneuses, roussâtres, rétrécies en forme de pétiole dans leur partie inférieure; dilatées, ovales et ciliées dans leur partie moyenne; pointues ou en alène dans leur partie supérieure.

CALICE à cinq divisions profondes, droites, linéaires, obtuses, munies de cils peu apparents; d'un blanc pur, plus courtes que les bractées.

PÉTALES cinq, attachés à la base du calice, alternes avec ses divisions, et deux fois plus longs; ovales, aigus, d'abord droits, ensuite recourbés dans leur moitié supérieure.

ÉTAMINES nombreuses, insérées sur le calice au-dessous de la corolle. FILETS capillaires, réunis en anneau à leur base (*monadelphes*), libres dans le reste de leur étendue; de la couleur des pétales et deux fois plus longs. ANTHÈRES arrondies, d'un jaune soufré, s'ouvrant latéralement.

OVAIRE obtus, glabre, blanchâtre. STYLE latéral, capillaire, courbé vers son sommet; plus long que les étamines. STIGMATE simple.

LÉGUME en lance, rétréci à sa base, pointu à son sommet; articulé, gibbeux par la saillie des semences, renflé sur ses bords; d'un brun cendré, à une loge, s'ouvrant en deux valves.

SEMENCES ovales, obtuses, lisses, d'un brun foncé, adhérentes par un cordon ombilical très-court à la suture supérieure du légume.

*Obs.* 1.° Il est probable que les fruits du *Mimosa juniperina* sont ordinairement formés d'un plus grand nombre d'articulations que celui qui a été figuré, et qui est le seul que j'aie observé.

2.° La plante que je viens de décrire est cultivée depuis plusieurs années à la Malmaison et chez M. Cels. Elle a été souvent confondue avec le *Mimosa verticillata* dont elle se rapproche par son port, mais dont elle diffère essentiellement par ses rameaux hérissés de poils courts et blanchâtres, par ses fleurs rapprochées en une tête globuleuse, par la forme singulière de ses bractées, etc.

3.° Je possède quelques exemplaires d'une plante originaire de la Nouvelle Hollande, qui a beaucoup de rapports avec le *Mimosa juniperina*, mais qui s'en distingue par des feuilles beaucoup plus larges, en forme de lance, et parsemées sur leur côte moyenne ainsi que sur leurs bords, de poils courts et blanchâtres. Si cette plante dont la disposition des fleurs m'est inconnue, ne constitue pas une espèce nouvelle; elle doit être considérée comme une variété remarquable du *Mimosa juniperina*, et elle peut être caractérisée par la phrase suivante:

*Mimosa juniperina* ( latifolia ). Foliis verticillatis, lanceolatis, mucronatis, margine costâque hispidulis.

*Expl. des fig.* 1, Feuille de la base d'une jeune tige. 2, Fleur grossie avec une bractée à sa base. 3, Pistil. 4, Fruit. 5, Une semence.

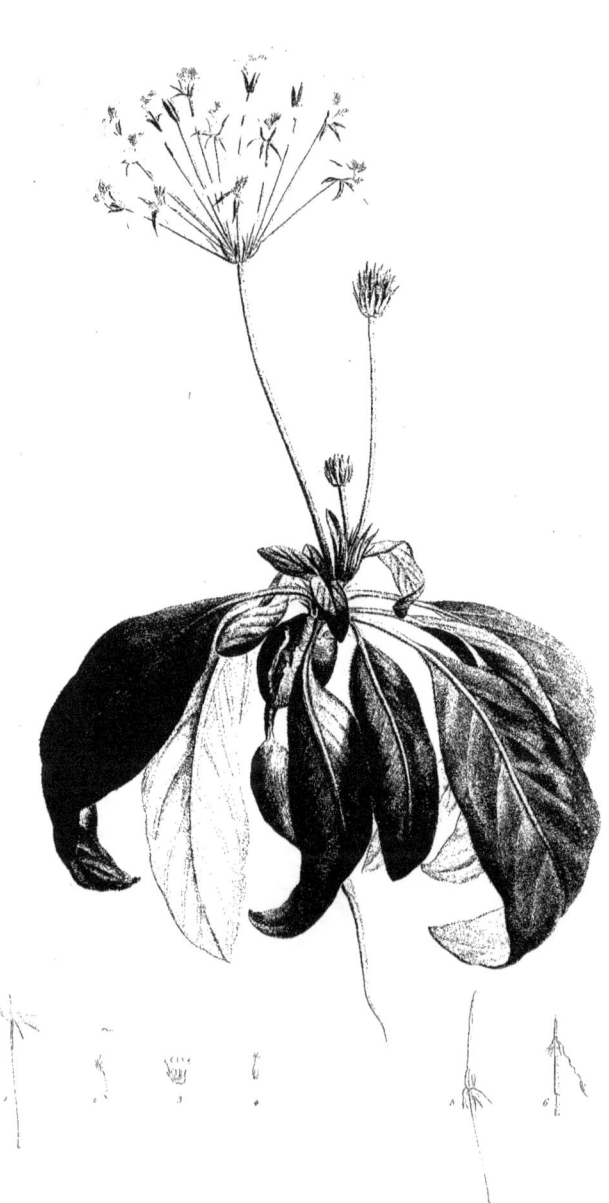

*Pelargonium Radicatum*

Peint par P. J. Redouté.                                                                    Gravé par Aut.

# PELARGONIUM *RADICATUM*.

FAM. des GERAINES, *JUSS.* — MONADELPHIE HEPTANDRIE, *LINN.*
*Spec. Plant. (Edit. WILLDEN.)* §. 1. *Acaulia, radice rapaceá.*

PELARGONIUM umbellis simplicibus; foliis ovali-oblongis, integerrimis, glabris, margine ciliatis; floribus pentandris; petalis retusis.

GERANIUM *ciliatum.* Foliis integerrimis, concavis, lanceolatis, marginibus ciliatis; floribus pentandris; radice tuberosá. *ANDREW'S, Botan. Reposit.* 147.

Plante herbacée, vivace, originaire du Cap de Bonne-Espérance; remarquable par la grandeur de ses feuilles dont les bords sont élégamment ciliés. Elle passe l'hiver dans l'orangerie, et fleurit au milieu du printemps.

RACINE formée de deux tubercules réunis par un filet cylindrique et charnu : le supérieur élevé hors de terre, écailleux, de la forme et de la grosseur d'un œuf de pigeon; l'inférieur plongé dans la terre, ovale-oblong, terminé à sa base par un pivot.

FEUILLES radicales, peu nombreuses, disposées circulairement, étalées ou couchées, recourbées vers leur sommet, pétiolées et se prolongeant sur le pétiole, munies de stipules; ovales-oblongues, aiguës, très-entières, bordées de cils courts et roides; relevées sur leur surface inférieure d'une côte saillante et rameuse, creusées sur la supérieure d'un pareil nombre de sillons; veineuses, glabres, convexes, d'un vert foncé en dessus et plus pâle en dessous, longues de treize centimètres, larges de cinq.

PÉTIOLES dilatés à leur base, horizontaux, convexes d'un côté, profondément sillonnés de l'autre; ciliés, de la couleur des feuilles, longs de quatre centimètres.

STIPULES adhérentes à la base du pétiole; droites, en lance, pointues, ciliées, longues d'un centimètre.

HAMPES trois ou quatre, presque droites, un peu tortueuses, cylindriques, parsemées de poils courts et glanduleux; longues d'un décimètre, de la grosseur d'une plume de corbeau, terminées par une ombelle de fleurs.

OMBELLES simples, convexes, lâches, munies d'une collerette, formées de seize rayons.

COLLERETTE composée de folioles en nombre égal à celui des rayons, réunies à leur base, droites, en lance, pointues, pubescentes, ciliées, de la longueur des stipules.

RAYONS de l'*OMBELLE* ou *PÉDICULES* à une fleur, cylindriques, fistuleux, pubescents, longs de cinq centimètres.

FLEURS droites, irrégulières, jaunâtres, rayées de pourpre à leur base intérieure; de la grandeur de celles du *PELARGONIUM tabulare.*

CALICE à cinq divisions profondes, en lance, pointues, pubescentes, membraneuses sur leurs bords, subsistantes, inégales : la supérieure droite, terminée intérieurement en un tube qui se prolonge dans le pédicule; les autres très-ouvertes, un peu plus étroites.

PÉTALES cinq, insérés sous l'ovaire, alternes avec les divisions du calice, onguiculés, inégaux : savoir deux supérieurs plus longs et plus larges, réfléchis en arrière; deux latéraux plus étroits et plus courts, ayant une direction horizontale; et un inférieur abaissé, semblable aux latéraux. *ONGLETS* droits, rapprochés en tube, blanchâtres. *LAMES* très-ouvertes, en forme de spatule, émoussées ou échancrées à leur sommet : celles des deux pétales supérieurs rayées de pourpre à leur base.

ÉTAMINES dix, ayant la même attache que la corolle, penchées sur le pétale inférieur; de la longueur du calice. *FILETS* réunis dans leur moitié inférieure en un tube qui engaine l'ovaire *(monadelphes)*, libres dans leur partie supérieure : cinq fertiles et plus longs, cinq alternes plus courts et stériles ou sans anthères. *ANTHÈRES* mobiles, ovales, blanchâtres, s'ouvrant intérieurement par deux sillons. *POUSSIÈRE FÉCONDANTE* d'un jaune soufré.

Ovaire pentagone, pubescent, verdâtre. Style cylindrique, très-court, s'alongeant à mesure que le fruit se forme. Stigmates cinq, d'abord droits et très-rapprochés, ensuite distincts et recourbés.

Fruit formé de cinq coques recouvertes par le calice; ovales, aiguës à leur base, surmontées d'une arête, monospermes, s'ouvrant intérieurement, adhérentes par leur face interne à la base d'un placenta charnu et anguleux dont elles se détachent, ainsi que leurs arêtes, au moment de la maturité. Arêtes d'abord attachées le long de la partie supérieure du placenta, ensuite libres dans presque toute leur étendue, roulées en spirale, barbues intérieurement.

Semences ovales, attachées à la base des coques par un cordon ombilical qui s'insère vers le milieu de leur face extérieure.

Obs. 1.º Le genre GERANIUM est un des plus nombreux du règne végétal, et un de ceux dont les espèces sont le plus recherchées pour l'ornement des jardins. Tournefort en connoissoit environ soixante; Murrai en a mentionné quatre-vingt-deux dans l'édition qu'il a donnée du *Systema Vegetabilium* de Linnæus; M. Cavanilles en a décrit cent vingt-huit dans ses dissertations sur les plantes monadelphiques; et M. Lamarck en a publié cent trente-une dans son Dictionnaire. Les découvertes des Naturalistes voyageurs, et surtout celles de M. Thunberg, ayant fait connoître un grand nombre de nouvelles espèces, les Botanistes ont senti la nécessité de subdiviser le genre GERANIUM. Ce travail devenu aujourd'hui absolument nécessaire, avoit été entrepris en 1738, par Jean Burman, qui, dans l'ouvrage intitulé *Plantæ Africanæ*, avoit divisé le genre GERANIUM en deux; savoir, GERANIUM et PELARGONIUM (1). Ce savant Botaniste rapportoit au genre GERANIUM toutes les espèces dont la corolle est régulière, et au genre PELARGONIUM toutes celles dont la corolle est irrégulière. L'Héritier ayant observé des différences importantes dans les espèces à corolle régulière, crut devoir subdiviser le GERANIUM de Burman. Il établit le genre ERODIUM auquel il rapporta les espèces dont les étamines au nombre de cinq étoient munies à leur base d'écailles alternes avec les filets, dont les arêtes des coques étoient roulées en spirale et barbues intérieurement; et il restreignit au genre GERANIUM les espèces dont les fleurs étoient pourvues de dix étamines sans écailles, et dont les arêtes des coques étoient droites et glabres. La division introduite par L'Héritier a été presque généralement adoptée. M. Willdenow a décrit, dans la nouvelle édition qu'il donne du *Species Plantarum* de Linnæus, trente-quatre espèces d'ERODIUM, trente-neuf espèces de GERANIUM, et cent vingt espèces de PELARGONIUM. Le nombre des espèces de ce dernier genre qui paroît devoir comprendre beaucoup d'hybrides, s'accroît encore de jour en jour dans les ouvrages des modernes, et M. Andrews en a publié plusieurs qui ne sont point mentionnées dans l'édition de M. Willdenow. Une subdivision de ce genre seroit extrêmement utile: et le port des espèces dont la racine tubéreuse est surmontée d'une ou de plusieurs hampes, si différent de celui des espèces pourvues d'une tige, permet de présumer que le Botaniste qui pourroit étudier un grand nombre de ces plantes, trouveroit des caractères assez importants pour former des genres secondaires.

2.º Je n'ai pas cru devoir faire mention dans la phrase spécifique du PELARGONIUM radicatum, de la forme de la racine qui étoit composée de deux tubercules. Ce caractère, observé dans l'individu que j'ai décrit, ne seroit-il pas un effet de la culture? Existeroit-il également dans les autres individus de l'espèce?

3.º Le nom spécifique donné par M. Andrews à la plante que je viens de décrire, lui convenoit parfaitement. J'ai dû néanmoins en substituer un autre, parceque MM. Cavanilles (2), L'Héritier (3) et Jacquin (4) avoient déjà employé ce même nom pour désigner des espèces différentes entre elles, et toutes distinctes de celle que je publie.

4.º Le PELARGONIUM radicatum paroît avoir beaucoup de rapports avec le GERANIUM spathulatum de M. Andrews, pl. 282; mais il en diffère surtout par son ombelle qui n'est point composée, et par ses pétales qui sont obtus et échancrés à leur sommet.

5.º On cultive à la Malmaison un grand nombre d'espèces du genre PELARGONIUM; savoir, PELARGONIUM triste, lobatum, flavum, stipulaceum, tabulare, alchimilloides, odoratissimum, grossularioides, althæoides, betulinum, acetosum, zonale, inquinans, peltatum, cucullatum, vitifolium, capitatum, fulgidum, gibbosum LINN.; lanceolatum, tetragonum, cordifolium, viscosum, quercifolium, radula, bicolor, crispum, exstipulatum CAVAN.; hirsutum, pinnatum, rapaceum, crassicaule, acerifolium, cortusæfolium, cotyledonis AIT.; dipetalum, ciliatum, graveolens, tricuspidatum, scabrum L'HÉRIT.; longifolium, heterophyllum, melananthon, corneum, chamædrifolium, tomentosum JACQ.; tricolor, echinatum CURT.; et presque toutes les espèces figurées dans les *Botanists Repository* de M. Andrews.

Expl. des fig. 1, Calice ouvert pour montrer le pédicule fistuleux, ou le tuyau qui commence entre l'insertion des deux pétales supérieurs et qui se prolonge dans l'intérieur du pédicule. 2, Un des pétales supérieurs. 3, Galue des étamines, ouverte pour montrer les cinq filets alternes qui sont stériles. 4, Pistil. 5, Fruit dont le calice a été renversé pour montrer les cinq coques. 6, Le même dont les coques se sont détachées du placenta, et dont quatre ont été retranchées. 7, Une semence vue sur la face où est situé l'ombilic.

(1) Ce nom avoit été proposé par Dillenius, *Voy. Hort. Elthan.* page 149.
(2) *Monadelphiæ Classis Dissertationes*, vol. 1, page 254, pl. 118, fig. 1.
(3) *Geraniologia*, pl. 7.
(4) *Icones plantarum rariorum*, pl. 519.

*Crotalaria Purpurea*

Peint par P. J. Redouté.

Gravé par P.

# CROTALARIA *PURPUREA.*

Fam. des Légumineuses, *Juss.* — Diadelphie Décandrie, *Linn.*
*Syst. Vegetab.* §. 11. *Foliis compositis.*

CROTALARIA foliis ternatis; foliolis obovatis, retusis; racemis terminalibus; floribus saturatè purpureis.

Arbrisseau originaire du Cap de Bonne-Espérance, d'un bel aspect; se distinguant aisément de toutes les espèces connues du genre par la couleur de ses fleurs. Il passe l'hiver dans l'orangerie, et fleurit au milieu du printemps.

Tige droite, cylindrique, rameuse, recouverte dans sa partie inférieure d'un épiderme gercé et d'un brun cendré; haute de douze décimètres, de la grosseur du petit doigt. Rameaux axillaires, alternes, ouverts, articulés, cylindriques, striés, feuillés dans toute leur étendue, parsemés de poils courts et peu apparents; d'un vert pâle.

Feuilles alternes, distantes, très-ouvertes, pétiolées, munies de stipules; ternées, glabres et d'un vert gai sur leur surface supérieure, d'un vert pâle sur l'inférieure, et parsemées de poils courts qu'on n'aperçoit qu'avec la loupe. Folioles presque réfléchies, pétiolées, ovales-renversées, très-entières, échancrées à leur sommet qui est surmonté d'une pointe peu apparente, relevées en dessous d'une côte rameuse, creusées en dessus d'un pareil nombre de sillons; veineuses, concaves, inégales : l'impaire longue de trente-cinq millimètres, large de vingt; les deux latérales plus petites.

Pétiole commun articulé, horizontal, cylindrique, légèrement pubescent, d'un vert pâle, de la longueur de la foliole impaire. Pétioles partiels très-courts, ayant la forme et la couleur du pétiole commun.

Stipules distinctes du pétiole; droites, en alène, pubescentes, d'un vert pâle, de la longueur des pétioles partiels.

Grappes au sommet de la tige et des rameaux; solitaires, droites, simples, ovales, obtuses, longues de sept centimètres. Axe des Grappes cylindrique, strié, pubescent, muni de bractées.

Fleurs naissant dans l'aisselle d'une bractée; alternes, pédiculées, horizontales, d'un pourpre foncé, de la grandeur de celles du Crotalaria verrucosa.

Pédicules presque droits, articulés, cylindriques, parsemés de poils roussâtres et peu apparents; munis vers leur sommet de deux bractées opposées; longs de huit millimètres.

Bractées droites, linéaires, aiguës, concaves, pubescentes, tombant promptement : celles de l'axe aussi longues que les pédicules; celles des pédicules très-courtes.

Calice d'une seule pièce, en cloche, creusé extérieurement à sa base autour de l'insertion du pédicule; divisé à son limbe; parsemé en dehors de poils roussâtres, glabre en dedans, de couleur violette, subsistant, de la longueur du pédicule. Limbe à cinq découpures droites, inégales : les deux supérieures tronquées obliquement à leur sommet; les trois inférieures ovales, aiguës.

Corolle attachée au fond du calice, papillonacée, formée de cinq pétales portés chacun sur un onglet court. Étendard droit, arrondi, échancré à sa base et à son sommet, sillonné longitudinalement, à bords rejetés en arrière; marqué sur le milieu de sa partie inférieure d'une tache jaunâtre. *AILES* de la longueur de l'étendard, horizontales, ovales-renversées, concaves, rapprochées par leur bord supérieur, munies d'une oreillette sur le côté de la base qui est opposé à l'onglet. *CARÈNE* recouverte par les ailes et un peu plus courte, se séparant en deux pétales lunulés, concaves, munis d'une oreillette à leur base.

*ÉTAMINES* dix, insérées sur le calice au-dessous de la corolle, contenues dans la carène.

*FILETS* réunis dans presque toute leur étendue en un tube légèrement comprimé et blanchâtre (*monadelphes*), libres, capillaires et courbés dans leur partie supérieure. *ANTHÈRES* droites, alternativement linéaires et arrondies, d'un jaune de soufre.

*OVAIRE* linéaire, comprimé, d'un vert gai, porté sur un pédicule très-court et rougeâtre. *STYLE* filiforme, courbé, de la couleur des étamines et plus long. *STIGMATE* simple, obtus.

*LÉGUME* (ou *GOUSSE*), porté sur un pédicule recouvert par le calice subsistant; ovoïde, renflé, surmonté du style, à une loge, s'ouvrant en deux valves, glabre, d'un vert foncé, de couleur brune sur les deux sutures, long de vingt-cinq millimètres.

*SEMENCES* nombreuses, en forme de rein, attachées à la suture supérieure du légume, munies d'une caroncule orbiculaire dans le point où s'insère le cordon ombilical.

*OBS.* 1.° La plante que je viens de décrire paroît avoir de l'affinité avec le *CROTALARIA cordifolia LINN.*, qui est la même espèce que le *SPARTIUM sophoroides BERG.*, *Plant. Capens.* 198, ou *HYPOCALYPTUS obcordatus THUNB.*, *Prodr. Flor. Capens.* 124. Elle s'en rapproche par sa tige ligneuse, par ses folioles échancrées à leur sommet, par la forme du calice, par ses fleurs de couleur pourpre, et par ses étamines monadelphes; mais elle en diffère essentiellement par son légume renflé. Ce caractère seul prouve évidemment que l'espèce de Linnæus est très-distincte de celle que je publie; et il démontre de plus, ce qui est très-important à observer, que cette espèce de Linnæus n'est point congénère du *CROTALARIA* (1).

2.° On cultive à la Malmaison les *CROTALARIA perfoliata*, *sagittalis*, *verrucosa LINN.*, *benghalensis LAM.*, *semperflorens Hort. Cels.*, *incanescens AIT.*, *purpurea* et trois espèces nouvelles envoyées sous le nom de *CROTALARIA*, mais qui n'ont pas encore fleuri.

*Expl. des fig.* 1, Pétales. 2, Calice et organes sexuels. 3, Gaîne des étamines ouverte pour montrer les filets réunis en un seul corps dans presque toute leur étendue, et les anthères alternativement arrondies et linéaires. 4, Pistil. 5, Fruit. 6, Une semence avec son cordon ombilical.

(1) Linnæus, Bergius et M. Willdenow n'ont point décrit le fruit du *CROTALARIA cordifolia*; mais M. Thunberg a rapporté cette espèce à un genre dont le fruit est caractérisé par ces mots *Legumen lanceolatum*, *compressum*. Voy. Thunb. *Novorum generum Characteres essentiales*, n.° 49.

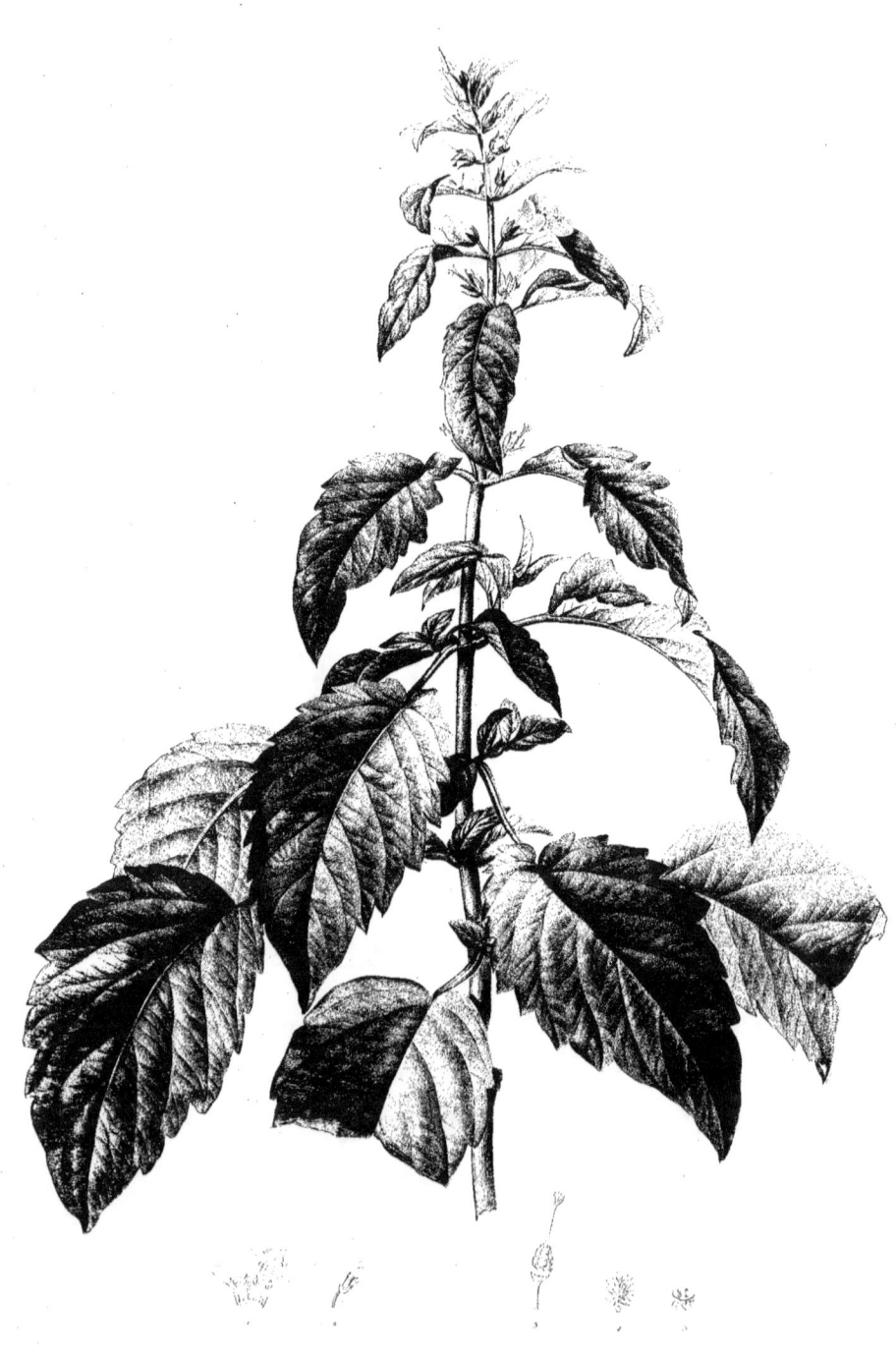

*Josephinia Imperatricis*

Peint par P. J. Redouté.

# JOSEPHINIA (1).

Fᴀᴍ. des Bɪɢɴoɴᴇs, *Juss.* — Dɪᴅʏɴᴀᴍɪᴇ Aɴɢɪosᴘᴇʀᴍɪᴇ, *Lɪɴɴ.*

CHARACTER GENERICUS. *Calix* 5-partitus; laciniis erectis, æqualibus. *Corolla* tubo brevi, fauce inflatà campanulatà, limbo 2-labiato : labio superiore erecto, 2-fido; inferiore horizontali, 3-fido, lacinià intermedià longiore. *Stamina* 4, didynama, corollà breviora : rudimentum quinti staminis. *Ovarium* verrucosum, disco cinctum : stylus longitudine staminum : stigma 4-fidum. *Nux* aculeis muricata, apice foraminibus 4-5 perfossa, intùs longitudinaliter totidem locularis, 4-5-sperma. *Semina* teretia, basi loculamentorum affixa. *Herba biennis. Folia opposita. Flores solitarii, axillares.*

## JOSEPHINIA *IMPERATRICIS.*

Plante herbacée, bisannuelle, remarquable par la beauté de son feuillage, et dont les fleurs ressemblent par leur couleur à celle du *Bɪɢɴoɴɪᴀ Catalpa.* Elle provient de graines rapportées de la Nouvelle Hollande par le Capitaine Hamelin; et elle fleurit au milieu de l'été.

---

Rᴀᴄɪɴᴇ pivotante, parsemée de fibres alongées; d'un blanc jaunâtre.

Tɪɢᴇ moelleuse, droite, cylindrique et d'un vert cendré dans sa partie inférieure, tétragone et rougeâtre dans la supérieure; rameuse, feuillée, noueuse, parsemée d'un duvet court et peu apparent; haute de sept décimètres, de la grosseur du petit doigt. *Rᴀᴍᴇᴀᴜx* axillaires, opposés, très ouverts, de la forme et de la couleur de la tige.

Fᴇᴜɪʟʟᴇs naissant dans les nœuds de la tige et des rameaux; opposées, réfléchies, pétiolées, en cœur et ovales, pointues, relevées en dessous d'une côte saillante et rameuse, creusées en dessus d'un pareil nombre de sillons; veineuses, parsemées de poils courts et peu apparents; un peu concaves, d'un vert gai : les inférieures sinuées et dentées, longues de treize centimètres, et larges de huit; les supérieures simplement crénelées ou presque entières, beaucoup plus courtes.

Pᴇ́ᴛɪoʟᴇs horizontaux ou penchés, convexes en dehors, sillonnés en dedans, presque glabres, d'une légère teinte purpurine, de la moitié de la longueur des feuilles.

Pᴇ́ᴅɪᴄᴜʟᴇs dans la partie supérieure de la tige et des rameaux; axillaires, solitaires, très ouverts, cylindriques, à une fleur, de la couleur des pétioles et plus courts.

Fʟᴇᴜʀs presque horizontales, d'un blanc jaunâtre, nuancées de pourpre en dehors, tachetées de points rouges en dedans; relevées de cinq angles à leur sommet avant le développement du limbe; ayant ensuite la forme et la grandeur de celles du *Sesamum orientale.*

Cᴀʟɪᴄᴇ d'une seule pièce, pubescent, d'un brun foncé, à cinq divisions profondes, droites, en lance, aiguës, égales.

---

(1) L'honneur de dédier un genre à l'auguste Impératrice des Français, devoit être ambitionné par l'auteur du Jardin de la Malmaison. Puisse ce foible hommage rappeler à la postérité la protection éclairée que Sa Majesté accorde à la science, et l'éclat dont elle l'embellit!

Corolle monopétale, hypogyne, irrégulière, pubescente en dehors. *Tube* deux fois plus long que le calice; rétréci vers sa base, ventru et en cloche dans sa partie supérieure. *Limbe* à deux lèvres. *Lèvre supérieure* droite, à deux lobes arrondis, réfléchis sur leurs bords dont la base saille en dehors. *Lèvre inférieure* horizontale, à trois lobes : les deux latéraux semblables à ceux de la lèvre supérieure; le moyen ovale, obtus, concave, deux fois plus long.

Étamines quatre, didynames, renfermées dans le tube de la corolle, et attachées à sa base sur laquelle est aussi insérée une cinquième étamine très courte et avortée. *Filets* filiformes, pubescents dans leur partie inférieure, glabres dans la supérieure, blanchâtres. *Anthères* vacillantes, ovales, surmontées d'une petite glande, formées de deux lobes écartés à leur base, sillonnés sur les côtés, d'un jaune de soufre.

Ovaire entouré à sa base d'un disque glanduleux; en forme de cône; paroissant, lorsqu'on l'observe avec la loupe, hérissé de tubercules, et parsemé de poils courts. *Style* cylindrique, glabre, de la couleur et de la longueur des étamines. *Stigmate* à quatre divisions droites, très rapprochées, en lance, concaves.

Noix ligneuse, très dure, ovale, obtuse, hérissée de pointes aiguës, d'un brun cendré, percée à son sommet de quatre à cinq trous qui se prolongent dans son intérieur, forment autant de loges, et sont recouverts par le prolongement des nervures dont la surface du fruit paroît relevée lorsqu'on l'observe avec la loupe.

Semences attachées à la base des loges; solitaires, cylindriques, obtuses à chaque extrémité; d'un gris cendré.

*Obs.* 1.º La *Josephinia Imperatricis* appartient à la famille des Bignones; et la nature de son fruit indique qu'elle doit être classée dans la troisième section de cet ordre. Elle a beaucoup de rapports avec le *Pedalium;* mais elle en diffère par son calice dont les divisions sont égales, par sa corolle parfaitement labiée, par son stigmate à quatre divisions, par la structure de son fruit, par le nombre et l'attache des semences. Elle a aussi beaucoup d'affinité avec le *Sesamum,* auquel elle ressemble tellement par la forme de la corolle, que je n'aurois point hésité à regarder l'espèce de ce genre figurée dans l'*Hortus Malabaricus,* vol. 9, pl. 55, comme la même plante que la *Josephinia Imperatricis,* si la différence frappante qui existe entre leurs fruits, n'eût annoncé clairement qu'elles n'appartenoient point au même genre.

2.º Les fleurs de la *Josephinia Imperatricis* paroissent, avant de s'épanouir, pentagones à leur sommet, ainsi que celles du *Sesamum;* parce que les bords de chacun des lobes du limbe qui n'est pas encore ouvert, sont réfléchis en dehors à leur base, et forment des angles assez saillants.

3.º MM. Pavon et Ruiz ont déjà dédié, dans le troisième volume du *Species Floræ Peruvianæ* et *Chilensis,* un genre à sa Majesté l'Impératrice, sous le nom de *Lapageria.* Ce genre, qui appartient à une division de la famille des Liliacées, a beaucoup de rapports avec les *Philesia* et *Callixene,* genres établis par Commerson. Il diffère néanmoins du *Philesia* par les divisions du calice parfaitement égales, et du *Callixene* par son calice en cloche, et dont toutes les divisions sont dépourvues de glandes à leur base. Je ne crois pas devoir ajouter, avec MM. Ruiz et Pavon, que la *Lapageria* diffère encore du *Callixene* par son fruit uniloculaire. Cette particularité ne peut être considérée comme un caractère dans la famille des Liliacées. Elle paroît devoir être l'effet de l'avortement; et il est probable que le fruit avant de parvenir à sa maturité, présente réellement trois loges.

*Expl. des fig.* 1, Corolle ouverte pour montrer les quatre étamines didynames, et le rudiment de la cinquième. 2, Calice et pistil. 3, Pistil grossi pour montrer les tubercules épars sur la surface de l'ovaire dont la base est entourée d'un disque glanduleux. 4, Fruit. 5, Le même coupé transversalement.

*Picridium Ligulatum*

Peint par P. J. Redouté.

# PICRIDIUM.

FAM. des CHICORACÉES, *JUSS.* §. 11. — SYNGÉNÉSIE POLYGAMIE
ÉGALE, *LINN.*

CHARACTER ESSENTIALIS. *Calix* infernè ventricosus, imbricatus squamis latiusculis, margine
membranaceis. *Flores* semiflosculosi, omnes hermaphroditi. *Pappus* sessilis, villosus, simplex. *Semina*
tetragona, transversim tuberculosa. *Pedunculi* supernè turbinati, fistulosi. DESFONT. *Flor. Atlant.*
vol. 2, pag. 220.

## PICRIDIUM *LIGULATUM.*

PICRIDIUM foliis amplexicaulibus, ligulatis, inæqualiter dentatis, spinulosis; caule fruticoso.

Arbrisseau lactescent, originaire d'Afrique, cultivé de graines envoyées de Mogador par M. Broussonet. Il passe
l'hiver dans l'orangerie, et fleurit au milieu du printemps.

RACINE rameuse, fibreuse.

TIGE droite, cylindrique, rameuse, nue dans sa partie inférieure, et marquée de
cicatrices semiorbiculaires; lisse, feuillée et d'un vert glauque dans sa partie supérieure; haute de sept décimètres, de la grosseur du petit doigt. *RAMEAUX* axillaires,
alternes, presque droits, ayant la forme et la couleur de la partie supérieure de la
tige.

FEUILLES alternes, horizontales, sessiles, embrassant la tige et les rameaux; en forme
de languette ou oblongues et obtuses à leur sommet, saillantes sur chaque côté de
leur base, légèrement sinuées et munies sur leurs bords de dents aiguës et inégales
qui les rendent rudes au toucher; relevées en dessous d'une côte saillante, paroissant
veineuses, lorsqu'on les observe avec la loupe; glabres, un peu épaisses, planes,
d'un vert glauque; longues de douze centimètres, larges de deux.

PÉDONCULES au sommet des rameaux et de la même couleur; presque droits, cylindriques, renflés et creux vers leur sommet, parsemés de quelques bractées, longs
de quinze centimètres.

BRACTÉES dans la partie supérieure des pédoncules; alternes, en cœur, pointues, très
entières, de la couleur des feuilles; longues de douze millimètres.

FLEURS semiflosculeuses, d'un jaune doré, de la grandeur de celles de la Dent-de-Lion
(*LEONTODON Taraxacum*); s'ouvrant sur les dix heures du matin, et se fermant sur
les trois heures du soir.

CALICE COMMUN ovoïde, renflé à sa base, formé de plusieurs folioles; glabre, subsistant. *FOLIOLES* ou *ÉCAILLES* se recouvrant mutuellement comme les tuiles d'un toit;
droites, inégales, pointues, membraneuses sur leurs bords: les extérieures et inférieures en cœur; les intérieures et supérieures en lance.

DEMI-FLEURONS nombreux, très ouverts, femelles fertiles, tubulés dans leur partie
inférieure, planes et en forme de languette dans la supérieure. *LANGUETTES*
linéaires, creusées de cinq stries sur chaque surface; tronquées et munies de cinq
petites dents à leur sommet.

ÉTAMINES cinq, insérées vers la base du tube; de la moitié de la longueur des demi-fleurons. FILETS libres, capillaires. ANTHÈRE cylindrique, tubulée, d'un jaune doré, engaînant le style.

OVAIRE très petit, en forme de cône renversé; creusé de quelques stries peu apparentes; blanchâtre, surmonté d'une aigrette. STYLE filiforme, de la couleur et de la longueur des étamines. STIGMATES deux, recourbés.

FRUIT formé par le calice subsistant; ventru à sa base, rétréci à son sommet, contenant un grand nombre de semences.

SEMENCES tétragones, hérissées de tubercules sur les angles; d'un brun foncé, surmontées d'une aigrette. AIGRETTES simples, sessiles, pubescentes, d'un blanc de lait.

RÉCEPTACLE convexe, nu, creusé de fossettes dans lesquelles s'inséroient les semences.

*Obs.* 1.ª Les deux espèces qui ont servi à M. Desfontaines pour établir le genre PICRIDIUM, avoient été rapportées par Linnæus, Aiton, etc. au SCORZONERA; tandis que Tournefort, Allioni, Gærtner, M. de Lamarck, etc. les avoient considérées comme congénères du SONCHUS. Ces deux espèces SCORZONERA *picroides* et *tingitana* LINN., ou SONCHUS *picroides* et *tingitanus* LAM., ont à la vérité, ainsi que le PICRIDIUM *ligulatum*, quelques uns des caractères distinctifs du SCORZONERA et du SONCHUS: mais elles diffèrent essentiellement du premier de ces genres par leur aigrette qui n'est pas plumeuse; et elles se distinguent du second par les écailles du calice, larges et membraneuses sur leurs bords, et par leurs semences tétragones, striées transversalement comme celles du PICRIS.

2.º La plante figurée dans l'*Hortus Schœnbrunnensis*, pl. 143, sous le nom de SONCHUS *hispanicus*, ne seroit-elle pas congénère du PICRIDIUM?

*Expl. des fig.* 1, Une écaille extérieure. 2, Une écaille intérieure. 3, Un demi-fleuron grossi. 4, Fruit. 5, Le même coupé longitudinalement et dont on a enlevé les semences, pour montrer la forme du réceptacle et le pédoncule creux. 6, Une semence grossie.

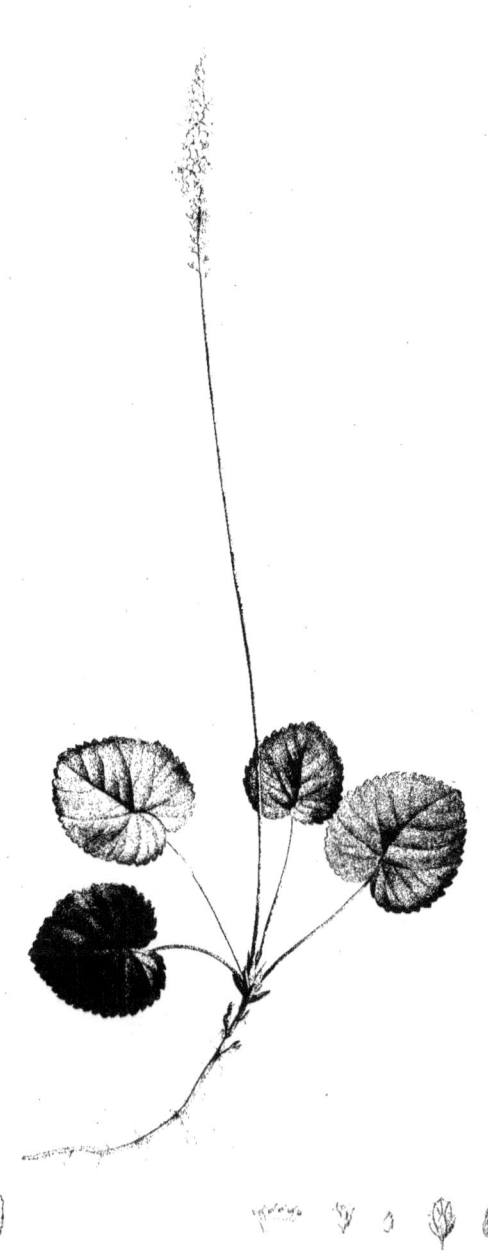

*Solenandria Cordifolia*

Peint par P. J. Redouté.

Gravé par

# SOLENANDRIA.

Fam. des Bruyères, *Juss.* — Monadelphie Pentandrie, *Linn.*

Character genericus. *Calix* 5-partitus, persistens. *Corolla* calice duplò longior, 5-petala; petalis imo staminum tubo affixis. *Tubus Staminifer* corollâ brevior, limbo 10-fidus : laciniis 5 nudis seu sterilibus; 5 alternis brevioribus, antheriferis. *Ovarium* liberum, subrotundum; stylus brevissimus; stigma 3-lobum. *Capsula* calice cincta, 3-locularis, 3-valvis; valvis medio septiferis. *Semina* plurima axi centrali affixa.

## SOLENANDRIA *CORDIFOLIA.*

Anonymos seu *Belvedere.* Clayton, n.º 4, et Gronovius *Flor. Virgin.* pag. 25 (édit. 1739, in-8.º )
Solenandria *cordifolia* (absque ullo synonymo. ) Palisot-Beauvois.
Erythrorhiza *rotundifolia* (excluso synonymo *Galacis Linn.* ) Michaux, *Flor. Boreali-Americ.* vol. 2, pag. 34, pl. 36.

Plante herbacée, vivace, ayant le port du *Pyrola rotundifolia* ; originaire de l'Amérique Septentrionale, croissant sur les montagnes les plus élevées de la Caroline. Elle passe l'hiver dans l'orangerie, et fleurit au milieu du printemps.

———————

Racine rampante, rougeâtre, hérissée de fibres courtes; munie à son collet de plusieurs écailles droites, en lance, pointues, convexes, glabres, se recouvrant mutuellement comme les tuiles d'un toit.

Feuilles radicales, horizontales, pétiolées, en cœur et arrondies, garnies de dents inégales et glanduleuses à leur sommet; relevées sur chaque surface d'une côte rameuse; veinées, glabres, d'un vert foncé sur le disque, d'une teinte rougeâtre sur leurs bords, longues et larges de quatre centimètres et demi.

Pétioles presque droits, cylindriques, finement striés, glabres, d'un vert pâle, deux fois plus longs que les feuilles.

Hampe solitaire, droite, de la forme et de la couleur des pétioles; longue de trois décimètres.

Grappe simple, très étroite, et en forme d'épi; munie de bractées, longue de huit centimètres.

Fleurs éparses, horizontales, pédiculées, d'un blanc pur, très petites, les inférieures se développant les premières.

Pédicules naissant chacun dans l'aisselle d'une bractée; très ouverts, cylindriques, d'un vert pâle, plus courts que les fleurs.

Bractées en lance, aiguës, concaves, membraneuses, blanchâtres, de la longueur des pédicules.

Calice d'une seule pièce, à cinq divisions peu ouvertes, en lance, aiguës, concaves, glabres, d'abord purpurines, ensuite blanchâtres; subsistantes.

Pétales cinq, alternes avec les divisions du calice et deux fois plus longs; peu ouverts, oblongs, obtus, ondés sur les bords de leur partie supérieure, adhérents par leur base à un tube intérieur et staminifère dont ils se détachent aisément.

Tube inséré entre la base du calice et celle de l'ovaire; cylindrique, plus court que la corolle, et de la même couleur; divisé à son limbe en dix découpures, dont cinq droites, en spatule et stériles; et cinq alternes plus courtes, arrondies, anthérifères.

Anthères cinq, adhérentes à la face intérieure des divisions plus courtes du tube; arrondies, à deux loges, d'un jaune doré.

Ovaire libre, ovale-arrondi, creusé de trois stries, glabre, d'un vert foncé. Style très court. Stigmate tronqué, à trois lobes.

Capsule entourée par le calice subsistant; de la forme de l'ovaire, de couleur brune, divisée intérieurement en trois loges; s'ouvrant en trois valves. Cloisons adhérentes au milieu des valves; attachées dans leur partie inférieure à l'axe central.

Semences nombreuses, très petites, anguleuses, suspendues au placenta par un petit cordon ombilical. Placenta ou Axe central cylindrique, un peu épais, plus court que les valves.

Obs. 1.° J'ai observé quelques fleurs et quelques fruits du Solenandria cordifolia dont les organes présentoient une partie de plus.

2.° On trouve dans la famille des Bruyères quelques genres dont la corolle peut être considérée comme polypétale; mais il n'en est aucun dont la corolle soit munie intérieurement d'un tube staminifère. Ce caractère, qui semble propre aux Malvacées et aux Méliacées, paroît devoir éloigner le Solenandria de l'ordre des Bruyères, auquel il appartient néanmoins par son fruit qui est une capsule triloculaire et trivalve, par les cloisons adhérentes au milieu des valves, et surtout par ses semences petites, nombreuses et suspendues à un axe ou placenta central.

3.° Linnæus a rapporté dans le Species Plantarum à son genre Galax deux synonymes qui n'appartiennent point à la même plante, savoir, le Belvedera de Clayton, et le Viticella de Mitchel. En effet, si l'on compare les descriptions de ces deux genres, données par les auteurs que nous venons de citer, on verra que les caractères qu'ils assignent sont si différents, qu'il est impossible de soupçonner que ces deux Botanistes aient décrit la même plante. Quelle est maintenant celle des deux plantes qui a servi à Linnæus pour établir le genre Galax? Un échantillon du Belvedera de l'herbier de Gronovius, envoyé à M. de Jussieu par M. le chevalier Banks, président de la Société royale de Londres, a été comparé avec le Solenandria de M. Palisot-Beauvois, et l'Erythrorhiza de Michaux; et il a été reconnu pour être absolument la même espèce. Ce n'est donc point sur les caractères de la plante nommée Belvedera par Clayton, mais sur ceux du Viticella, que le genre Galax a été établi. Le Belvedera ne doit donc plus être cité comme synonyme du Galax dont le caractère générique est énoncé avec une si grande netteté, qu'il est impossible de supposer que la plante qui a fourni ce caractère générique n'existe pas, ou qu'elle est la même que celle de Clayton. Je dois encore ajouter que le Viticella est le seul synonyme cité dans le Genera de Linnæus.

4.° J'ai dû adopter le nom de Solenandria pour désigner la plante que je viens de décrire, puisque ce nom est antérieur à celui d'Erythrorhiza. En effet, M. Palisot-Beauvois a présenté à l'Institut national, le 26 pluviôse an 7, le caractère de son genre Solenandria. M. Palisot lut aussi dans la même séance les caractères de trois autres nouveaux genres, savoir, Pleurogonis, Heterandra (1) et Trichospermum (2).

5.° On cultive à la Malmaison, et dans plusieurs jardins des environs de Paris, un grand nombre de plantes de l'Amérique Septentrionale. J'ai observé cette année trois genres nouveaux de la Flore publiée par Michaux, savoir, Pachysandra, Eriogonum et Erythrorhiza. Les plantes qui constituent ces trois genres ont fleuri à la Malmaison, ainsi que chez M. Cels.

Expl. des fig. 1, Corolle vue en dedans, pour montrer le tube intérieur. 2, La même vue en dessous, pour montrer les pétales adhérents à la base du tube. 3, Un pétale. 4, Tube ouvert, pour montrer les cinq divisions anthérifères. 5, Calice et pistil. 6, Pistil. 7, Capsule entourée par le calice, et s'ouvrant en trois valves. 8, Une valve vue en dedans, pour montrer la cloison. 9, Placenta ou axe central. 10, Quelques semences. (Figures grossies.)

(1) Ce genre est le même que l'Heteranthera de MM. Ruiz et Pavon, Prodr. Flor. Peruv. pag. 9. pl. 2, fig. 2; mais les espèces qui ont fourni le caractère générique, sont différentes.

(2) L'espèce qui a fourni les caractères du genre Trichospermum, me paroît être le Parthenium integrifolium Linn. Ainsi les Botanistes ont formé récemment deux genres des deux espèces du Parthenium Linn. MM. Cavanilles et Ortega ont établi sur le Parthenium Hysterophorus, l'un le genre Argyrochæta, et l'autre le genre Villanova; et le Parthenium integrifolium a servi à M. Palisot pour tracer le caractère de son Trichospermum. Il me semble qu'en réformant ou corrigeant le caractère du Parthenium Linn., ce genre pourroit comprendre les deux espèces dont on a fait deux genres.

*Volkameria Fragrans.*

Peint par P.J. Redouté.

Gravé par Lig.

# VOLKAMERIA *FRAGRANS.*

FAM. des GATTILIERS, *JUSS.* — DIDYNAMIE ANGIOSPERMIE, *LINN.*

VOLKAMERIA foliis subcordatis, dentato-serratis, pubescentibus, basi glandulosis; corymbis terminalibus, densis, hemisphæricis.

Arbrisseau croissant naturellement à Java; cultivé depuis quelques années dans les jardins de Paris, sous les noms de
*CLERODENDRUM Fragrans*, ou de *VOLKAMERIA Japonica*: remarquable par la beauté de ses fleurs qui répandent,
surtout pendant la nuit, une odeur extrêmement suave. Il passe l'hiver dans la serre chaude, et fleurit au commencement
de l'été.

RACINE rameuse, d'un brun foncé en dehors, blanche en dedans; sans saveur et
sans odeur.

TIGE droite, cylindrique dans sa partie inférieure, et marquée de cicatrices formées
par la chute des feuilles; tétragone vers le sommet, rameuse, recouverte d'un épiderme cendré, et hérissée de poils courts; haute d'un mètre, de la grosseur de
l'index. RAMEAUX opposés en croix, articulés, très ouverts, ayant la forme et la
couleur de la partie supérieure de la tige.

FEUILLES opposées, horizontales et réfléchies, pétiolées, presque en forme de cœur;
pointues, munies sur leurs bords de dents aiguës et écartées; glanduleuses à leur
base, relevées en dessous d'une côte saillante et de quelques nervures latérales;
creusées en dessus d'un pareil nombre de sillons; veinées en réseau, légèrement
concaves; molles, parsemées sur chaque surface de poils couchés; d'un vert foncé
en dessus et plus pâle en dessous; répandant, lorsqu'on les touche, une odeur
analogue à celles de la plupart des plantes de la famille des Solanées; souvent
longues de deux décimètres, et larges vers leur base de dix-sept centimètres.

PÉTIOLES articulés, très ouverts, cylindriques, creusés en dessus d'un léger sillon;
pubescents, de la couleur des rameaux, et presque de la longueur des feuilles.

CORYMBES au sommet de la tige et des rameaux; globuleux avant l'épanouissement
des fleurs, ensuite hémisphériques; larges d'un décimètre, entourés de bractées.

BRACTÉES d'abord droites et recouvrant le corymbe, ensuite ouvertes, courbées à
leur sommet, et semblables à une collerette; en lance, très entières, rétrécies à
chaque extrémité, pointues à leur sommet, relevées d'une nervure, pubescentes,
glanduleuses, inégales: souvent longues de trois centimètres et demi.

PÉDONCULES ou RAYONS du CORYMBE droits, cylindriques, de la couleur des pétioles,
plus courts que les bractées; portant chacun plusieurs fleurs.

FLEURS très serrées, droites, pédiculées, de couleur de chair en dehors, d'un blanc
de lait à l'intérieur; répandant une odeur analogue à celle du Jasmin; longues et
larges de quatre centimètres.

PÉDICULES droits, cylindriques, glabres, d'un pourpre foncé, très courts.

CALICE d'une seule pièce, en forme de cône renversé; glanduleux, presque glabre,
d'un pourpre foncé; divisé dans sa moitié supérieure. DIVISIONS au nombre de
cinq, en lance, pointues, munies de cils peu apparents: les deux supérieures droites,
les trois inférieures ouvertes; toutes courbées en dedans vers leur sommet.

CoROLLE monopétale, hypogyne, tubulée. *Tube* cylindrique, dilaté vers le sommet qui est légèrement courbé; de couleur de rose, plus long que le calice. *Orifice* muni de trois ou quatre écailles pétaliformes, très courtes. *Limbe* très ouvert, divisé en cinq lobes ovales renversés, inégaux; l'inférieur plus court.

ÉTAMINES quatre didynames, (rarement cinq), attachées au sommet du tube, plus longues que la corolle. *Filets* filiformes, blanchâtres, penchés sur les divisions inférieures de la corolle. *Anthères* ovales, à deux lobes écartés inférieurement, s'ouvrant en dedans, d'un pourpre foncé. *Pollen* d'un jaune de soufre.

OVAIRE libre, ovale, tronqué, strié vers le sommet; verdâtre. *Style* droit, filiforme, de la couleur des filets des étamines, et plus long. *Stigmate* à deux divisions peu ouvertes, aiguës, d'un pourpre foncé.

BAIE peu succulente, entourée de la base du calice; globuleuse, légèrement déprimée, creusée de quatre sillons, contenant deux osselets. *Osselets* étroitement rapprochés, convexes et sillonnés en dehors, planes en dedans, biloculaires.

SEMENCES.....

*Obs.* 1.° La plante que je viens de décrire se distingue du *Volkameria Kœmpferi* par un grand nombre de caractères, surtout par la forme de ses feuilles, et par ses fleurs odorantes, de couleur de chair, et disposées en un corymbe serré. Elle a été envoyée à Paris sous les noms de *Clerodendrum fragrans* et de *Volkameria Japonica*. La forme turbinée de son calice, et son fruit qui se sépare en deux osselets biloculaires, prouvent qu'elle n'appartient point au genre *Clerodendrum*; et la description que M. Thunberg a donnée du *Volkameria Japonica*, démontre évidemment qu'elle constitue une espèce distincte. Quoique cette plante soit cultivée en Europe depuis plusieurs années, néanmoins elle n'a produit jusqu'à présent que des fleurs parfaitement doubles, et les Botanistes n'étaient pas encore assurés du genre auquel il falloit la rapporter. M. Willdenow, après avoir mentionné le *Volkameria Japonica* dans le troisième volume du *Species Plantarum*, ajoute : « Sub titulo *Volkameriæ Japonicæ* occurrit in hortis nostris arbuscula floribus « plenis, plante similis cujus figura extat apud *Banks*, *Icon. Kœmpf.* pl. 57 ; sed ob flores plenos ad genus certum « reducere haud valeo. » Cet obstacle n'a point arrêté M. Jacquin qui, voulant constater l'existence de cette belle espèce, l'a figurée avec ses fleurs pleines, dans le troisième vol. de l'*Hortus Schœnbrunnensis*, pl. 558, en lui donnant le nom de *Volkamnia Japonica*. C'est chez M. Noisette, cultivateur près le Val-de-Grace, que j'ai observé le premier individu qui ait produit en France des fleurs simples.

2.° La plante figurée dans les *Reliquiæ Kœmpferianæ*, planche 57, ressemble beaucoup par la forme de ses feuilles au *Volkameria fragrans*; mais elle en diffère essentiellement par la disposition de ses fleurs, par l'absence des bractées, par le calice qui n'est point tubulé, et par la forme des fruits.

3.° M. La Haye, jardinier de l'expédition à la recherche de Lapérouse, m'a donné un exemplaire en fleur et en fruit des *Volkameria fragrans* et *Kœmpferi* qu'il avoit recoltés à Java. Cet habile cultivateur, établi aujourd'hui à Montreuil, près Versailles, m'a aussi communiqué un exemplaire d'une nouvelle espèce de *Volkameria* originaire de l'Isle de France. M. Bory de Saint-Vincent m'a appris que cette espèce, qui croit dans les lieux arides, sur-tout sur les bords de la mer, formoit un arbrisseau glabre, et même un peu glauque, dont le bois étoit tortu et maigre, dont les feuilles varioient beaucoup dans leur forme (1), et dont les fleurs nombreuses étoient d'un blanc de lait et inodores. Je donne à cette espèce le nom d'*heterophylla*, et je la caractérise par la phrase suivante :

*Volkameria heterophylla*. Foliis ovatis, lanceolatis et lineari-lanceolatis, integerrimis ; fructu globoso.

4.° Le *Volkameria fragrans* est un charmant arbrisseau, qui ne mérite pas moins que l'*Hortensia* d'être cultivé pour l'ornement des jardins. Ces deux plantes ont un beau feuillage; leurs fleurs, d'une couleur de chair plus ou moins foncée, sont groupées en un corymbe serré et ordinairement très large. Mais dans l'*Hortensia* les fleurs sont absolument inodores, tandis que dans le *Volkameria fragrans* elles répandent une odeur extrêmement suave.

*Expl. des fig.* 1, Une bractée. 2, Corolle ouverte pour montrer les écailles situées à son orifice, et l'attache des étamines. 3, Calice et pistil. 4, Pistil séparé. 5, Fruit. 6, Un osselet vu en dedans pour montrer ses deux loges.

(1) Si la figure que M. de Lamarck a donnée dans ses *Illustrationes Generum*, planche 544, fig. 2, se rapporte à l'espèce que je décris, elle doit être regardée comme incomplète, puisqu'elle ne présente qu'un bout de rameau à feuilles très étroites.

*Echium Giganteum*

Peint par P. J. Redouté.

# ECHIUM *GIGANTEUM.*

FAM. des BORRAGINÉES, *JUSS.* — PENTANDRIE MONOGYNIE, *LINN.*

ECHIUM fruticosum; foliis lanceolatis, basi attenuatis, scabriusculis; thyrso terminali, strigoso; corollis albidis.

Echium *giganteum.* Caule fruticoso, foliis lanceolatis basi attenuatis pilosis, pilis brevissimis, bracteis calicibusque strigosis, staminibus corollà longioribus. *AIT. Hort. Kewens. WILLDEN. Spec. Plant.*

Echium *giganteum.* Fruticosum, ramis canis glabris; foliis lineari-lanceolatis, scabriusculis, sessilibus; thyrso terminali; spicis simplicissimis. *LINN. Supplem.* 131.

Arbrisseau dont la tige très-élevée est recouverte, ainsi que les rameaux, d'un duvet blanchâtre et très-court; croissant naturellement sur les rochers des montagnes de Ténériffe. Il passe l'hiver dans l'orangerie, et fleurit plusieurs fois l'année.

---

TIGE droite, cylindrique, rameuse, recouverte d'un épiderme d'un blanc cendré et gercé; marquée dans sa partie supérieure de cicatrices formées par la chute des feuilles; haute d'un mètre, de la grosseur du pouce. RAMEAUX situés au sommet de chaque pousse de l'année; axillaires, alternes, très-rapprochés et paroissant verticillés; articulés, ouverts, cylindriques, relevés de nervures peu saillantes : les inférieurs nus vers leur base et creusés d'impressions semi-circulaires, longs de six décimètres; les supérieurs feuillés dans toute leur étendue, insensiblement plus courts.

FEUILLES éparses, horizontales et réfléchies, rétrécies vers leur base ou se prolongeant sur le pétiole; en lance, aiguës, très-entières, relevées sur la surface inférieure d'une côte rougeâtre d'où partent plusieurs nervures droites et saillantes; creusées sur la surface supérieure d'un nombre de sillons égal à celui des nervures; veineuses, parsemées de poils courts portés sur un petit tubercule; rudes au toucher, d'un vert foncé en dessus, d'un gris cendré et presque soyeuses en dessous : celles de la tige longues de quinze centimètres, larges de vingt-six millimètres; celles des rameaux diminuant de grandeur à mesure qu'elles approchent du sommet.

PÉTIOLES très-courts, articulés, horizontaux, convexes en dehors, sillonnés intérieurement, dilatés par le prolongement des bords des feuilles.

BOUQUET au sommet des rameaux, en forme de pyramide, formé d'un grand nombre d'épis; droit, feuillé, d'abord serré, ensuite lâche. *ÉPIS* naissant dans les aisselles des feuilles supérieures de chaque rameau; solitaires, droits, pédonculés, recourbés à leur sommet, s'alongeant à mesure que les fleurs se développent.

PÉDONCULES peu ouverts, cylindriques, pubescents et parsemés de soies roides.

FLEURS unilatérales, situées sur la partie intérieure de l'axe des épis; droites, blanchâtres, munies de bractées : les inférieures légèrement pédiculées et s'ouvrant les premières; les supérieures sessiles.

BRACTÉES à la base de chaque fleur; solitaires, droites, en lance, presque obtuses, ciliées, parsemées de soies roides; d'un vert foncé, de la moitié de la longueur des fleurs.

CALICE à cinq divisions profondes, droites, inégales, subsistantes; de la forme, de la couleur et de la longueur des bractées.

COROLLE monopétale, insérée sous l'ovaire, tubulée et ventrue, pubescente en dehors, glabre intérieurement, se flétrissant avant de tomber. *TUBE* court, insensiblement dilaté. *ORIFICE* nu. *LIMBE* en cloche, divisé en cinq lobes dont deux supérieurs, deux latéraux et un inférieur; peu ouverts, ovales, obtus, égaux.

ÉTAMINES cinq, insérées à l'orifice de la corolle, et alternes avec les lobes de son limbe. *FILETS* penchés sur le lobe inférieur de la corolle, courbés vers leur sommet; en alène, saillants, glabres, inégaux, d'un blanc lavé de bleu, quelquefois d'une légère teinte purpurine. *ANTHÈRES* vacillantes, ovales, obtuses, creusées de quatre sillons, s'ouvrant latéralement, d'un jaune de soufre.

OVAIRE libre, entouré d'un disque glanduleux peu apparent; arrondi, à quatre lobes, glabre, d'un vert blanchâtre. *STYLE* filiforme, velu, ayant la direction, la couleur des filets des étamines, et plus long. *STIGMATES* deux, un peu écartés, presque obtus.

FRUIT....

*OBS.* 1.º Parmi le grand nombre de fleurs de l'*Echium giganteum*, que j'ai analysées, j'en ai trouvé quelques-unes dont le limbe de la corolle étoit à six découpures, et dont les étamines étoient également au nombre de six: mais une de ces étamines étoit extrêmement courte, et son filet étoit dépourvu d'anthère.

2.º L'espèce que je viens de décrire, se distingue aisément des *Echium candicans* et *strictum*, *AIT.* par ses tiges presque glabres, par ses feuilles dont les poils sont extrêmement courts, par les soies roides que l'on observe sur les bractées et sur les calices, et par ses corolles blanchâtres dont le limbe est peu ouvert.

3.º Plusieurs espèces du genre *ECHIUM* sont cultivées à la Malmaison, savoir, les *ECHIUM candicans* *AIT.* (1), *giganteum* *AIT.*, *strictum* *L. F. S.*, *argenteum* *ANDR.* 154, *glaucophyllum* (2) *ANDR.* 165, *grandiflorum* *ANDR.* 20, et *ferocissimum* *ANDR.* 39.

*Expl. des fig.* 1. Une feuille de la tige. 2, Une fleur. 3, Corolle ouverte pour montrer le point d'attache des étamines. 4, Calice et pistil. 5, Pistil séparé du calice, pour montrer le disque qui entoure l'ovaire à quatre lobes, le style velu, et les deux stigmates presque obtus.

_____

(1) La plante figurée par M. Jacquin, *Icon. Plant. Rar.* pl. 50, me paroît différente de celle qui est cultivée dans nos jardins, et qui est le vrai *Echium candicans* d'Aiton.

(2) Cette espèce, qui paroît ne différer de l'*Echium glaucophyllum Jacq. Icon. Plant. Rarior.* pl. 312, que par la grandeur de ses fleurs, semble aussi avoir la plus grande affinité avec l'*Echium lævigatum THUNB.*

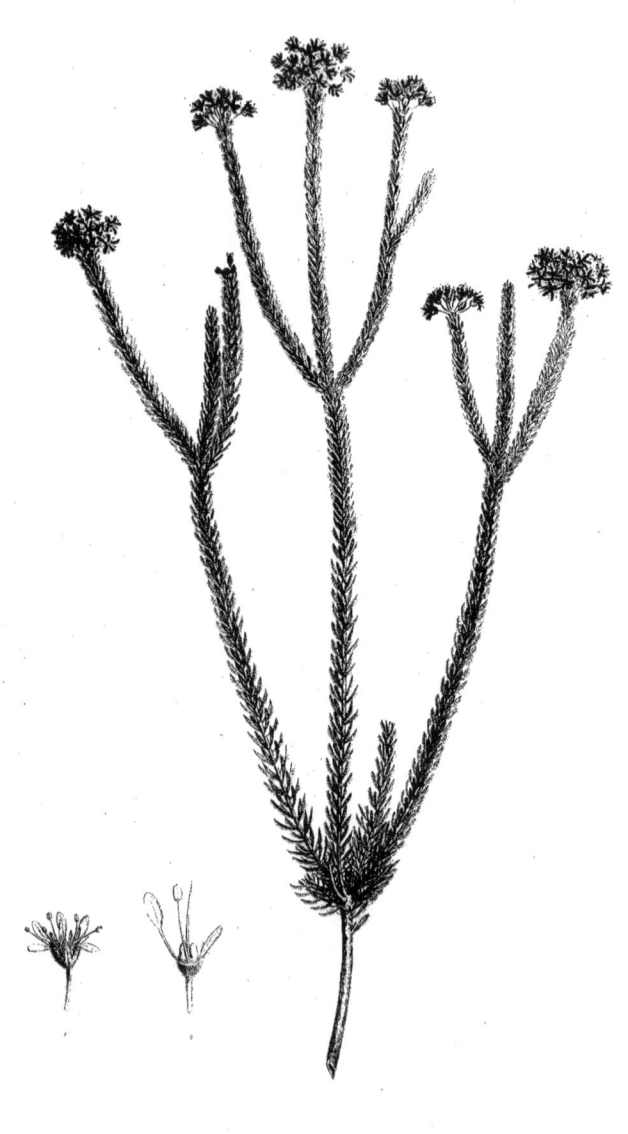

*Diosma Hirta.*

Peint par P. J. Redouté.

# DIOSMA *HIRTA.*

Fam. des Rutacées, *Juss.* — Pentandrie Monogynie, *Linn.*

DIOSMA foliis lanceolatis, carinatis, imbricatis, hirtis; corymbis terminalibus; staminibus quinque sterilibus; germinibus apice biglandulosis.

Diosma *hirta.* Foliis lineari-subulatis, canaliculatis, dorso hirtis, basi decurrentibus; corymbis terminalibus, densissimis, subcapitatis. *Lam. Dict.* et *Illustrat.*

Arbrisseau d'un aspect aussi agréable que la plupart des autres espèces du genre; originaire du Cap de Bonne-Espérance. Il passe l'hiver dans l'orangerie, et fleurit au commencement du printemps.

---

Tige droite, cylindrique, paroissant prolifère, ou munie vers son sommet de plusieurs branches disposées en verticille; recouverte d'une écorce gercée et d'un gris cendré; haute d'un mètre et demi, de la grosseur d'une plume à écrire. *Branches* huit ou dix très-rapprochées, ouvertes, penchées vers leur sommet, feuillées, velues, de couleur brune, plus longues que la tige. *Rameaux* trois ou quatre au sommet de chaque branche, très-courts, verticillés, couverts de feuilles, garnis de fleurs à leur sommet.

Feuilles éparses, presque sessiles, en lance, aiguës, très-entières; convexes, en forme de carène, et velues sur leur surface inférieure; concaves et glabres sur la surface supérieure; ponctuées, d'un vert foncé, répandant une odeur aromatique lorsqu'on les froisse, longues d'un centimètre, larges de deux millimètres: celles des branches et de la partie inférieure des rameaux, ouvertes; celles de la partie supérieure des rameaux, droites, serrées et se recouvrant mutuellement comme les tuiles d'un toit.

Pétioles extrêmement courts, insérés au sommet d'un tubercule qui se prolonge sur les branches et les rameaux; droits, convexes en dehors, concaves en dedans, velus, blanchâtres.

Corymbes au sommet des jeunes rameaux; simples, hémisphériques, entourés à leur base de feuilles qui tiennent lieu de collerette; larges de vingt-cinq millimètres.

Fleurs nombreuses, peu serrées, pédiculées, d'un violet tendre, larges de six millimètres: les extérieures ouvertes; celles du centre droites.

Pédicules filiformes, velus, de la couleur des fleurs et deux fois plus longs; dépourvus de bractées.

Calice formé de cinq folioles, droites, en lance, aiguës, concaves, pubescentes en dehors, glabres intérieurement, de la moitié de la longueur de la fleur.

Pétales cinq, insérés sur un disque hypogyne et peu saillant; munis d'un onglet; d'abord droits, ensuite très-ouverts; se flétrissant avant de tomber. *Onglets* filiformes, de la longueur du calice. *Lames* ovales, obtuses, de la longueur des onglets.

Étamines dix, ayant la même attache que la corolle; alternativement fertiles et stériles. *Filets* des *Étamines stériles* ou *dépourvues d'Anthères*, opposés à la corolle et de la même couleur, linéaires, obtus, concaves, ciliés inférieurement, de la longueur des onglets des pétales. *FILETS* des *ÉTAMINES FERTILES OU SURMONTÉES D'UNE ANTHÈRE*, opposés au calice, en alène, blanchâtres, de la longueur des pétales. *ANTHÈRES* droites, ovales, obtuses, comprimées, creusées de quatre sillons; rougeâtres.

*OVAIRE* globuleux, surmonté de deux glandes, entouré d'un disque peu saillant, nu à sa base, ou dépourvu d'écailles. *STYLE* s'élevant entre les deux glandes, droit, filiforme, de la couleur de la corolle, de la longueur des étamines. *STIGMATE* obtus. *FRUIT*....

*Obs.* 1.° La plante que je viens de décrire est peut-être une de celles qui ont été mentionnées par M. Thunberg dans son *Prodromus Floræ Capensis.* Mais, comme je ne connois aucune description et aucune figure de la plupart des espèces que ce célèbre professeur a rapportées au genre *DIOSMA,* j'ai cru devoir adopter le nom spécifique de M. de Lamarck, et ne citer aucun synonyme. La description que l'auteur du Dictionnaire a donnée du *DIOSMA hirta* convient parfaitement à la plante que je publie; on observe néanmoins une légère différence dans la couleur des fleurs. Cette différence ne seroit-elle pas un effet de la dessiccation? ou indiqueroit-elle qu'il existe dans le *DIOSMA hirta* deux variétés, dont une à fleurs blanches, et l'autre à fleurs violettes?

2.° Les espèces que les Botanistes rapportent maintenant au genre *DIOSMA,* avoient été divisées par Linnæus et Bergius en deux genres, savoir, *DIOSMA* et *HARTOGIA* (1). La différence essentielle de ces deux genres (2) étoit fournie par le nectaire en forme de couronne, et ondulé ou denté dans le *DIOSMA,* composé de cinq filaments ou de cinq languettes dans l'*HARTOGIA.* Cette différence, qui n'a pas paru assez importante pour la distinction de deux genres, peut être employée avec succès pour caractériser les espèces qui constituent aujourd'hui le genre *DIOSMA.* C'est ainsi qu'on distinguera aisément le *DIOSMA ciliata* BERG. et THUNB., du *DIOSMA pubescens* THUNB., ou *HARTOGIA ciliata* BERG., en observant que dans l'une de ces espèces le nectaire est en forme de couronne, tandis qu'il est formé dans l'autre de cinq languettes. Il est encore d'autres caractères dans les fleurs de plusieurs espèces de *DIOSMA,* qui me paroissent devoir être exprimés dans la phrase spécifique. Tels sont, par exemple, les cinq écailles qui entourent l'ovaire dans le *DIOSMA serratifolia* (3), l'anneau glanduleux qui couronne l'ovaire dans le *DIOSMA uniflora* (4), les deux glandes qui surmontent l'ovaire dans le *DIOSMA hirta* (5). Si les caractères que présentent les fleurs des autres espèces de *DIOSMA* étoient également connus, ces espèces ne seroient pas aussi difficiles à déterminer; et il est probable qu'on pourroit encore, pour en faciliter l'étude, établir des genres secondaires, ou au moins former des sections parfaitement tranchées.

*Expl. des fig.* 1, Fleur grossie. 2, La même encore plus grossie, dans laquelle on n'a conservé qu'un seul pétale, et deux étamines, dont une fertile et l'autre stérile, pour montrer la forme du pistil, l'attache de la corolle, et celle des étamines.

---

(1) M. Thunberg a supprimé le genre *HARTOGIA* LINN., dont il a rapporté les espèces au genre *DIOSMA.* Il a donné ensuite le nom d'*HARTOGIA* à une plante de la famille des Nerpruns, que M. de Jussieu regarde comme congénère du *SCHREBERA.*

(2) Voyez LINNÆI *Genera Plantarum.* Holmiæ, 1764, pag. 108, et BERGII *Plantæ Capenses,* pag. 66 et 72.

(3) *Jardin de la Malmaison,* pag. et pl. 77. Ce caractère existe aussi dans le *DIOSMA latifolia* ANDR.

(4) SCHRADERI et WENDLANDII *Sertum Hannoverianum,* pag. 16, pl. 8.

(5) L'ovaire du *DIOSMA ciliata* LAM. est surmonté de trois glandes.

*Calomeria Amaranthoides*

Peint par P. J. Redouté.

Gravé par Plée

# CALOMERIA (1).

Fam. des Corymbifères, *Juss.* §. iv. — Syngénésie Polygamie
Égale, *Linn.*

CHARACTER ESSENTIALIS. *Flores* flosculosi; flosculis 3-4, hermaphroditis. *Calix* imbricatus,
oblongus, coloratus; squamis scariosis, conniventibus. *Stigmata* intus sulcata, apice fimbriata. *Semina*
nec papposa, nec marginata. *Receptaculum* nudum. *Caulis herbaceus. Folia alterna, integerrima,
amplexicaulia. Panicula diffusa, pyramidalis. Pedicelli florum squamulis cooperti.*

## CALOMERIA *AMARANTHOIDES.*

Plante herbacée, bisannuelle, dont toutes les parties répandent une odeur analogue à celle de la Sauge; originaire
de la Nouvelle-Hollande; cultivée à la Malmaison de graines envoyées par M. Dumont Courset. Ses fleurs, d'une
belle couleur rose, et disposées en une immense panicule, se développent presque au commencement de l'été, mais
elles ne sont formées qu'à la fin de cette saison.

————

Racine fibreuse, de couleur cendrée.

Tige droite, cylindrique, simple, marquée dans sa partie inférieure de cicatrices
circulaires, et recouverte d'un duvet laineux; feuillée, d'un vert foncé, parsemée
de poils courts et glanduleux dans sa partie supérieure; haute d'un mètre et demi,
de la grosseur du petit doigt, terminée par une vaste panicule.

Feuilles alternes, rapprochées, horizontales, recourbées vers leur sommet, rétrécies dans leur partie inférieure, sessiles, et embrassant parfaitement la tige; ovales
ou en lance et oblongues, pointues, arrondies à leur base qui est réfléchie et qui
forme deux oreillettes saillantes; très entières, légèrement ondées, relevées en
dessous d'une côte d'où partent plusieurs nervures latérales; creusées en dessus
d'un pareil nombre de sillons; veineuses, ridées, convexes, d'un vert foncé, parsemées de poils glanduleux et peu apparents: les inférieures longues de vingt centimètres, larges de huit et demi; les supérieures insensiblement plus courtes.

Panicules naissant dans les aisselles des feuilles supérieures; solitaires, pendantes,
d'abord d'un rouge assez vif, ensuite de couleur de rouille; formant par leur
ensemble une vaste panicule pyramidale et du tiers de la longueur de la tige. *Axe*
des *PANICULES PARTIELLES* recourbé, cylindrique, très rameux, muni de bractées,
parsemé de poils courts et glanduleux; d'un brun foncé. *RAMEAUX* naissant, ainsi
que leurs divisions, dans l'aisselle d'une bractée; filiformes, de la couleur de l'axe des
panicules: les inférieurs solitaires; les supérieurs au nombre de trois ou de cinq.

Fleurs très nombreuses, pendantes, pédiculées, disposées en grappes sur les divisions des rameaux de la panicule; flosculeuses, de la grandeur de celles de
l'*ARTEMISIA campestris.*

Pédicules dans l'aisselle d'une bractée, au nombre de trois ou de quatre, filiformes,
recouverts d'écailles; de la longueur des fleurs. *ÉCAILLES* se recouvrant mutuellement comme les tuiles d'un toit; ovales, obtuses, membraneuses, transparentes, d'un
rose vif: les inférieures très petites; les supérieures insensiblement plus grandes.

————

(1) Formé de deux mots grecs, Καλός, enfos, bon, et μηρίς, méris, partie. Genre dédié à BONAPARTE, Empereur des Français.

Bᴿᴬᶜᵀᴱᴱˢ en cœur et ovales, pointues, membraneuses sur leurs bords et à leur sommet; d'abord d'un vert foncé, ensuite de couleur de rouille : celles des rameaux et de leurs divisions beaucoup plus grandes que celles des pédicules.

Cᴬᴸᴵᶜᴱ ᶜᴼᴹᴹᵁᴺ oblong, formé de quelques écailles semblables à celles des pédicules, et beaucoup plus grandes; ne contenant que trois ou quatre fleurons.

Fᴸᴱᵁᴿᴼᴺˢ en forme d'entonnoir, hermaphrodites, entièrement recouverts par le calice. *Tube* articulé sur l'ovaire, cylindrique, insensiblement dilaté, parsemé de poils peu apparents; d'un vert blanchâtre. *Limbe* en cloche, glabre, d'un pourpre foncé, divisé au sommet en cinq dents recourbées.

Éᵀᴬᴹᴵᴺᴱˢ cinq, attachées vers le sommet du tube, plus courtes que le limbe. *Filets* capillaires, blanchâtres, très courts. *Anthère* tubulée, engaînant le style, divisée à son sommet en cinq dents; d'un jaune très pâle.

Oᴠᴬᴵᴿᴱ ovale, verdâtre, parsemé de poils peu apparents. *Style* filiforme, blanchâtre, plus long que l'anthère. *Stigmates* deux, réfléchis, creusés intérieurement d'un sillon, frangés à leur sommet, plus longs que la fleur.

Sᴱᴹᴱᴺᶜᴱˢ contenues dans le calice subsistant qui fait les fonctions de péricarpe: ovales, comprimées, glabres, sans aigrette, très petites, de couleur brune.

Rᴱᶜᴱᴾᵀᴬᶜᴸᴱ très étroit, un peu convexe, parfaitement nu.

*Obs.* 1.° S. M. l'Impératrice des Français, s'étant aperçue que la plante dont je viens de présenter la description constituoit un genre nouveau, voulut bien m'indiquer elle-même le nom que je devois lui donner. MM. Ruiz et Pavon ayant déjà consacré celui de *Bonapartea* dans la Flore du Pérou, et M. Palisot-Beauvois celui de *Napoleona* dans la Flore d'Oware et de Benin; j'ai eu recours à la langue grecque, qui a fourni aux Botanistes un grand nombre de dénominations aussi expressives qu'harmonieuses, pour obéir au désir de S. M. l'Impératrice, et pour donner à S. M. l'Empereur une foible preuve de la reconnoissance qu'il a droit d'attendre de tous ceux qui cultivent les arts et les sciences.

2.° J'ai donné à la plante que je viens de décrire le nom spécifique d'*Amaranthoides*, parceque ses fleurs ont l'apparence de celles de plusieurs espèces de l'ordre des Amarantes. M. Dumont Courset, correspondant de la première classe de l'Institut de France, et auteur de l'excellent ouvrage intitulé le *Botaniste Cultivateur*, envoya l'année dernière deux pieds de cette belle espèce à S. M. l'Impératrice. Les fleurs se développèrent au commencement de l'été. Je me hâtai de les analyser, et j'en examinai successivement un grand nombre pendant l'espace de deux mois. Je n'aperçus d'abord dans leur intérieur que trois tubercules qui s'alongèrent insensiblement, et qui présentoient alors la forme de petites massues. Comme ces corpuscules avoient quelque apparence d'étamines, je craignis que les deux pieds cultivés à la Malmaison ne fussent des individus mâles d'un genre nouveau qu'il eût été impossible de déterminer sans voir l'individu femelle. Mes inquiétudes furent entièrement dissipées vers la fin de fructidor. Les corpuscules avoient pris beaucoup d'accroissement, et je reconnus qu'ils constituoient chacun une fleur parfaitement semblable à un fleuron de composée. L'observation de la corolle monopétale et épigyne, des étamines réunies par leurs anthères, du style divisé en deux stigmates recourbés, des semences sans aigrette, et du réceptacle nu, me démontra que la plante étoit de la famille des Corymbifères, et qu'elle appartenoit à la quatrième section de cet ordre.

*Expl. des fig.* 1, Une fleur pédiculée et quatre fois grossie. 2, La même dont les écailles du calice ont été écartées pour montrer les trois fleurons. 3, Un fleuron dont le limbe est ouvert, pour montrer l'attache des étamines, la forme de l'anthère et celle des stigmates. 4, Une semence de grandeur naturelle. 5, La même grossie.

*Gnaphalium Diosmæfolium*

# GNAPHALIUM *DIOSMÆFOLIUM.*

Fam. des Corymbifères, *Juss.* — Syngénésie Polygamie superflue, *Linn. Syst. Vegetab.* §. 1. *Fruticosa, Argyrocoma.*

GNAPHALIUM foliis linearibus, patenti-recurvis, suprà scabris; corymbis densis; calicibus basi
cinereis.

Arbrisseau d'un bel aspect, très rameux, garni, au sommet de chaque rameau, de fleurs très petites et blanchâtres,
disposées en un corymbe serré; originaire du Cap de Bonne-Espérance. Il passe l'hiver dans l'orangerie, et fleurit au
milieu de l'été.

Tige droite, cylindrique, très rameuse, d'un brun cendré, recouverte dans sa
partie inférieure d'un épiderme gercé, hérissée dans sa partie supérieure de poils
courts; haute de six décimètres, de la grosseur de l'index. *Branches* alternes, étalées, feuillées dans toute leur étendue; de la forme et de la couleur de la partie
supérieure de la tige. *Rameaux* axillaires, nombreux, rapprochés, peu ouverts:
les inférieurs courts; les supérieurs plus alongés.

Feuilles éparses, libres et ouvertes à leur base, recourbées vers leur sommet;
sessiles, linéaires, réfléchies sur leurs bords, surmontées d'une pointe cartilagi-
neuse et peu apparente; paroissant, lorsqu'on les observe avec la loupe, hérissées
sur leur surface supérieure de soies roides et courtes qui les rendent rudes au
toucher; d'un vert foncé en dessus, drapées et blanchâtres en dessous, longues
de douze millimètres, à peine larges de deux.

Corymbes au sommet des branches et des rameaux; presque convexes, très serrés,
larges de trois à quatre centimètres. *Pédoncules* cylindriques, drapés, divisés
et à plusieurs fleurs, munis de bractées : ceux du centre droits; ceux de la
circonférence ouverts.

Fleurs presque globuleuses, de la grosseur d'un petit pois; pédiculées, composées
et flosculeuses, blanchâtres.

Pédicules droits, munis de bractées; de la couleur des pédoncules; un peu plus
longs que les fleurs.

Bractées à la base des pédoncules et de leurs divisions; solitaires, d'une forme
et d'une couleur différentes : celles des pédoncules, semblables aux feuilles; celles
des pédicules, droites, ovales, pointues, concaves, membraneuses, blanchâtres.

Calice commun formé d'écailles serrées, membraneuses, luisantes, se recouvrant
mutuellement comme les tuiles d'un toit : les inférieures et extérieures arrondies,
de couleur cendrée; les supérieures et intérieures oblongues, très obtuses,
blanchâtres.

Fleurons nombreux, hermaphrodites, en forme d'entonnoir. *Tube* cylindrique,
insensiblement dilaté, verdâtre dans sa moitié inférieure. *Limbe* très court, à
cinq dents réfléchies.

Étamines cinq, attachées à la partie moyenne du tube, de la longueur du
limbe. *Filets* libres, capillaires, très courts. *Anthère* cylindrique, tubulée,
engaînant le style, divisée à son sommet en cinq dents; blanchâtre.

OVAIRE en forme de cône renversé; glabre, surmonté d'une aigrette. STYLE capillaire, de la longueur des étamines. STIGMATE à deux divisions recourbées, obtuses à leur sommet.

SEMENCES de la forme des ovaires, d'un brun cendré, entourées par le calice subsistant. AIGRETTES formées d'un petit nombre de rayons réunis en anneau à leur base, droits, filiformes, dilatés et ciliés vers leur sommet, de la couleur des fleurons, et plus longs que les semences.

RÉCEPTACLE convexe, nu, ponctué, verdâtre.

OBS. 1.ᵉ La plante que je viens de décrire paroît avoir beaucoup de rapports avec les GNAPHALIUM teretifolium LINN., ericoides et recurvum LAM.; mais elle s'en distingue par plusieurs caractères, surtout par ses feuilles, qui ne sont point adnées ou adhérentes dans leur partie inférieure aux branches et aux rameaux, et dont la surface supérieure est hérissée de poils roides et courts qui les rendent rudes au toucher.

2.ᵉ Le genre GNAPHALIUM de Linnæus renferme un grand nombre d'espèces qui diffèrent entre elles par les fleurons quelquefois tous hermaphrodites, plus souvent hermaphrodites et femelles-fertiles; par les aigrettes dont les rayons sont ou simples, ou en pinceau, ou plumeux; par le réceptacle presque toujours nu, et quelquefois laineux. Gærtner, voulant faire disparoître les différences que présentoient les espèces de GNAPHALIUM, ainsi que celles des FILAGO et XERANTHEMUM, a réformé les caractères de chacun de ces genres, et en a établi quelques uns de nouveaux. La plante que je viens de décrire appartient à son genre ELYCHRYSUM (1); et je lui aurois donné ce nom, si le travail du célèbre Botaniste Allemand sur cette partie étoit plus généralement adopté.

3.ᵉ On cultive à la Malmaison plusieurs espèces de GNAPHALIUM, parmi lesquelles se trouvent les GNAPHALIUM grandiflorum, coronatum, discolorum, ericoides, crassifolium, orientale, eximium et odoratissimum, LINN.

Expl. des fig. 1, Fleur grossie, pédiculée, et munie d'une bractée. 2, Une écaille inférieure. 3, Une écaille supérieure. 4, Un fleuron grossi. 5, Fruit dont on a retranché la partie antérieure du calice, et dont on a enlevé les semences, pour montrer la forme du réceptacle.

---

(1) Ce genre est caractérisé par les écailles du calice commun, qui sont membraneuses, colorées et inégales; par les fleurons, qui sont tous hermaphrodites et à cinq divisions; et par les aigrettes des semences, qui sont ordinairement simples et quelquefois ciliées.

*Metrosideros Floribunda*

Peint par P. J. Redouté.

# METROSIDEROS *FLORIBUNDA.*

Fam. des Myrtes, *Juss.* — Icosandrie Monogynie, *Linn.*

METROSIDEROS foliis oppositis, petiolatis, ovato-lanceolatis; paniculâ brachiatâ; calicibus integerrimis; petalis brevissimis.

Metrosideros *floribunda.* Foliis oppositis, petiolatis, ovato-lanceolatis; paniculâ brachiatâ; pedicellis
umbellatis. *Smith, Acta Societ. Linnœan. Londin.* vol. 3, pag. 267. *Willden. Spec. Plant.*

Arbrisseau d'un bel aspect, dont le port a quelque ressemblance avec celui de l'*Eugenia uniflora*, ou *Plinia
rubra Linn.*; originaire de la Nouvelle Hollande. Il passe l'hiver dans l'orangerie, et fleurit au milieu du printemps.

Tige droite, cylindrique, rameuse, recouverte d'un épiderme gercé et d'un brun
cendré; haute d'un mètre, de la grosseur du petit doigt. *Rameaux* axillaires,
opposés en croix, très ouverts, glabres, pliants, de la forme et de la couleur
de la tige.

Feuilles opposées en croix, très ouvertes, pétiolées, obliques ou présentant un
de leurs bords dans la direction de la tige et des rameaux; ovales et en lance,
amincies à chaque extrémité, pointues à leur sommet, relevées en dessous d'une
côte saillante d'où partent un grand nombre de nervures presque parallèles; creusées en dessus d'un pareil nombre de sillons; glabres, luisantes, ponctuées, planes,
coriaces; répandant, lorsqu'on les froisse, une odeur aromatique; d'un vert foncé
en dessus et plus pâle en dessous; longues de neuf centimètres, larges de deux et
demi.

Pétioles articulés, peu ouverts, quelquefois contournés; dilatés sur leurs bords
par le prolongement des feuilles; convexes d'un côté, sillonnés de l'autre, glabres,
de couleur purpurine, extrêmement courts.

Panicule au sommet des rameaux; droite, étalée à sa base; resserrée vers son sommet. *Rameaux* de la *panicule* opposés en croix, cylindriques, glabres, munis de
bractées à leur base, divisés dans leur moitié supérieure; d'un brun cendré: les inférieurs horizontaux, longs de sept centimètres; les supérieurs insensiblement
moins ouverts et plus courts.

Pédoncules à plusieurs fleurs; ayant la direction, la forme et la couleur des rameaux
de la panicule.

Fleurs très petites, pédiculées, d'un blanc jaunâtre, sans odeur, munies de bractées;
celles du centre de chaque petit bouquet s'épanouissant les premières.

Pédicules cylindriques, glabres, de la couleur des fleurs, et plus courts.

Bractées à la base des rameaux et des divisions de la panicule; opposées, horizontales, en lance, aiguës, membraneuses, ponctuées, tombant promptement.

Calice tubulé, glabre, ponctué; d'abord lisse et blanchâtre, ensuite ridé et d'un
brun foncé dans la dessiccation. *Tube* insensiblement dilaté, de la longueur du
pédicule. *Limbe* hémisphérique, en forme de cupule, très entier à son bord.

Pétales cinq, très petits, attachés au bord du limbe du calice; droits, arrondis, crénelés, ponctués, tombant promptement.

ÉTAMINES nombreuses, ayant la même attache que la corolle, et deux fois plus longues. *FILETS* courbés sur l'ovaire avant et après l'émission du pollen, droits au moment où les anthères s'ouvrent; en alène, de la couleur des pétales. *ANTHÈRES* vacillantes, arrondies, à deux lobes, s'ouvrant latéralement, d'un jaune de soufre. OVAIRE globuleux, adhérent au fond du calice, divisé en trois loges, et contenant plusieurs ovules. *STYLE* droit, cylindrique, plus court que les étamines. *STIGMATE* simple.

FRUIT......

*OBS. 1.°* La plante que je viens de décrire ayant absolument tous les caractères attribués par M. *SMITH* à son *METROSIDEROS floribunda*, j'ai cru devoir la rapporter à cette espèce, en insistant néanmoins dans la phrase spécifique sur quelques caractères de la fructification qui lui sont propres, et qui peuvent servir à la faire reconnoître.

2.° Le genre *METROSIDEROS* établi par MM. Banks et Solander comprend aujourd'hui un assez grand nombre d'espèces dont plusieurs avoient été mal à propos rapportées aux genres *LEPTOSPERMUM* et *MELALEUCA*, par MM. Forster, Linnæus le fils, Schrader, etc. C'est Gærtner qui, le premier, a exposé les caractères distinctifs des genres auxquels appartiennent les plantes de la famille des Myrtes, originaires de la Nouvelle Hollande. M. Smith, ayant été à portée d'observer un plus grand nombre de ces espèces, a perfectionné le travail du célèbre Botaniste Allemand, et lui a donné un plus grand développement (1). Il a décrit treize espèces du genre *METROSIDEROS*, qu'il a divisées en deux sections caractérisées, l'une par les feuilles opposées, et l'autre par les feuilles alternes. Comme il est néanmoins peu de genres parfaitement naturels dans lesquels les espèces présentent ces deux sortes de situations de feuilles, ne peut-on pas présumer qu'il existe, dans les espèces rapportées au genre *METROSIDEROS*, des limites qui ne sont pas encore connues? En effet les espèces de la première section se distinguent de celles de la seconde, non seulement par la situation de leurs feuilles, mais encore par leurs fleurs, qui, loin d'être sessiles et rapprochées en un épi surmonté d'une nouvelle pousse, sont disposées en panicule, ou en corymbe, ou portées sur des pédoncules plus ou moins rameux. Je puis encore ajouter que, dans les deux espèces de *METROSIDEROS* (2) à feuilles opposées, dont j'ai observé les organes de la fructification sur des individus vivants, il existe quelques différences qui pourront peut-être acquérir plus d'importance, si elles se trouvent dans les espèces qui ne sont connues jusqu'à présent que par l'analyse qui en a été faite sur des échantillons desséchés. Dans le *METROSIDEROS anomala* (3), la corolle est évidemment une continuation du limbe du calice, et elle porte une partie des étamines. Dans le *METROSIDEROS floribunda*, le calice est très entier à son limbe, et les pétales sont peu apparents.

3.° On cultive à la Malmaison les *METROSIDEROS linearis SMITH*, et *SCHRADER Sertum Hannover*. Pl. 11, *METROSIDEROS lanceolata SMITH*, et *METROSIDEROS lophanta Hort. Cels.* Pl. 69, *METROSIDEROS saligna SMITH*, et *Hort. Cels.* Pl. 70, *METROSIDEROS anomala Jard. Malm.* Pl. 5, *METROSIDEROS floribunda Jard. Malm.* Pl. 75, et plusieurs autres espèces envoyées comme nouvelles, mais qui n'ont pas encore fleuri.

*Expl. des fig.* 1, Fleur grossie et vue de côté. 2, Un pétale grossi. 3, Fleur également grossie, dont on a retranché le limbe du calice qui porte la corolle et les étamines, pour montrer l'ovaire plongé au fond du tube.

(1) La dissertation que M. Smith a publiée dans le troisième volume des Actes de la Société Linnéenne de Londres, sur les caractères botaniques de plusieurs plantes de l'Ordre Naturel des Myrtes, a été entièrement adoptée dans la nouvelle édition que donne M. Willdenow du *Species Plantarum* de Linnæus.

(2) *METROSIDEROS anomala*, *Jardin de la Malm.*, pag. et pl. 5, et *METROSIDEROS floribunda*, *ibid.*, pag. et pl. 75.

(3) Cette plante, publiée depuis par M. Andrews dans le quatrième volume du *Botanist's Repository*, pl. 281, sous le nom de *METROSIDEROS hirsuta*, paroît avoir une grande affinité avec le *METROSIDEROS hispida* de M. Smith. Je n'avois point indiqué cette affinité en décrivant le *METROSIDEROS anomala*, parceque les pédoncules étoient à une seule fleur dans l'individu que j'observois.

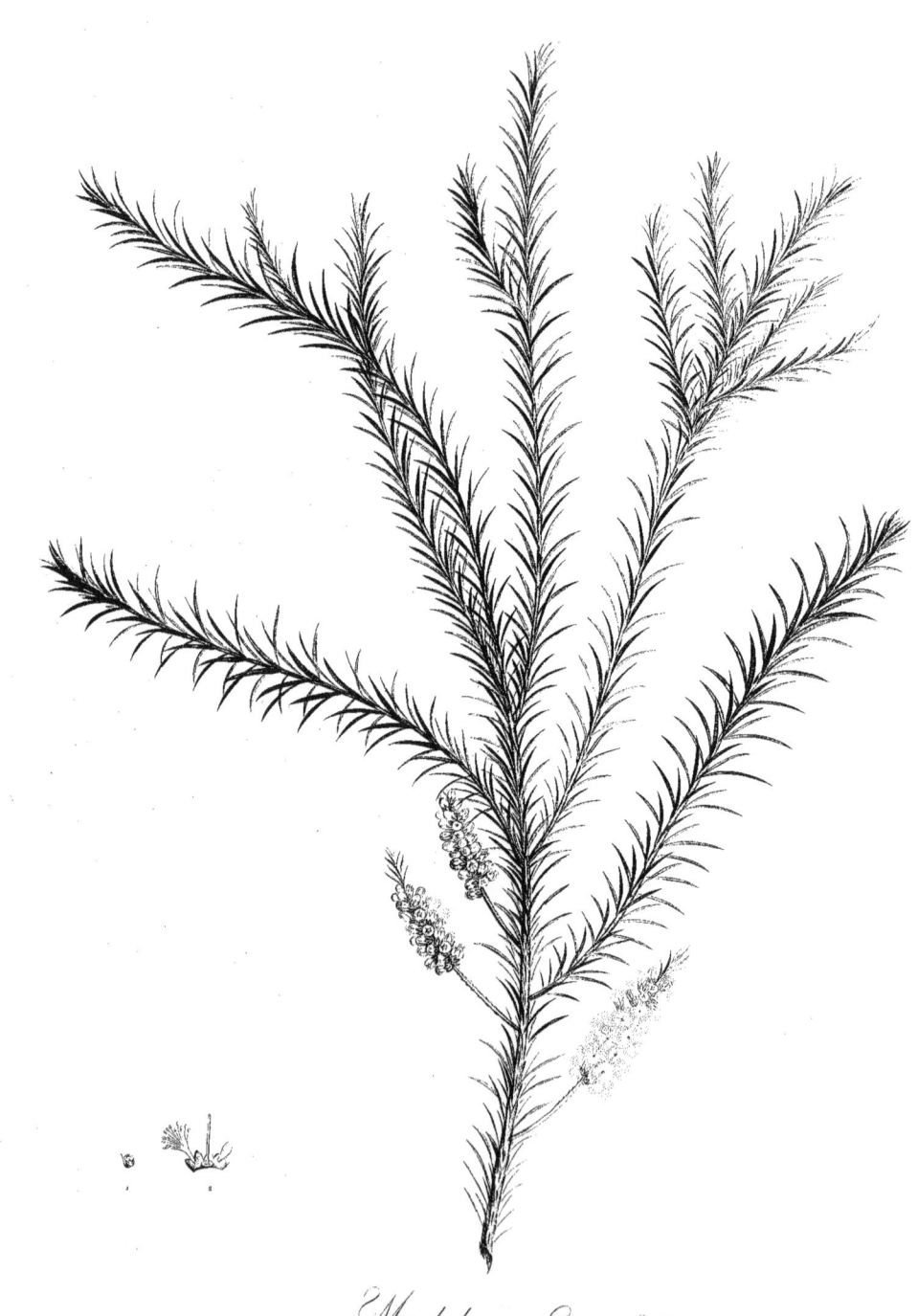

*Melaleuca Ericafolia*

Peint par P. J. Redouté.

# MELALEUCA *ERICÆFOLIA.*

Fam. des Myrtes, *Juss.* — Polyadelphie Icosandrie, *Linn.*

MELALEUCA foliis sparsis, linearibus, subrecurvis, extùs convexis; floribus glomerato-spicatis; staminum phalangibus apice ramosis.

Melaleuca *ericæfolia.* Foliis sparsis oppositisve, linearibus, enerviis, subrecurvis; floribus lateralibus, apicem versùs ramulorum confertis. *Smith, Acta Societ. Linn. Londin.* 3, pag. 276. *Andrews, Botan. Reposit.* 175. *Willden. Spec. Plantar.*

Arbrisseau d'un aspect agréable, dont les branches alongées et pliantes sont recouvertes d'un feuillage semblable à celui de plusieurs espèces d'*Erica* et de *Diosma*; originaire de la Nouvelle Hollande. Il passe l'hiver dans l'orangerie, et fleurit au commencement de l'été.

Tige de deux mètres de hauteur, et de huit centimètres de circonférence; droite, cylindrique, très rameuse, recouverte d'une écorce mince, gercée et d'un gris cendré. Branches alternes, ouvertes, pliantes, nues dans leur partie inférieure, et marquées de cicatrices formées par la chute des pétioles; feuillées et plusieurs fois divisées dans leur partie supérieure; de la forme et de la couleur de la tige. Rameaux nombreux, rapprochés, plus ou moins ouverts, paroissant anguleux par la saillie du support des feuilles; d'un brun cendré.

Feuilles éparses, presque droites, recourbées vers leur sommet, pétiolées, linéaires, pointues, très entières, convexes en dessous, concaves en dessus, ponctuées, d'un vert gai, d'une odeur et d'une saveur aromatiques; longues de deux centimètres, larges d'un millimètre.

Pétioles extrèmement courts, articulés au sommet d'une protubérance qui se prolonge sur les branches et sur les rameaux; droits, convexes d'un côté, aplatis de l'autre; d'un blanc jaunâtre.

Épis naissant sur le vieux bois; solitaires, peu ouverts, cylindriques, munis de bractées, très alongés. Axes des Épis de la forme des rameaux; rougeâtres, nus et écailleux dans leur partie inférieure, garnis de fleurs dans la supérieure, dont le sommet s'alonge pendant la floraison et produit une pousse conforme à celle des branches.

Fleurs munies chacune d'une bractée à leur base; sessiles, très serrées, rougeâtres avant leur épanouissement, d'un blanc sale lorsqu'elles sont développées; répandant une odeur de miel; longues et larges d'un centimètre.

Bractées et Écailles articulées au sommet d'une protubérance semblable à celle qui porte les feuilles; droites, ovales, pointues, concaves, membraneuses, pubescentes, rougeâtres, tombant promptement; moitié plus courtes que les fleurs.

Calice du tiers de la longueur de la fleur; en cloche, glabre, ponctué, d'un vert foncé; divisé à son limbe en quatre ou cinq découpures droites, ovales, obtuses, membraneuses sur leurs bords.

Pétales quatre ou cinq, attachés à la base du limbe du calice, et alternes avec ses divisions; peu ouverts, ovales, obtus, concaves, ponctués, tombant promptement.

Étamines nombreuses, insérées sur le calice au dessous de la corolle, rapprochées en quatre ou cinq faisceaux opposés aux pétales et deux fois plus longs. *Faisceaux* formés chacun de plusieurs filets qui adhèrent dans leur moitié inférieure, et qui sont libres et étalés dans la supérieure. *Anthères* vacillantes, ovales, creusées de quatre sillons, s'ouvrant latéralement.

Ovaire adhérent au fond du calice; globuleux, parsemé de poils courts et peu apparents; divisé en trois loges, contenant un grand nombre d'ovules. *Style* droit, cylindrique, glabre, blanchâtre, de la longueur des étamines. *Stigmate* dilaté, tronqué.

Fruit.....

*Obs.* 1.° Les fleurs de l'individu que je viens de décrire étoient sur le point de s'épanouir, lorsque l'arbrisseau fut renversé par le vent. La branche qui a été dessinée, et qui étoit la seule garnie de fleurs, fut cassée. Cet accident a suspendu le développement de l'axe des épis, dont le sommet n'a pas été surmonté d'une pousse vigoureuse.

2.° Les écailles situées dans la partie inférieure des rameaux florifères ne doivent-elles pas être considérées comme des bractées dont les fleurs sont avortées?

3.° M. Andrews présume que les *Melaleuca ericæfolia* et *nodosa* ne sont qu'une seule et même espèce. J'ai vu dans l'herbier de M. de Jussieu des exemplaires de chacune de ces plantes, envoyés par M. Smith. Je les ai observés avec le plus grand soin, et je suis convaincu qu'ils appartiennent à deux espèces distinctes, comme le prouve la phrase suivante qui présente les caractères distinctifs du *Melaleuca nodosa*, comparativement à ceux que j'ai énoncés du *Melaleuca ericæfolia* :

*Melaleuca nodosa*. Foliis sparsis, linearibus, mucronatis, rectis, planis; floribus laxè spicatis; staminum phalangibus basi ramosis.

*Expl. des fig.* 1, Bouton à fleur avec sa bractée. 2, Fleur dont on a retranché quatre pétales et quatre faisceaux d'étamines, pour montrer la forme, l'attache et la situation respective de ses différents organes.

*Diosma Serratifolia*

Peint par P.J. Redouté.

# DIOSMA *SERRATIFOLIA.*

F a m. des R u t a c é e s, *Juss.* — P e n t a n d r i e  M o n o g y n i e, *Linn.*

D I O S M A foliis lanceolatis, serrulatis, trinerviis; pedunculis unifloris; staminibus quinque sterilibus; germinibus basi squamosis.

D i o s m a *serratifolia.* Foliis lanceolatis, glanduloso-serrulatis; pedunculis axillaribus, oppositis, unifloris. *Curtis, Magaz.* 456.

Arbrisseau d'un port élégant; originaire de Botany-Bay. Il passe l'hiver dans l'orangerie, et fleurit sur la fin de cette saison.

---

T i g e droite, cylindrique, pliante, rameuse, feuillée, glabre, recouverte d'un épiderme presque lisse et d'un brun cendré; haute de sept décimètres, de la grosseur d'une plume à écrire. *Branches* axillaires, opposées, droites, articulées, légèrement anguleuses par le prolongement des bords des pétioles; d'un rouge foncé. *Rameaux* très rapprochés, ayant la situation, la direction, la forme et la couleur des branches.

F e u i l l e s opposées en croix, horizontales et recourbées, pétiolées, en lance, obtuses, garnies sur leurs bords de dents peu profondes; munies dans le sinus de chaque dent d'une glande transparente; relevées de trois nervures sur la surface inférieure, creusée sur la supérieure de trois sillons; glabres, ponctuées, visqueuses, d'un vert foncé en dessus, d'un vert pâle et luisant en dessous; répandant, lorsqu'on les froisse, une odeur de menthe; longues de quatre centimètres, larges de huit millimètres.

P é t i o l e s articulés, droits, convexes en dehors, sillonnés en dedans, extrêmement courts; d'un vert blanchâtre.

P é d i c u l e s axillaires, solitaires, opposés, à une seule fleur, presque droits, cylindriques, munis de bractées dans leur partie supérieure; glabres, rougeâtres, plus courts que les feuilles.

F l e u r s droites, d'un blanc pur, hermaphrodites, deux fois plus grandes que celles du *Diosma rubra.*

B r a c t é e s opposées en croix, très rapprochées, horizontales, de la forme et de la couleur des feuilles.

C a l i c e formé de cinq folioles en lance, aiguës, très ouvertes, concaves, glabres, ponctuées, subsistantes, d'un vert pâle, de la moitié de la longueur de la fleur.

P é t a l e s cinq, insérés sur un disque hypogyne et peu saillant, alternes avec les folioles du calice; ouverts, ovales, presque obtus, rétrécis à leur base en un onglet très court.

É t a m i n e s dix, très ouvertes, ayant la même attache que la corolle, alternativement stériles et fertiles. *Filets* des *étamines stériles* opposés aux pétales et beaucoup plus courts; en lance, obtus, glabres, comprimés, d'un blanc pur, surmontés d'une petite glande verdâtre. *Filets* des *étamines fertiles* opposés aux folioles du calice, en alène, presque aussi longs que les pétales; pubescents, d'une teinte purpurine. *Anthères* droites, ovales, obtuses, comprimées, à deux loges, s'ouvrant latéralement; d'un brun pourpre.

*Ovaire* libre, globuleux, verdâtre, muni, à la base intérieure du disque qui l'entoure, de cinq écailles orbiculaires, ouvertes, ciliées, portées sur un onglet droit. *Style* cylindrique, velu, blanchâtre, de la longueur des étamines stériles. *Stigmate* obtus.

*Fruit*....

*Obs.* 1.° A mesure que les pédoncules des fleurs s'alongent dans le *Diosma serratifolia*, les bractées prennent beaucoup d'accroissement, et les fleurs qui ont paru les premières sont alors réellement terminales. Mais comme il naît en même temps de nouvelles fleurs dans les aisselles des bractées, la plante présente toujours plus de fleurs axillaires que de fleurs terminales.

2.° L'espèce que je viens de décrire est remarquable par ses feuilles en lance et relevées de trois nervures, par les glandes situées dans les sinus des dents des feuilles, par ses fleurs ordinairement axillaires et quelquefois terminales, par ses dix étamines dont cinq sont stériles, et par les cinq écailles munies d'un onglet qui entoure l'ovaire. La plupart de ces caractères existent aussi dans les *Diosma latifolia* (1), *crenata* (2), *pulchella* et *betulina* de M. Thunberg; mais ces espèces se distinguent aisément du *Diosma serratifolia* par plusieurs considérations, et sur-tout par la forme des feuilles.

3.° Les espèces du genre *Diosma*, considérées sous le rapport d'agrément, méritent de partager avec les Bruyères, les Géraines, les Lauréoles, etc., les soins du cultivateur. Elles sont presque toutes originaires du Cap de Bonne-Espérance; quelques unes croissent naturellement en Éthiopie; et une seule, savoir, celle que je publie, a été découverte hors de l'Afrique. Ce sont de petits arbrisseaux dont le port a de la grace, dont la verdure est très agréable à l'œil, dont les feuilles ponctuées répandent une odeur aromatique lorsqu'on les froisse, et dont les fleurs sont ordinairement disposées en bouquet au sommet des jeunes rameaux. Les espèces de ce genre cultivées à la Malmaison sont les *Diosma oppositifolia*, *obtusata*, *alba*, *rubra*, *ericoides*, *imbricata*, *pubescens*, *crenata*, *uniflora*, *pulchella*, de M. Thunberg, *hirta Jard.* de *Malm.*, pag. et pl. 72, et quelques autres qui ont été envoyées comme nouvelles, mais dont une seule a fleuri. Je me propose de publier incessamment cette espèce, à laquelle je donne le nom de *Cerefolium*, parceque ses feuilles et ses fleurs répandent la même odeur que le Cerfeuil. Elle peut être caractérisée par la phrase suivante :

*Diosma Cerefolium.* Foliis sparsis, patulis, lanceolatis, ciliatis, planis; capitulis terminalibus; staminibus quinque sterilibus; germinibus nudis.

*Expl. des fig.* 1, Fleur vue en dedans. 2, La même grossie, dont on a enlevé le calice et la corolle pour montrer l'attache et la forme des étamines. 3, Un pétale onguiculé. 4, Pistil grossi, dont l'ovaire est entouré de cinq écailles. 5, Une écaille.

---

(1) L'espèce que M. de Lamarck a nommée *Betulina* me paroît être la même que le *Diosma latifolia* de M. Thunberg. Cette plante, dont les feuilles sont ovales, pubescentes en dessous, et sur lesquelles il n'existe qu'une seule rangée de glandes situées dans les sinus des dents, est facile à distinguer de toute autre espèce du genre.

(2) Ne doit-on pas regarder comme synonyme du *Diosma crenata* l'espèce désignée sous le nom de *Latifolia* par M. Andrews, *Botan. Reposit.* 55 ? Cette plante, qui est du nombre de celles que l'on cultive à la Malmaison, a des feuilles opposées, glabres, ponctuées; et son inflorescence, analogue à celle du *Diosma serratifolia*, présente plus de fleurs axillaires que de fleurs terminales.

*Sparrmannia Africana*

Peint par P. J. Redouté.

Gravé par Bocé.

# SPARRMANNIA.

Fam. des Tiliacées, *Juss.* — Monadelphie Polyandrie, *Linn.*

CHARACTER ESSENTIALIS. *Calix* 4-phyllus. *Petala* 4, calice longiora. *Stamina* numerosa, basi monadelpha; filamentis omnibus torulosis, exterioribus sterilibus, interioribus antheriferis. *Ovarium* pentagonum, hispidum; stylus simplex; stigma papillosum. *Capsula* 5-angularis, echinata, 5-locularis; loculis 2-spermis. *Corculum* perispermo cinctum? *Umbellæ foliis alternis et stipulaceis oppositæ.* *Flores lactei.*

## SPARRMANNIA *AFRICANA.*

Sparrmannia *africana.* *Linn. Supplem. Thunb. Nov. Plant. Gen. 5*, pag. 88. *Retz. Observat. 5*, pl. 3 ( Descriptione, Synonymo *Rumphii*, et patriâ exclusis ). *Curt. Magaz.* 516. *Willd. Spec. Plant.*

Arbrisseau originaire du Cap de Bonne-Espérance, s'élevant à deux mètres; ressemblant, par son port, à un *Sida* ; par son inflorescence, à un *Geranium* ; et par son fruit, au *Commersonia* de Forster. Il passe l'hiver dans la serre chaude, et fleurit en ventôse.

---

Tige droite, cylindrique, poussant de sa base plusieurs rejets; presque lisse et de couleur brune dans sa partie inférieure ; d'un vert foncé à son sommet; hérissée de poils blanchâtres, un peu rude au toucher, haute d'un mètre, de la grosseur du pouce. Rameaux alternes, presque droits, cylindriques, striés, velus, de la couleur de la partie supérieure de la tige.

Feuilles alternes, pendantes, pétiolées, munies de stipules; en cœur, pointues, lobées, inégalement dentées, relevées de plusieurs nervures qui partent du point de l'insertion du pétiole; veineuses, légèrement ridées, parsemées sur chaque surface et sur leurs bords de poils droits et blanchâtres; d'un vert foncé en dessus, d'un vert très pâle en dessous; longues de seize centimètres, larges de onze.

Pétioles articulés, peu ouverts, recourbés à leur sommet qui est implanté un peu au dessus du sinus de la base des feuilles; cylindriques, velus, longs de douze centimètres.

Stipules distinctes du pétiole, et situées à chaque côté de sa base; se prolongeant sur les rameaux, droites, en alène, velues, se flétrissant et tombant promptement; longues d'un centimètre.

Ombelles solitaires, simples, étalées, munies d'une collerette, pédonculées, et opposées aux feuilles comme dans la plupart des espèces du genre *Geranium;* peu garnies de fleurs. Collerettes formées de dix à douze folioles peu ouvertes, linéaires, pointues, velues, longues de deux centimètres. Pédoncules opposés aux feuilles, droits, cylindriques, velus, de la longueur des pétioles.

Fleurs pédiculées, penchées, d'un blanc de lait; sans odeur, presque aussi grandes que celles du *Malva Alcea;* subsistant pendant plusieurs jours.

Pédicules ou Rayons de l'Ombelle en nombre égal à celui des folioles de la collerette, et deux fois plus longs; d'abord réfléchis, se redressant ensuite à mesure que les fleurs s'épanouissent; de la forme et de la couleur du pédoncule commun.

CALICE formé de quatre folioles ouvertes, en lance, aiguës, striées, glabres en dedans, velues en dehors, blanchâtres, de la moitié de la longueur de la fleur.

PÉTALES quatre, insérés sous l'ovaire, alternes avec les folioles du calice et deux fois plus longs; très ouverts, en forme de coin, crénelés à leur sommet, finement striés, glabres.

ÉTAMINES nombreuses, ayant la même attache que la corolle, réunies en anneau à leur base, étalées à leur sommet en forme de houppe, plus courtes que le calice. *FILETS* renflés par intervalles dans toute leur étendue : les extérieurs d'un jaune doré, surmontés d'un globule de couleur pourpre, stériles; les intérieurs d'un pourpre foncé, fertiles ou surmontés d'une anthère, un peu plus longs. *ANTHÈRES* vacillantes, arrondies, creusées de quatre sillons, s'ouvrant latéralement; de la couleur des filets qui les supportent. *POUSSIÈRE FÉCONDANTE* d'un jaune doré.

OVAIRE libre, globuleux, relevé de cinq angles peu apparents, hérissé de soies roides. *STYLE* penché, filiforme, jaunâtre, plus long que les étamines. *STIGMATE* tronqué, paroissant glanduleux lorsqu'on l'observe à la loupe.

FRUIT....

*Obs.* 1.° Le genre *SPARRMANNIA* a été consacré par M. Thunberg à la mémoire d'un savant Suédois, le professeur Sparrman, célèbre par ses voyages au Cap de Bonne-Espérance, en Chine et dans les Terres Australes.

2.° L'organe auquel plusieurs Botanistes ont donné le nom de *Nectaire* dans les fleurs du *SPARRMANNIA africana* doit être considéré comme une portion des étamines dont les anthères sont avortées. Cette assertion ne peut être révoquée en doute, puisque les prétendus nectaires sont insérés, ainsi que les étamines, non pas sur l'ovaire, comme on l'avoit annoncé, mais sur le réceptacle de la fleur, et qu'ils font corps à leur base avec les étamines fertiles. Il suit de cette observation que le *SPARRMANNIA* doit être classé dans la Monadelphie Polyandrie du système sexuel, et que dans l'Ordre Naturel il ne peut pas appartenir à la section de la Famille des Tiliacées qui seroit caractérisée par les étamines distinctes.

3.° J'ai remarqué dans une des fleurs du *SPARRMANNIA* qu'une des étamines stériles s'étoit convertie en un pétale lancéolé. Cette observation, qui est exprimée dans la figure que je publie, fournit une nouvelle preuve que les prétendus nectaires sont de vraies étamines, puisque les fleurs ne deviennent pleines que par la conversion des étamines en pétales (1).

4.° Il suffit d'observer avec la loupe les filets des étamines fertiles du *SPARRMANNIA*, pour reconnoître qu'ils sont renflés à différents intervalles, ainsi que ceux des étamines stériles.

5.° Il ne m'a pas été possible de me procurer un fruit du *SPARRMANNIA*. Je me proposois d'en analyser les semences, et d'observer si l'embryon étoit comprimé et entouré d'un périsperme charnu : caractère qui distingue essentiellement la Famille des Tiliacées de celle des Malvacées.

*Expl. des fig.* 1, Fleur dont le pédicule est muni à sa base d'une foliole de la collerette, et dont on a retranché le calice et trois pétales, pour montrer l'attache de la corolle et des étamines. 2, Portion d'étamines stériles et fertiles, grossie pour montrer leur réunion à leur base, et leur forme différente. 3, Pistil grossi.

---

(1) *Plenus flos fit dum stamina excrescunt in petala.* LINN. *Philosoph. Botan.* Edit. 5, pag. 85.

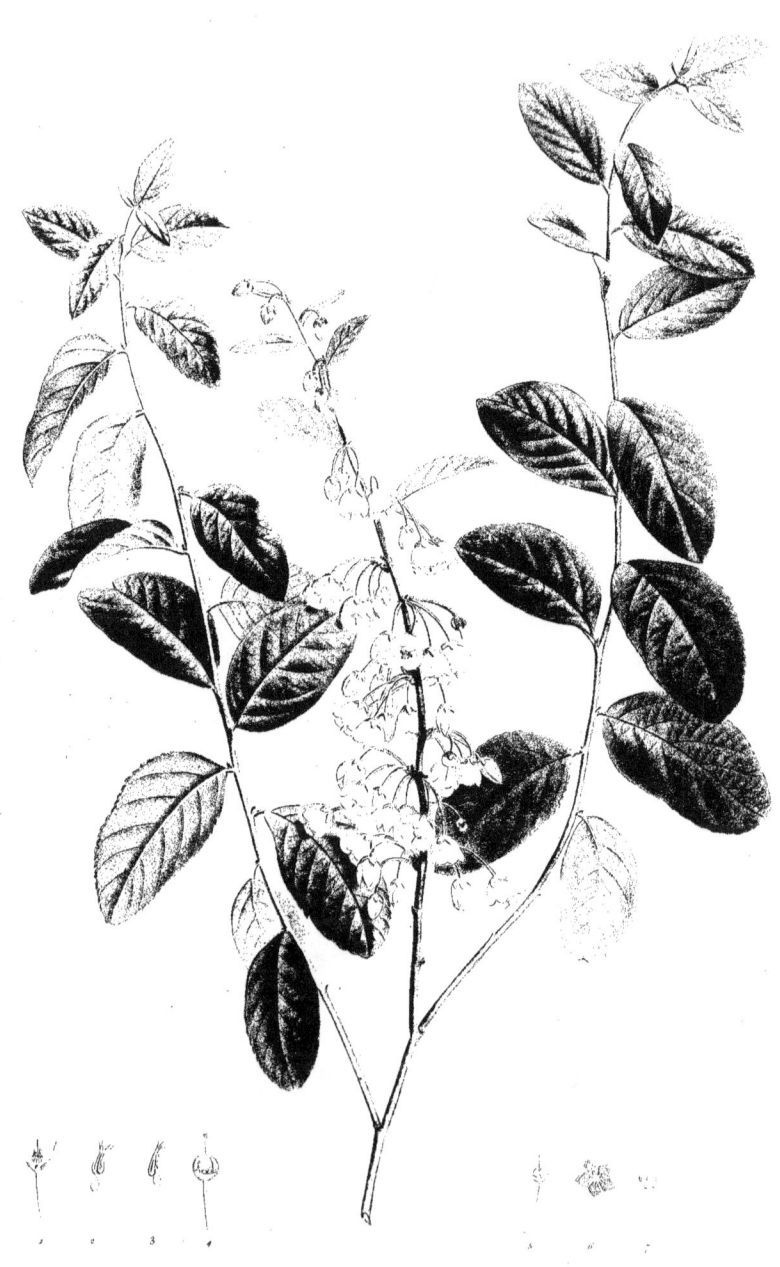

*Andromeda Pulverulenta*

Pein par P. J. Redouté.

# ANDROMEDA *CASSINEFOLIA*, var. *pulverulenta*.

### Fam. des Bruyères, *Juss.* — Décandrie Monogynie, *Linn.*

ANDROMEDA pedunculis aggregatis; corollis campanulatis; antheris quadriaristatis; foliis ovatis, dentatis. *Hort. Cels.* 60.

ANDROMEDA *speciosa*, foliis ovalibus subrotundis, obtusis, crenatis serratisve : ramis terminalibus nudatis, quasi racemifloris : corollis majusculis, campanulatis : antheris apice geminatim quadriaristatis. *Mich. Flor. Boreali-Americ.* vol. 1, pag. 256.

ANDROMEDA *CASSINEFOLIA*, var. *nuda*. Foliis glabris, utrinquè nudis. *Hort. Cels.* pag. et pl. 60.

ANDROMEDA *SPECIOSA*, var. *nitida*. *Mich. Flor. Boreali-Americ.* vol. 1, pag. 256.

ANDROMEDA *CASSINEFOLIA*, var. *pulverulenta*. Foliis subtùs pubescentibus, alboque pulvere conspersis *Hort. Cels.* pag. 60. — *Hortus Malm.* pag. et pl. 79.

ANDROMEDA *SPECIOSA*, var. *pulverulenta*. Ramis, foliis floribusque pulvere albo inspersis; qui candor certò morbus est. *Mich. Flor. Boreali-Americ.* vol. 1, pag. 256.

ANDROMEDA *pulverulenta*. Travels of *BARTRAM*, vol. 2, pl. 3, fig. 2. — *WILLDEN. Spec. plant.* vol. 2, pag. 610.

Arbrisseau d'un bel aspect; originaire de l'Amérique Septentrionale, croissant naturellement en Floride et en Caroline. Ses feuilles sont sujettes à se couvrir sur leur surface inférieure d'une poussière très blanche. Il passe l'hiver en pleine terre, et fleurit sur la fin du printemps.

Tige droite, cylindrique, rameuse, recouverte dans sa partie inférieure d'un épiderme de couleur cendrée; lisse et roussâtre dans sa partie supérieure; haute d'un mètre, de la grosseur de l'index. *Branches* alternes, très ouvertes, penchées à leur sommet, rameuses dans leur partie inférieure, garnies de fleurs dans la supérieure; d'un brun-clair. *Rameaux* axillaires, flexibles, munis à leur base et dans leur partie inférieure, de quelques écailles subsistantes des boutons; recouverts d'une poussière blanche qui s'enlève aisément.

Boutons ovales-arrondis, écailleux, disposés alternativement sur toute l'étendue des branches : les inférieurs se développant en rameaux; les supérieurs produisant des fleurs. *Écailles* se recouvrant mutuellement comme les tuiles d'un toit; ovales, aiguës, membraneuses, concaves, subsistantes, blanchâtres.

Feuilles alternes, très ouvertes, pétiolées, ovales, dentées et munies d'une glande au sommet de chaque dent; relevées en dessous d'une côte rameuse, creusées en dessus d'un pareil nombre de sillons; veineuses, glabres et d'un vert foncé sur la surface supérieure, parsemées sur l'inférieure d'une poussière blanche et de quelques poils qu'on n'aperçoit qu'avec la loupe; planes, coriaces, subsistantes : les inférieures obtuses, longues de six centimètres et demi, larges de trente-six millimètres; les supérieures aiguës et plus courtes.

Pétioles horizontaux, quelquefois réfléchis; convexes d'un côté, sillonnés de l'autre, de la couleur des rameaux; extrêmement courts.

Fleurs naissant par petits bouquets dans chacun des boutons de la partie supérieure des branches; formant par leur ensemble une grappe simple, alongée et pyramidale; pédiculées, pendantes, d'un blanc de lait, de la grandeur de celles du *Clethra arborea*.

Pédicules fasciculés au nombre de quatre ou de huit, entourés à leur base des écailles subsistantes des boutons; recourbés, à une fleur, cylindriques, de la couleur des rameaux; longs de deux centimètres.

CALICE très petit, d'une seule pièce, à cinq divisions droites, ovales et aiguës; subsistant, de la couleur des pédicules.

COROLLE monopétale, insérée sur un disque glanduleux situé entre le calice et l'ovaire; en cloche, creusée de cinq sillons, divisée à son limbe en cinq lobes ovales, aigus et réfléchis à leur sommet; se flétrissant avant de tomber.

ÉTAMINES dix, attachées à la base de la corolle et plus courtes. FILETS arqués, dilatés dans leur moitié inférieure, rétrécis et en alène dans la supérieure; de la couleur de la corolle. ANTHÈRES rapprochées et presque réunies par leurs côtés; engaînant le style, vacillantes, linéaires, à deux lobes surmontés chacun de deux soies roides, et creusés en dehors à leur sommet de deux pores; d'un brun-clair. POLLEN d'un blanc de neige.

OVAIRE libre, globuleux, creusé de cinq stries, glabre, verdâtre, entouré à sa base de dix glandes alternes avec les étamines. STYLE cylindrique, parsemé de quelques poils peu apparents, blanchâtre; subsistant, plus long que les étamines. STIGMATE obtus, paroissant glanduleux lorsqu'on l'observe avec la loupe.

CAPSULE de la forme de l'ovaire, entourée à sa base par le calice, surmontée du style, creusée d'un ombilic à son sommet, divisée en cinq loges; s'ouvrant en cinq valves, recouverte d'une poussière blanche. CLOISONS membraneuses, adhérentes au milieu des valves.

SEMENCES nombreuses, ovales, glabres, noirâtres, insérées à un placenta central dont les angles sont saillants dans les loges.

*Obs.* 1.ᵉ La plante que j'avois décrite et figurée dans le Jardin de Cels, pag. et pl. 60, sous le nom d'ANDROMEDA *cassinefolia*, a été depuis mentionnée dans la Flore de l'Amérique Septentrionale, sous le nom d'ANDROMEDA *speciosa* (1). Cette espèce est cultivée depuis quelques années en France, de semences rapportées d'Amérique par M. Bosc. Elle est sujette à se couvrir d'une poussière blanche; et dans cet état elle présente une variété accidentelle qui mérite d'être propagée à cause du bel effet que produit son feuillage. Michaux s'étoit déjà assuré que cette poussière blanche étoit l'effet d'une maladie, et j'ai observé chez M. Cels un individu dont quelques feuilles étoient blanches en dessous, tandis que les autres étoient d'un vert foncé sur les deux surfaces. On ne peut donc douter que l'ANDROMEDA *pulverulenta* ne soit une variété de l'ANDROMEDA *cassinefolia*; et on en sera entièrement convaincu, si l'on considère que les feuilles ont la même forme, que l'inflorescence est la même, et que les fleurs, ainsi que les fruits, ne présentent pas la plus légère différence dans les parties dont ces organes sont formés.

2.ᵉ L'espèce du genre qui se rapproche le plus de l'ANDROMEDA *cassinefolia*, est celle que Linnæus a nommée *Mariana*. Cependant ces deux espèces diffèrent par plusieurs caractères qui ne permettent pas de les confondre, et qui les font aisément distinguer. En effet dans l'ANDROMEDA *mariana* les feuilles ne sont point dentées, les corolles ont une forme ovale - cylindrique, les anthères ne sont point surmontées d'arêtes, et le fruit est presque conique.

*Expl. des fig.* 1, Fleur dont la partie antérieure de la corolle a été retranchée, pour montrer l'attache et la direction des étamines. 2, Une étamine grossie et vue en dedans. 3, La même vue en dehors. 4, Pistil grossi. 5, Fruit. 6, Capsule grossie et coupée transversalement pour montrer les cinq angles du placenta. 7, Quelques semences.

(1) Il n'est pas facile de prononcer quelle est l'espèce du genre ANDROMEDA qui mérite exclusivement de porter le nom de *speciosa*. M. Bartram avoit déjà donné celui de *formosissima* à une autre espèce du même genre; et cependant le nom de *formosissima* n'a été adopté par aucun des Botanistes qui ont décrit ou mentionné la plante découverte par le voyageur Anglais. Cette plante a été nommée *reticulata* par Walter, *populifolia* par Lamarck, *acuminata* par Aiton, *lucida* par Jacquin, et *laurina* par Michaux. Je crois devoir rapporter une note très sensée du traducteur du voyage de Bartram, au sujet de cette dénomination fastueuse, ANDROMEDA *formosissima*.

Linné rejette avec raison ces qualifications vagues, qui, n'exprimant qu'une comparaison entre la plante désignée et les autres espèces du même genre, ne peuvent servir à la faire reconnoître, que lorsqu'on les a toutes sous les yeux. Il entre d'ailleurs tant d'arbitraire dans l'idée que nous nous formons de la beauté, que l'on ne peut donner pour caractère spécifique, cette qualité dont chacun se croit juge compétent, et dont chacun juge diversement. *Voyage dans les parties sud de l'Amérique Septentrionale*, par BARTRAM, traduit par P. V. BENOIST; vol. 1, pag. 65.

*Andromeda Ferruginea*

Peint par P. J. Redouté.

# ANDROMEDA *FERRUGINEA.*

FAM. des BRUYÈRES, *JUSS.* — DÉCANDRIE MONOGYNIE, *LINN.*

ANDROMEDA pedunculis aggregatis; corollis subglobosis; antheris muticis; foliis ellipticis, integerrimis, subtùs squamuloso-furfurosis.

ANDROMEDA *ferruginea.* Pedunculis aggregatis axillaribus, corollis subglobosis, foliis ellipticis integerrimis, subtùs squamoso-farinosis. *AIT. Hort. Kewens.* — *WILLDEN. Spec. Plant.*

ANDROMEDA *ferruginea,* var. fruticosa. *MICH. Flor. Boreali-Americ.* vol. 1, pag. 252.

Arbrisseau toujours vert, dont les jeunes rameaux, les pétioles, les pédoncules sont couverts, ainsi que la surface inférieure des feuilles, de petites écailles serrées et de couleur de rouille; originaire de la Floride et de la Georgie, cultivé de graines rapportées par M. Michaux fils. Il passe l'hiver dans l'orangerie, et fleurit à la fin du printemps.

---

TIGE droite, cylindrique, nue et recouverte dans sa partie inférieure d'un épiderme d'un brun cendré; rameuse, feuillée et parsemée de petites écailles couleur de rouille dans sa partie supérieure; haute de quatre décimètres, de la grosseur d'une plume à écrire. *RAMEAUX* axillaires, alternes, ouverts, légèrement anguleux, de la couleur de la partie supérieure de la tige.

FEUILLES alternes, horizontales, pétiolées, elliptiques, aiguës, très entières, légèrement roulées sur leurs bords, relevées en dessous d'une côte rameuse, creusées en dessus d'un pareil nombre de sillons; veineuses, glabres, subsistantes, d'abord recouvertes d'écailles sur leurs deux surfaces, ensuite glabres et d'un vert foncé sur la surface supérieure, gratteleuses et de couleur de rouille sur la surface inférieure; longues de six centimètres, larges de vingt-six millimètres.

PÉTIOLES se prolongeant sur les branches et sur les rameaux; ouverts, convexes d'un côté, sillonnés de l'autre, de couleur de rouille, très courts.

FLEURS rapprochées par petits bouquets dans les aisselles des feuilles; pédiculées, penchées, peu odorantes, blanchâtres, de la grandeur de celles de l'*ERICA baccans.*

PÉDICULES au nombre de quatre ou de huit, entourés à leur base des écailles des boutons; recourbés, cylindriques, à une fleur, beaucoup plus longs que les pétioles et de la même couleur.

CALICE très petit, d'une seule pièce, d'un vert cendré, parsemé d'écailles brunes; subsistant, divisé en cinq lobes droits, ovales, aigus.

COROLLE monopétale, insérée sur un disque glanduleux situé entre le calice et l'ovaire; en grelot, parsemée en dehors d'écailles peu apparentes, divisée à son limbe en cinq lobes courts, ovales, aigus, recourbés; se flétrissant avant de tomber.

ÉTAMINES dix, attachées à la base de la corolle, et moitié plus courtes. *FILETS* comprimés, tortueux, élargis à leur base, blanchâtres. *ANTHÈRES* rapprochées par les côtés; engaînant le style, droites, linéaires, sans arêtes; creusées intérieurement vers leur sommet de deux pores; de couleur de rouille.

Ovaire libre, globuleux, creusé de cinq sillons, recouvert d'écailles, entouré à sa base d'un disque glanduleux et peu apparent. STYLE cylindrique, glabre, verdâtre, un peu plus long que les étamines; subsistant. STIGMATE tronqué, glanduleux.

CAPSULE ovale et pentagone, obtuse, entourée à sa base par le calice, divisée en cinq loges; s'ouvrant en cinq valves réunies en dehors par autant de nervures saillantes qui se détachent dans la parfaite maturité du fruit. CLOISONS membraneuses, adhérentes au milieu des valves.

SEMENCES très nombreuses, linéaires, d'un blanc jaunâtre. PLACENTA central, cylindrique dans sa partie inférieure, dilaté vers son sommet, et à cinq lobes saillants dans les loges.

OBS. 1.ᵉ Michaux a mentionné dans sa Flore de l'Amérique Septentrionale deux variétés de l'ANDROMEDA ferruginea : l'une qu'il nomme arborescens dont les feuilles sont plus rapprochées, et dont les fleurs sont plus nombreuses; et l'autre qu'il appelle fruticosa dont les rameaux sont pliants, et dont les feuilles plus aiguës, sont relevées en dessous de veines saillantes. Ces deux variétés cultivées à la Malmaison et chez M. Cels, se maintiennent en conservant le port ou la physionomie qui leur est propre. La première fleurit au commencement du printemps, et la seconde à la fin de cette saison.

2.ᵉ Parmi les variétés que présentent la plupart des espèces du genre ANDROMEDA, j'en ai observé une de l'ANDROMEDA calyculata, qui n'est décrite dans aucun auteur, et qui mérite d'être connue. Les feuilles de cette variété sont linéaires et en lance, et les fleurs présentent une corolle tantôt formée de cinq pétales, tantôt monopétale et parfaitement labiée : la lèvre supérieure est alors à trois dents, et la lèvre inférieure plus courte, est à deux divisions profondes. Les étamines soit des fleurs à corolle polypétale, soit des fleurs à corolle labiée, sont ordinairement au nombre de quatre, et elles ne s'élèvent jamais au dessus de cinq. Je désigne par le nom d'anomala cette variété singulière que j'ai observée, il y a quatre ans, chez M. Cels, et dont je conserve un exemplaire parfaitement caractérisé.

3.ᵉ Les nervures dont les capsules de l'ANDROMEDA ferruginea sont relevées, se détachent dans la parfaite maturité du fruit, et alors les valves se séparent spontanément. J'ai observé la même conformation dans les fruits des ANDROMEDA paniculata L., racemosa L., coriacea AIT., etc.

4.ᵉ Les plantes de la famille des Bruyères, et celles des Rosages sont très nombreuses dans le jardin de la Malmaison, et elles y sont cultivées avec le plus grand succès. Les espèces du genre ANDROMEDA s'élèvent à douze, sans compter les variétés : savoir, ANDROMEDA Daboecia (1), LINN.; ANDROMEDA polifolia LINN.; ANDROMEDA mariana (2) LINN.; ANDROMEDA cassinefolia, var. nuda, Hort. Cels. pl. 60; Andromeda cassinefolia, var. pulverulenta, Hort. Malm. pl. 79; ANDROMEDA ferruginea AIT. et Hort. Malm. pl. 80; ANDROMEDA paniculata LINN.; ANDROMEDA arborea LINN.; ANDROMEDA racemosa LINN.; ANDROMEDA acuminata AIT.; ANDROMEDA axillaris AIT.; ANDROMEDA coriacea AIT., et ANDROMEDA caliculata LINN.

Expl. des fig. 1, Fleur grossie dont la partie antérieure de la corolle a été retranchée, pour montrer son attache et celle des étamines. 2, Une étamine grossie et vue en dedans, pour montrer les deux pores situés au dessous du sommet de l'anthère. 3, Un fruit. 4, Une valve grossie et vue intérieurement, pour montrer la cloison. 5, Placenta grossi. 6, Quelques semences de grandeur naturelle.

(1) Cette espèce a été rapportée par M. de Jussieu, au genre MENZIESIA établi par M. Smith dans le troisième fascicule des Plantarum Icones, pag. et pl. 56.

(2) La plante figurée sous le nom d'ANDROMEDA mariana dans le troisième vol. des Icones de M. Jacquin, pl. 465, me paroît être l'ANDROMEDA coriacea d'Aiton.

*Apium Prostratum*

Peint par P. J. Redouté.

# APIUM *PROSTRATUM.*

Fam. des Ombellifères, *Juss.* Pentandrie Digynie, *Linn.*

APIUM caulibus decumbentibus, nodifloris; umbellis oppositifoliis, nudis.

Plante herbacée, annuelle, originaire de la Nouvelle Hollande; cultivée de graines rapportées par le capitaine Hamelin; fleurissant au milieu de l'été.

———————

Racine grêle, pivotante, munie de quelques fibres; de couleur cendrée.

Tiges rapprochées en touffe, montantes vers leur base, penchées et tombantes dans leur partie supérieure; cylindriques, striées, rameuses, feuillées, noueuses, glabres, d'un vert cendré, longues de quatre décimètres, de la grosseur d'une plume de corbeau. *Rameaux* axillaires, alternes, ayant la direction, la forme et la couleur des tiges.

Feuilles alternes, pétiolées, composées, glabres, d'un vert gai en dessus, d'un vert pâle en dessous, ayant l'odeur et la saveur du persil commun : les inférieures très rapprochées, étalées, presque deux fois ailées, longues de neuf centimètres; les supérieures écartées, tombantes, une ou deux fois ternées, plus courtes. *Folioles* opposées, laciniées ou divisées en lobes rarement ovales, plus souvent en lance, aigus, relevés d'une nervure en dessous, creusés d'un sillon en dessus : celles des côtés sujettes à varier dans le nombre des lobes; celles du sommet constamment à trois divisions plus ou moins profondes.

Pétiole commun dilaté à sa base qui est bordée d'une large membrane, et qui engaîne la tige; cylindrique, strié, glabre, de la couleur et de la longueur des feuilles. *Pétioles partiels* convexes en dehors, creusés en dedans d'un large sillon.

Ombelles naissant dans les nœuds de la tige et des rameaux, opposées aux feuilles; solitaires, souvent sessiles, quelquefois portées sur un pédoncule très court; simples, très ouvertes, dépourvues de collerette, formées de quatre ou six rayons. *Rayons* écartés, cylindriques, striés, glabres, inégaux, plus courts que les feuilles.

Fleurs peu nombreuses, pédiculées, droites, d'une légère teinte de pourpre avant leur développement, ensuite d'un blanc pur; très petites : les extérieures ou celles de la circonférence s'épanouissant les premières.

Pédicules nus à leur base, cylindriques, striés, glabres, inégaux : ceux du centre plus courts que ceux de la circonférence.

Calice adhérent à l'ovaire; glabre, sillonné, entier à son limbe.

Pétales cinq, insérés sous le disque qui recouvre l'ovaire; égaux, très ouverts, ovales, pointus, courbés en dedans à leur sommet.

Étamines cinq, ayant la même attache que la corolle, alternes avec les pétales, et un peu plus courtes. *Filets* droits, linéaires, comprimés, blanchâtres. *Anthères* arrondies, creusées de quatre sillons, s'ouvrant latéralement, d'un jaune très pâle.

Ovaire globuleux, sillonné, recouvert à son sommet d'un disque orbiculaire. *STYLES* deux, couchés sur chaque côté de l'ovaire, plus courts que les étamines. *STIGMATES* obtus.

Fruit très petit, de couleur cendrée, s'ouvrant en deux parties, ou formé de deux semences.

Semences demi-ovales, gibbeuses, relevées en dehors de cinq côtes, et planes en dedans; suspendues un peu au dessous de leur sommet aux divisions d'un placenta filiforme et bifide.

*Obs.* 1.° La plante que je viens de décrire, se distingue surtout des espèces connues du genre par ses tiges tombantes, par ses ombelles constamment latérales, opposées aux fenilles, et absolument nues ou dépourvues de collerettes.

2.° Les plantes de la famille des Ombellifères sont liées entre elles par un si grand nombre de caractères, qu'il n'existe point de méthode où elles ne se trouvent réunies dans la même série. Elles sont presque toutes herbacées, et ordinairement vivaces par leur racine. Le plus grand nombre est indigène d'Europe; quelques unes croissent en Afrique et en Asie, et il en existe peu en Amérique. Les Naturalistes qui ont pénétré dans les Terres Australes, n'ont mentionné que sept espèces de cette famille. M. Forster (1) en a caractérisé cinq, savoir l'*Hydrocotyle moschata*, le *Peucedanum geniculatum*, le *Laserpitium aciphylla*, le *Ligusticum Gingidium*, et une espèce d'*Apium* que l'auteur regarde comme la même que l'*Apium graveolens Linn.* M. Labillardière (2) en a indiqué deux, dont une me paroît être la même que celle que je viens de décrire. « La Criste marine (3), dit ce savant Naturaliste, se rencontroit sur les bords du lac (4). « Je trouvai à peu de distance une nouvelle espèce de persil que je nommai *Apium prostratum*, à cause « de la disposition de sa tige toujours couchée par terre. L'analogie avec les espèces connues du même « genre me la fit regarder comme un bon aliment, et mon espoir ne fut pas déçu. Nous en emportâmes « à bord une ample provision que reçurent avec joie des Navigateurs qui sentoient le besoin de détruire, « par l'usage des végétaux, les mauvais effets des viandes salées dont nous avions vécu dans la traversée « du Cap de Bonne-Espérance au Cap de Diémen. »

*Expl. des fig.* 1, Fleur grossie et vue en dedans, pour montrer la corolle et les étamines insérées sous le disque qui recouvre le sommet de l'ovaire. 2, Fruit de grandeur naturelle. 3, Le même grossi pour montrer les cinq côtes dont chaque semence est relevée en dehors. 4, Une semence vue en dedans.

(1) *Florulæ Insularum Australium Prodomus.*
(2) Relation du voyage à la recherche de la Pérouse. vol. 1, pag. 141.
(3) *Crithmum maritimum Linn.*
(4) Lac situé à l'extrémité de la terre de Diémen, près du détroit de d'Entrecasteaux.

*Aster Filifolius.*

Peint par P. J. Redouté.
Gravé par Mad. Guillaumenot

# ASTER *FILIFOLIUS.*

Fam. des Corymbifères, *Juss.* — Syngénésie Polygamie superflue, *Linn. Syst. Vegetab.* §. 1. *Fruticosi.*

ASTER foliis lineari-filiformibus, fasciculatis, glabris, punctatis; caule fruticoso; ligulis integerrimis.

Arbrisseau originaire du Cap de Bonne-Espérance; remarquable par ses feuilles très étroites et rapprochées par faisceaux. Il passe l'hiver dans l'orangerie, et fleurit au printemps.

---

Tige droite, cylindrique, très rameuse, feuillée, recouverte d'un épiderme gercé et de couleur brune; haute de cinq décimètres, de la grosseur d'une plume de cygne. *Branches* alternes, rapprochées, ayant la direction, la forme et la couleur de la tige. *Rameaux* nombreux, presque droits, entièrement recouverts de feuilles, très courts.

Feuilles éparses, rapprochées par petits faisceaux, droites, sessiles, dilatées et concaves à leur base qui paroît pubescente intérieurement, lorsqu'on l'observe avec la loupe; linéaires, très étroites, presque filiformes, entières, creusées d'un sillon sur chaque surface, glabres, d'un vert gai, parsemées de points peu apparents, longues de trois centimètres, larges d'un millimètre.

Pédoncules au sommet des jeunes rameaux; droits, filiformes, glabres, à une fleur, munis de bractées; de la couleur des feuilles et deux fois plus longs.

Fleurs radiées, d'un blanc de lait à la circonférence, d'un jaune doré dans le centre, de la grandeur de celles de l'*Aster fruticosus Linn.*

Bractées deux ou trois, alternes, serrées contre le pédoncule, linéaires, dilatées à leur base, aiguës à leur sommet, glabres, longues de cinq millimètres.

Calice commun ovale, formé de plusieurs folioles; glabre, subsistant. *Folioles* ou *Écailles* se recouvrant mutuellement comme les tuiles d'un toit; droites, en lance, obtuses, concaves, glabres, membraneuses sur leurs bords et à leur sommet: les intérieures plus longues.

Demi-Fleurons douze ou seize, très ouverts, en forme de languette, entiers à leur sommet, tubulés à leur base, femelles-fertiles; se roulant en dehors sur euxmêmes à mesure que la fleur se fane.

Fleurons nombreux, en forme d'entonnoir, hermaphrodites, de la longueur du calice. *Tube* cylindrique, insensiblement dilaté, blanchâtre. *Limbe* à cinq découpures très ouvertes, ovales, aiguës, très courtes.

Étamines cinq, insérées vers la base du tube, de la longueur des fleurons. *Filets* distincts, capillaires, blanchâtres. *Anthère* tubulée, engaînant le style, divisée à son sommet en cinq dents; de la couleur du limbe des fleurons.

Ovaires des *Fleurons* et des *Demi-Fleurons*, en forme de cône renversé, pubescents, blanchâtres, surmontés d'une aigrette. *Styles* droits, filiformes, de la longueur des étamines dans les fleurons, et du tiers de la longueur des languettes dans les demi-fleurons. *Stigmates* deux, recourbés.

FRUIT formé par le calice subsistant qui contient un grand nombre de semences, et dont les écailles d'abord rapprochées, sont ensuite très ouvertes et presque réfléchies.

SEMENCES de la forme des ovaires, et d'un brun foncé. AIGRETTES simples, sessiles, composées d'un petit nombre de rayons droits, capillaires, réunis en anneau à leur base.

RÉCEPTACLE convexe, nu, glabre, creusé de fossettes dans lesquelles s'inséroient les semences.

*Obs.* 1.° L'espèce que je viens de décrire, a beaucoup de rapports avec l'*Aster fruticosus LINN.*; mais elle paroît en différer par ses feuilles presque filiformes, et par la couleur blanche de ses demi-fleurons qui ne sont point dentés à leur sommet.

2.° J'ai trouvé parmi les plantes que j'ai reçues du voyage du capitaine Baudin, un exemplaire d'une jolie espèce d'*ASTER*, qui n'a pas été encore publiée. C'est un arbrisseau extrêmement rameux, hérissé de poils courts et peu apparents. Ses feuilles en forme de spatule, glabres en dessus, et recouvertes en dessous de petites écailles de couleur de rouille, ont à peine quatre millimètres de long, sur deux de large. Les fleurs sont solitaires au sommet des jeunes rameaux; et leurs demi-fleurons sont à peine dentés. Cette espèce, que je nomme *ASTER microphyllus*, peut être caractérisée par la phrase suivante :

*ASTER microphyllus.* Fruticosus; foliis sparsis, spathulatis, subtùs ferrugineis; calicibus extùs apice glandulosis.

3.° Les espèces les plus rares du genre *ASTER*, cultivées à la Malmaison, sont l'*ASTER fruticosus LINN.*, l'*ASTER canus flor. Hungar.* pl. 30, l'*ASTER glutinosus CAVAN.*, l'*ASTER Carolinianus WALTH.*, l'*ASTER tomentosus* (1) *Sert. Hannover.* pl. 24, l'*ASTER reflexus LINN.*, l'*ASTER sericeus Hort. Cels.* pl. 33, etc. : toutes ces espèces sont également cultivées chez M. Cels.

*Expl. des fig.* 1, Une feuille grossie pour montrer sa base dilatée et pubescente intérieurement. 2, Un demi-fleuron. 3, Un fleuron. 4, Fruit dont on a coupé la partie antérieure du calice, et dont on a enlevé les semences, pour montrer la forme du réceptacle. (Toutes les figures sont grossies du double.)

---

(1) Cette espèce est la même que l'*Aster dentatus* de M. Andrews, *Botan. Reposit.* pl. 61.

*Cheiranthus Longifolius*

Peint par P. J. Redouté.

# CHEIRANTHUS *LONGIFOLIUS*.

Fam. des Crucifères, *Juss.* — Tétradynamie Siliqueuse, *Linn.*

CHEIRANTHUS fruticosus; foliis longissimis, pendulis, lineari-lanceolatis, acuminatis, remotè serratis.

Arbrisseau touffu et peu élevé, originaire de l'Isle de Ténériffe; cultivé à la Malmaison et dans plusieurs autres jardins de Paris, de graines envoyées par M. Broussonet. Il passe l'hiver dans l'orangerie , et fleurit au commencement du printemps.

———————

Racine pivotante, parsemée de fibres alongées et rameuses.

Tige droite, cylindrique, très rameuse, recouverte d'un épiderme gercé et de couleur cendrée ; haute de sept décimètres, de la grosseur du petit doigt. Branches alternes, rapprochées, peu ouvertes, nues et marquées de cicatrices dans leur partie inférieure qui est de la forme et de la couleur de la tige; feuillées, anguleuses et d'un vert pâle dans leur partie supérieure. Rameaux vers le sommet des branches; axillaires, très ouverts, presque glabres, d'un vert tendre.

Feuilles alternes, rapprochées, d'abord horizontales et ensuite pendantes; articulées ou insérées sur un tubercule; sessiles, se prolongeant sur les branches et les rameaux; linéaires et en lance, amincies à leurs extrémités; garnies dans leur partie moyenne de dents très écartées; relevées en dessous d'une côte saillante , creusées en dessus d'un sillon, parsemées de veines peu apparentes; presque glabres, d'un vert gai, d'une saveur amère : les inférieures longues de quinze centimètres, larges de douze millimètres; les supérieures insensiblement plus courtes.

Grappes au sommet des branches et des rameaux; solitaires, simples, très ouvertes, s'alongeant à mesure que les fleurs se développent. Axes des Grappes paroissant, lorsqu'on les observe avec la loupe, anguleux et parsemés de poils couchés; un peu rudes au toucher, de la couleur des rameaux.

Fleurs alternes, peu ouvertes, pédiculées, sans odeur, d'abord d'un blanc pur, ensuite de couleur lilas; de la grandeur de celles du *Cheiranthus mutabilis* : les inférieures se développant les premières.

Pédicules presque droits, cylindriques, se prolongeant sur l'axe des grappes, et de la même couleur; du quart de la longueur des fleurs.

Calice un peu plus long que le pédicule, et de la même couleur; formé de quatre folioles droites, en lance, presque obtuses, concaves, relevées en dehors d'une côte saillante, membraneuses sur leurs bords et à leur sommet; serrées, opposées deux à deux, de la couleur des pédicules, tombant promptement : les deux latérales gibbeuses à leur base.

Pétales quatre, insérés sur le disque situé à la base de l'ovaire, alternes avec les folioles du calice, munis d'un onglet, disposés en croix. Onglets droits, linéaires, comprimés, plus longs que le calice. Lames très ouvertes, ovales-renversées, veineuses, échancrées et crénelées à leur sommet; de la longueur des onglets.

Étamines au nombre de six, tétradynames, savoir quatre plus grandes insérées deux à deux sur les faces antérieure et postérieure du disque, opposées par paires ; et deux plus courtes insérées sur les côtés du même disque, opposées entre elles. Filets droits, cylindriques, pointus à leur sommet, blanchâtres. Anthères vacillantes, linéaires, échancrées à leur base, creusées de quatre sillons, s'ouvrant latéralement, d'un jaune de soufre.

Ovaire entouré à sa base d'un disque peu saillant et muni d'une glande sur chacun de ses côtés ; presque tétragone, recouvert d'un duvet peu apparent ; blanchâtre, de la longueur du calice. Style court, cylindrique, subsistant. Stigmate en tête, sillonné ou formé de deux lèvres courtes et étroitement rapprochées.

Silique presque droite, de la forme et de la couleur de l'ovaire, surmontée du style et du stigmate, divisée en deux loges ; s'ouvrant en deux valves ; contenant plusieurs semences. Cloison membraneuse, parallèle aux valves, renflée sur ses bords.

Semences ovales, obtuses, adhérentes par un cordon ombilical très court aux bords opposés de la cloison dans chaque loge.

*Obs.* 1.° L'espèce que je viens de décrire se rapproche par plusieurs caractères du *Cheiranthus mutabilis* Aiton ; mais elle en diffère par sa tige peu élevée, par ses feuilles beaucoup plus longues et plus étroites, et par ses fleurs, qui, avant de passer à la couleur violette, sont d'un blanc pur et sans aucune teinte jaunâtre.

2.° J'ai observé à la Malmaison et dans le jardin de M. Cels une autre espèce de *Cheiranthus* également envoyée de Ténériffe par M. Broussonet. Les tiges de cette espèce sont droites, cylindriques et rameuses. Les feuilles sont linéaires, aiguës, très entières et parsemées sur chaque surface de poils couchés et peu apparents. Les fleurs, d'un blanc pur et un peu plus grandes que celles du *Cheiranthus Chius*, sont disposées en grappes, et se développent au commencement du printemps. Les siliques linéaires, légèrement comprimées et surmontées d'un style grêle, sont rétrécies à leur base, et paroissent portées sur un pivot. Si cette espèce n'est pas la même que le *Cheiranthus tenuifolius* Aiton, je crois pouvoir la désigner par le nom de *linearis*, et la distinguer par la phrase suivante.

*Cheiranthus* frutescens ; foliis linearibus, integerrimis, glabriusculis ; siliquis linearibus, compressis, utrinquè attenuatis.

*Expl. des fig.* 1, Fleur vue par derrière, pour montrer les deux divisions latérales du calice qui sont gibbeuses à leur base. 2, La même dont on a retranché le calice et trois pétales, pour montrer l'attache de la corolle et des étamines. 3, Un pétale. 4, pistil grossi, pour montrer la forme du disque situé à la base de l'ovaire. 5, Une silique. 6, Une semence.

*Volkameria Tomentosae*

Peint par P. J. Redouté.                                                        Gravé par Lequel

# VOLKAMERIA *TOMENTOSA.*

Fᴀᴍ. des Gᴀᴛᴛɪʟɪᴇʀs, *Juss.* — Dɪᴅʏɴᴀᴍɪᴇ Aɴɢɪᴏsᴘᴇʀᴍɪᴇ, *Lɪɴɴ.*

VOLKAMERIA foliis ovato-lanceolatis, undulatis, subtùs tomentosis; pedunculis axillaribus, trifloris.

Arbrisseau se distinguant aisément des autres espèces du genre par ses feuilles presque drapées. Il passe l'hiver dans l'orangerie, et fleurit au milieu de l'été.

---

Tɪɢᴇ droite, rameuse, cylindrique dans sa partie inférieure qui est nue, marquée d'impressions circulaires, et recouverte d'un épiderme de couleur cendrée; tétragone, feuillée, rougeâtre, hérissée de poils courts, et parsemée de petites glandes dans sa partie supérieure; haute de sept décimètres, de la grosseur d'une plume de cygne. Rᴀᴍᴇᴀᴜx axillaires, opposés, peu ouverts, ayant la forme et la couleur de la partie supérieure de la tige.

Fᴇᴜɪʟʟᴇs opposées en croix, horizontales et réfléchies, pétiolées, ovales et en lance, aiguës, ordinairement entières et ondées, quelquefois garnies dans leur partie supérieure de dents écartées; relevées en dessous d'une côte saillante et rameuse, creusées en dessus d'un pareil nombre de sillons; veineuses, concaves, velues et d'un vert foncé sur la surface supérieure, presque drapées et d'un vert cendré sur la surface inférieure; molles au toucher, subsistantes, longues d'un décimètre, larges de cinq centimètres : celles du sommet de la tige et celles des rameaux insensiblement plus courtes.

Pᴇᴛɪᴏʟᴇs très ouverts, articulés, entourés à leur base d'un bourrelet circulaire peu saillant, convexes d'un côté, sillonnés de l'autre, hérissés de poils courts; d'un brun foncé, du quart de la longueur des feuilles.

Pᴇᴅᴏɴᴄᴜʟᴇs axillaires, solitaires, presque droits, cylindriques, dichotomes, à trois fleurs, munis à leur sommet de deux bractées ou feuilles florales opposées; de la couleur des pétioles et deux fois plus longs.

Fʟᴇᴜʀs droites, pédiculées, unilatérales, parfaitement régulières, d'un blanc soufré; sans odeur, de la grandeur de celles du *Vᴏʟᴋᴀᴍᴇʀɪᴀ inermis :* la plus extérieure munie d'une bractée.

Pᴇᴅɪᴄᴜʟᴇs ayant la direction, la forme et la couleur des pédoncules; inégaux : les deux latéraux de la moitié de la longueur de la fleur; celui du centre ou du point de bifurcation, plus court.

Bʀᴀᴄᴛᴇᴇs droites, hérissées de poils courts, veineuses : celles du pédoncule elliptiques, rétrécies en pétiole à leur base, de la longueur des pédicules; celle de la fleur plus extérieure ayant la forme d'une lance, et très courte.

Cᴀʟɪᴄᴇ d'une seule pièce, en cloche, divisé à son limbe; hérissé de poils courts, verdâtre, subsistant. Lɪᴍʙᴇ ordinairement à quatre découpures, quelquefois à cinq; droites, ovales, aiguës, purpurines.

CoROLLE monopétale, hypogyne, en forme d'entonnoir, parsemée en dehors de poils peu apparents. *Tube* grêle, cylindrique, légèrement courbé, trois fois plus long que le calice. *Limbe* très ouvert, à quatre divisions ovales, obtuses, égales, opposées en croix.

Étamines quatre, didynames, insérées vers le sommet du tube, plus longues que la corolle. *Filets* réfléchis, courbés à leur sommet, unilatéraux, filiformes, blanchâtres. *Anthères* vacillantes, ovales, à deux lobes, s'ouvrant latéralement, d'un pourpre foncé. *Pollen* d'un jaune doré.

Ovaire libre, arrondi, creusé de quatre stries, glabre, d'un vert tendre. *Style* droit, cylindrique, de la couleur des filets des étamines et plus long. *Stigmates* à deux divisions courtes, pointues, rapprochées.

Fruit.......

*Obs.* Quoique j'aie rapporté la plante que je viens de décrire au genre *Volkameria*, néanmoins il n'est pas encore démontré qu'elle appartient décidément à ce genre, et qu'elle n'est pas congénère du *Clerodendrum*. Les caractères qui distinguent les genres *Volkameria* et *Clerodendrum* étant uniquement fondés sur la structure du fruit, selon l'observation de Gærtner, il est évident qu'il faudroit connoître le fruit du *Volkameria tomentosa* pour déterminer avec certitude le genre auquel cette espèce doit être réunie. Si son fruit est une baie formée de quatre osselets uniloculaires et monospermes, elle appartiendra au genre *Clerodendrum;* mais si son fruit est une baie qui se sépare en deux osselets biloculaires et dispermes, elle sera congénère du *Volkameria*, dont elle se rapproche beaucoup par son port.

*Expl. des fig.* 1, Corolle ouverte pour montrer l'attache des étamines. 2, Pédicule, Calice et Pistil. 3, Pistil dont les divisions du stigmate ont été un peu écartées.

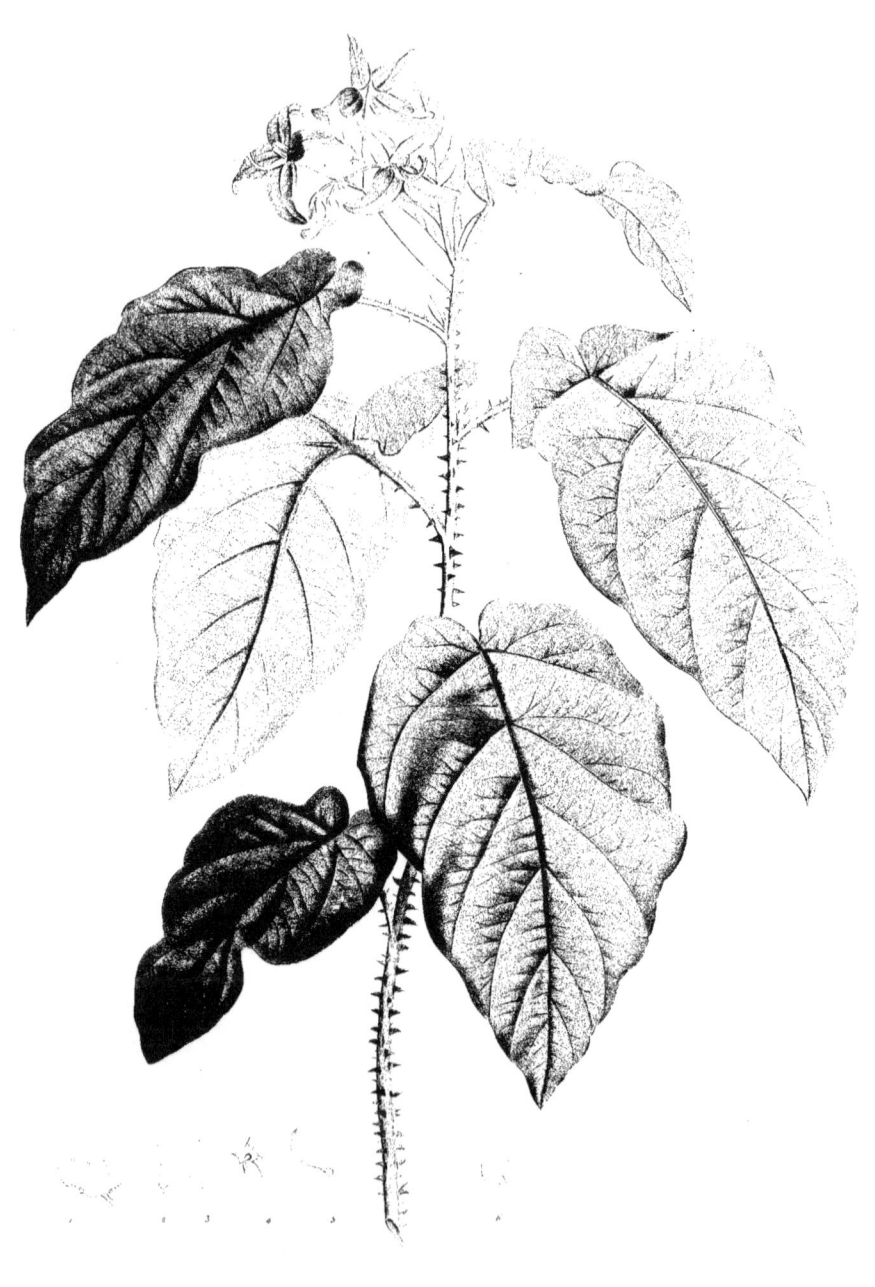

*Nycterium Cordifolium*

# NYCTERIUM (1).

Fᴀᴍ. des Sᴏʟᴀɴᴇ́ᴇs, *JUSS.* — Tᴇ́ᴛʀᴀɴᴅʀɪᴇ et Pᴇɴᴛᴀɴᴅʀɪᴇ Mᴏɴᴏɢʏɴɪᴇ, *LINN.*

CHARACTER ESSENTIALIS. *Calix* 4-5-fidus. *Corolla* irregularis, 4-5-fida. *Stamina* 4-5 : filamentis brevissimis; antheris inæqualibus, infimâ productiore, declinatâ. *Stylus* declinatus. *Bacca* subrotunda. *Caulis herbaceus aut frutescens, aculeatus. Folia simplicia aut composita. Pedunculi solitarii, multiflori, extrà-axillares.*

## NYCTERIUM *CORDIFOLIUM.*

NYCTERIUM frutescens; foliis cordatis; corollis quadrifidis; fructu inermi.

Sᴏʟᴀɴᴜᴍ *Vespertilio. Aɪᴛ. Hort. Kewens.,* vol. 1, pag. 252. *Wɪʟʟᴅᴇɴ., Spec. Plant.,* vol. 1, p. 1045. *Wᴇɴᴅʟᴀɴᴅ, Hort. Herrenhus.* fasc. 4, pag. 5, pl. 21.

Arbrisseau connu sous le nom de REALGAREHA dans les Canaries dont il est originaire; croissant dans les endroits escarpés *à la punto del Hidalgo,* cultivé à la Malmaison et chez M. Cels, de graines envoyées par M. Broussonet. Il passe l'hiver dans l'orangerie, et fleurit sur la fin de l'été.

————————

Tɪɢᴇ droite, cylindrique, rameuse, hérissée d'aiguillons; de couleur cendrée, haute d'un mètre, de la grosseur de l'index. Rᴀᴍᴇᴀᴜx axillaires, alternes, peu ouverts, de la forme de la tige, également hérissés d'aiguillons; recouverts de poils courts et disposés en étoiles; d'un brun cendré.

Aɪɢᴜɪʟʟᴏɴs rapprochés, horizontaux, coniques, pubescents à leur base; d'un brun clair, très courts.

Fᴇᴜɪʟʟᴇs alternes, horizontales et réfléchies, pétiolées, en cœur et ovales, aiguës, ondées, relevées en dessous d'une côte rameuse, creusées en dessus d'un pareil nombre de sillons; veineuses, munies de quelques aiguillons; d'un vert foncé et parsemées de poils étoilés sur leur surface supérieure, drapées et d'un vert cendré sur l'inférieure; longues de seize centimètres, larges de onze : celles du sommet des rameaux droites, entièrement drapées et beaucoup plus courtes.

Pᴇ́ᴛɪᴏʟᴇs ouverts, cylindriques, hérissés d'aiguillons; de la couleur des rameaux, du tiers de la longueur des feuilles.

Pᴇ́ᴅᴏɴᴄʟᴇs naissant au-dessus des aisselles des feuilles; solitaires, peu ouverts, cylindriques, drapés, hérissés d'aiguillons; divisés vers leur sommet; à plusieurs fleurs, plus longs que les pétioles.

Fʟᴇᴜʀs peu nombreuses, disposées en un corymbe lâche et très ouvert; pédiculées, de couleur lilas, sans odeur, larges de trente-quatre millimètres; assez semblables, avant leur épanouissement, à celles des papillonacées dont les pétales ne sont pas encore ouverts.

Pᴇ́ᴅɪᴄᴜʟᴇs presque horizontaux, de la forme et de la couleur des pédoncules.

————————

(1) Forme du mot grec Nyxteri qui signifie *Vespertilio* en latin, et Chauve-Souris en français : ainsi nommé parceque les fleurs de l'espèce que je décris, ressemblent en quelque sorte à ce mammifère.

CALICE en cloche, drapé, d'un vert cendré, très court, subsistant; divisé à son limbe en quatre découpures droites, en lance et pointues.

COROLLE monopétale, hypogyne, irrégulière, parsemée en dehors de poils étoilés, presque glabre en dedans. *TUBE* très court. *LIMBE* à quatre divisions alternes avec les découpures du calice; très ouvertes, en lance, aiguës, inégales, relevées en-dessous d'une nervure large et aplatie, sillonnées sur leur surface supérieure, bordées d'une membrane mince et parfaitement glabre : les deux inférieures d'un tiers plus longues que les supérieures.

ÉTAMINES quatre, insérées à la base de la corolle et plus courtes que ses divisions; inégales. *FILETS* droits, comprimés, glabres, de couleur violette, très courts. *ANTHÈRES* d'un jaune doré, s'ouvrant à leur sommet par deux trous dont les bords deviennent d'un brun clair après l'émission du pollen; ayant une direction et une forme différentes : trois droites, ovales-oblongues, obtuses, creusées d'un sillon sur chaque face : la quatrième ou l'inférieure insérée au-dessus de sa base sur le filet qui la supporte, abaissée sur les deux plus longues divisions de la corolle; courbée en dedans, en forme de corne; trois fois plus longue que les autres.

OVAIRE ovale-arrondi, glabre, verdâtre. *STYLE* ayant la direction de l'étamine inférieure et plus long; filiforme, de couleur violette, parsemé de quelques poils courts et peu apparents. *STIGMATE* obtus.

BAIE de la forme et de la grosseur d'une cerise; entourée à sa base par le calice; très glabre......

SEMENCES orbiculaires, comprimées......

*Obs.* 1.° Le genre *NYCTERIUM* se distingue du *SOLANUM* par sa corolle irrégulière; par ses étamines, dont une est trois fois plus longue que les autres; par son style décliné ou abaissé sur les divisions inférieures de la corolle, et courbé en dedans. Ces caractères m'ont paru assez importants pour séparer la plante que j'ai décrite, du genre *SOLANUM* dont le nombre des espèces s'élève à plus de quatre-vingt. Il semble même que le *CAPSICUM* qui n'est distingué du *SOLANUM* que par son fruit coriace, ne présente pas un caractère essentiel aussi tranché que le *NYCTERIUM*.

2.° On doit rapporter au genre *NYCTERIUM* l'espèce de Morelle que M. de Lamarck a décrite dans l'Encyclopédie méthodique, vol. 4, pag. 308, sous le nom de *SOLANUM cornutum*, et dont M. de Jussieu a publié une figure dans le troisième volume des Annales du Muséum d'Histoire Naturelle, pag. 120, pl. 9. Cette espèce dont il faut nécessairement changer le nom spécifique, puisqu'il indique un des caractères essentiels du genre, peut être désignée par celui de *cardaminefolium*.

*NYCTERIUM cardaminefolium.* Caule herbaceo; foliis pinnatis, foliolis pinnatifidis; corollis quinquefidis; fructu aculeato.

*Expl. des fig.* 1, Corolle ouverte et vue en dedans, pour montrer l'attache des étamines. 2, Une des étamines courtes. 3, L'étamine longue. 4, Calice et pistil. 5, Pistil. 6, Fruit.

*Veronica Gentianoides.*

Peint par P.J. Redouté.
Gravé par M^e. Lequist

# VERONICA *GENTIANOIDES*.

FAM. des PÉDICULAIRES, *JUSS.* — DIANDRIE MONOGYNIE, *LINN.*
*Syst. Vegetab.* §. II. *Racemosæ* vel *Corymboso-Racemosæ.*

VERONICA racemo terminali, longissimo; foliis radicalibus obovatis, caulinis connatis oblongo-lanceo-
latis, floralibus alternis lanceolatis.

VERONICA *gentianoides.* Corymbo terminali; caule adscendente; foliis lanceolatis, margine cartilagineis:
inferioribus connatis, vaginantibus. *VAHL., Symb. Botan.* 1, pag. 1, *WILLDEN. Spec. Plant.*

VERONICA *gentianoides.* Corymbo terminali, hirsuto; foliis radicalibus lanceolatis, acutis, subcrenatis,
nudis. *SMITH, Acta Societ. Linn. Londin.* 1, pag. 194.

VERONICA orientalis, erecta, gentianellæfolio. *TOURNEF. Coroll.* 7.

VERONICA erecta, blattariæ facie. *BUXBAUM, Centur.* 1, pag. 23, pl. 35.

Plante herbacée, vivace, cultivée à la Malmaison, de graines récoltées sur la pente méridionale du Caucase, par
MM. Adams et Biberstein, et envoyées par M. le comte de Mussin Puskin. Elle passe l'hiver dans l'orangerie, et
fleurit sur la fin du printemps.

---

RACINE pivotante, hérissée de quelques fibres; poussant de son collet plusieurs
drageons.

TIGE montante, cylindrique, très simple, parsemée dans toute son étendue de poils
courts et peu apparents; lisse, d'un vert foncé, haute de sept décimètres, de la
grosseur d'une plume à écrire.

FEUILLES de la *RACINE* et des *DRAGEONS* rapprochées en touffe, couchées, pétiolées
et se prolongeant sur le pétiole, ovales-renversées, bordées d'une membrane
blanchâtre et peu apparente, munies vers leur sommet de quelques légères crénelures; relevées en dessous d'une côte saillante et de plusieurs nervures montantes;
creusées en dessus d'un pareil nombre de sillons; veineuses, glabres, d'un vert
peu foncé, longues d'un décimètre, larges de quatre centimètres et demi. *FEUILLES*
de la *TIGE* peu nombreuses, distantes, opposées en croix, réunies à leur base et
engaînantes; horizontales, recourbées à leur sommet, en lance et oblongues, presque obtuses, ondées, longues de quinze centimètres, larges de quatre; les supérieures insensiblement plus courtes. *FEUILLES FLORALES* alternes, rapprochées,
très ouvertes, en lance, pubescentes, ciliées, longues de deux centimètres : celles
du sommet insensiblement plus courtes.

PÉTIOLES dilatés à leur base et bordés d'une large membrane qui embrasse le collet
de la racine; très ouverts, convexes en dehors, creusés en dedans d'un profond
sillon; d'un vert très pâle, du tiers de la longueur des feuilles.

GRAPPE au sommet de la tige, et s'alongeant considérablement à mesure que les
fleurs inférieures s'épanouissent; simple, droite, penchée vers son sommet. *AXE*
de la *GRAPPE* cylindrique, pubescent, d'un vert tendre.

FLEURS naissant dans l'aisselle d'une feuille florale; solitaires, horizontales, pédiculées, d'un bleu pâle tirant sur le violet; un peu plus grandes que celles du *Veronica Chamædrys*.

PÉDICULES droits avant l'épanouissement des fleurs, ensuite très ouverts; filiformes,
pubescents, d'un vert pâle, plus longs que les feuilles florales.

CALICE à quatre divisions profondes, peu ouvertes, en lance, obtuses, pubescentes
en dehors, glabres en dedans, inégales, subsistantes : les deux inférieures plus
courtes.

COROLLE monopétale, hypogyne, en forme de roue. *TUBE* extrêmement court,
jaunâtre. *ORIFICE* ouvert, pubescent. *LIMBE* à quatre divisions très ouvertes,
alternes avec celles du calice, inégales : la supérieure arrondie; les deux latérales
de la même forme et un peu plus étroites; l'inférieure en lance et obtuse.

ÉTAMINES deux, de la longueur de la corolle, attachées à la base de son tube, et
penchées sur sa division inférieure. *FILETS* capillaires, glabres, blanchâtres. *AN-
THÈRES* droites, ovales, obtuses, à deux lobes; s'ouvrant latéralement, d'un violet
tendre. *POLLEN* formé de molécules blanchâtres.

OVAIRE libre, comprimé, pubescent. *STYLE* filiforme, dilaté dans sa partie supérieure; ayant la direction des étamines, de la couleur de leurs filets, et un peu plus
long. *STIGMATE* en tête, de la couleur de la corolle.

CAPSULE recouverte par le calice, ovale-arrondie, échancrée à son sommet, comprimée, sillonnée sur chaque face; surmontée du style; paroissant, lorsqu'on
l'observe avec la loupe, hérissée de poils courts et glanduleux; divisée en deux
loges; s'ouvrant en deux valves dans sa partie supérieure. *CLOISON* opposée aux
valves.

SEMENCES huit ou dix dans chaque loge, très petites, arrondies, légèrement comprimées, de couleur brune, adhérentes au milieu de chaque face de la cloison.

*Obs.* M. le Comte de Mussin Puskin, membre du collège des mines de Russie, a fait présent à l'Institut
National de France d'une collection de plantes récoltées par MM. Adams et Biberstein, dans le voyage
entrepris par les ordres de sa Majesté Impériale, pour reconnoître les productions naturelles de la Géorgie.
J'ai trouvé dans cette collection la *Veronica gentianoides* avec la citation des synonymes de Tournefort
et de Buxbaum, que MM. Vahl et Smith avoient déjà rapportés à cette plante. Ainsi je ne puis douter
que celle que je publie, et qui est provenue de graines envoyées sous le nom de *Veronica gentianoides*,
ne soit la même que celle des célèbres Botanistes Danois et Anglois. Je dois néanmoins convenir qu'elle
présente quelques différences, surtout dans la dimension de ses parties. Mais cet accroissement, quoique
très considérable, ne doit-il pas être regardé comme un effet de la culture, et être attribué à la qualité
trop substantielle du terrain dans lequel les graines avoient été semées? En effet, les individus de Véro-
nique à feuilles de Gentiane, cultivés à la Malmaison, varioient beaucoup dans leurs dimensions; et j'en
ai observé un dont les feuilles les plus grandes n'avoient environ que six centimètres de longueur.

*Expl. des fig.* 1, Une feuille radicale. 2, Corolle vue en dessous. 3, La même vue en dessus pour
montrer l'attache des étamines. 4, Calice et pistil. 5, Fruit dont le calice a été retranché pour montrer
la forme de la capsule.

*Penæa Mucronata*

Peint par P. J. Redouté.                    Gravé par Allais.

# PENÆA *MUCRONATA*.

## Fam. des Bruyères, *Juss.* — Tétrandrie Monogynie, *Linn.*

PENÆA spicis terminalibus, tetragonis; foliis ovatis, acuminatis; stylo tetragono.

PENÆA floribus terminalibus; foliis acuminatis, glabris. *Thunb. Prodrom.* 3o. *Willd. Spec. Plant.*

PENÆA foliis cordatis, acuminatis. *Berg. Cap.* 37.

PENÆA foliis ovatis, acuminatis. *Roy. Lugdb.* 299. *Linn. Hort. Clifport.* 37.

PENÆA foliis cordatis, acuminatis; floribus ad apices ramulorum congestis. *Lam. Illustrat.* (Excluso *Meerburgii* synonymo.)

ERICA africana, unedonis flore amplo, foliis cordiformibus in acumen desinentibus. *Raj. Dendr.* 97.

TITHYMALI myrsinites specie, arbuscula æthiopica, flore parvo a latâ basi in acutissimum mucronem subitô desinente, capitulis origani. *Pluken. Mant.* 183.

Arbrisseau peu élevé, dont les feuilles ont quelque ressemblance avec celles du Myrte de Tarente; originaire du Cap de Bonne Espérance. Il passe l'hiver dans l'orangerie, et fleurit au milieu du printemps.

---

Tige droite, cylindrique, rameuse, marquée de cicatrices formées par la chûte des feuilles; un peu rude au toucher, d'un brun cendré, haute de quatre décimètres, de la grosseur d'une plume de cygne. BRANCHES opposées en croix, ouvertes, de la forme et de la couleur de la tige. RAMEAUX dans la partie supérieure des branches, très rapprochés et presque verticillés, légèrement anguleux, couverts de feuilles dans toute leur étendue; d'un vert blanchâtre.

FEUILLES opposées en croix, très serrées, horizontales et réfléchies, presque sessiles, ovales, pointues, très entières, relevées en dessous d'une nervure saillante, creusées en dessus d'un sillon; glabres, concaves, un peu coriaces, subsistantes, d'un vert foncé sur la surface supérieure, d'un vert pâle sur l'inférieure, longues de dix millimètres, larges de six.

PÉTIOLES extrèmement courts; droits, convexes d'un côté, sillonnés de l'autre, glabres, articulés sur une protubérance qui se prolonge à sa base, et qui est munie sur chaque côté de son sommet d'une pointe sétacée et semblable à une stipule.

ÉPIS au sommet des jeunes rameaux; solitaires, droits, tétragones, obtus, extrèmement courts.

FLEURS de la grandeur de celles de l'*Erica tetralix;* naissant chacune dans l'aisselle d'une bractée; sessiles, très serrées, disposées sur quatre rangées; d'un jaune de soufre.

BRACTÉES rhomboïdales, surmontées d'une longue pointe; glabres, concaves, recouvrant presque entièrement les fleurs; d'un blanc jaunâtre.

CALICE formé de quatre folioles presque droites, opposées par paires, en lance, pointues, concaves, membraneuses, de la couleur des bractées, de la moitié de la longueur des corolles; tombant promptement.

COROLLE monopétale, insérée à la base du calice, tubulée et renflée dans sa partie inférieure; presqu'en forme de grelot; creusée de huit sillons dont quatre plus profonds; divisée à son limbe en quatre dents droites, pointues, opposées aux folioles du calice; subsistante et recouvrant le fruit.

ÉTAMINES quatre, insérées au milieu de la corolle, alternes avec les découpures du limbe, et plus courtes. FILETS droits, rétrécis et de couleur jaune dans leur partie inférieure, dilatés et noirâtres dans la supérieure, échancrés à leur sommet, creusés antérieurement d'un sillon. ANTHÈRES adhérentes au milieu du sillon, didymes ou formées de deux lobes arrondis, membraneux, blanchâtres, très petits, s'ouvrant longitudinalement.

OVAIRE ovale, tétragone, glabre, d'un jaune pâle. STYLE droit, relevé de quatre angles saillants, membraneux, alternes avec ceux de l'ovaire; subsistant, de la longueur et de la couleur de la corolle. STIGMATE tronqué, à quatre lobes opposés par paires, et dont chacun correspond à un sillon d'une étamine.

FRUIT......

OBS. 1.º Le nom du genre auquel appartient la plante que je viens de décrire, rappelle le souvenir d'un Botaniste distingué du seizième siècle, Pierre Pena, né à Iouques, village du département des Bouches du Rhône. Le père Plumier avoit déjà dédié un genre à ce savant Botaniste; mais la plante qui constituoit le genre PENÆA de Plumier, ne différant du POLYGALA de Tournefort que par la corolle dont la division inférieure n'étoit pas frangée, Linnæus jugea à propos de réunir le PENÆA au POLYGALA. Jaloux néanmoins de perpétuer la mémoire des services rendus à la science par Pierre Pena, le Botaniste Suédois lui consacra de nouveau un genre dont toutes les espèces sont originaires d'Afrique.

2.º Le caractère que Linnæus a assigné à son genre PENÆA, ne paroît pas convenir à toutes les espèces qui y ont été rapportées. J'ai eu occasion d'en observer trois, savoir les PENÆA mucronata, fucata et marginata. Les deux premières se ressemblent parfaitement dans la plupart des caractères de la fleur; mais la troisième diffère par sa corolle qui est à quatre divisions profondes, par ses étamines qui sont insérées à la base de la corolle, et dont le nombre s'élève jusqu'à sept, par la forme de ses anthères, et par le style qui est à quatre divisions étroitement rapprochées et terminées en pointe. J'ai cru devoir faire figurer une fleur de cette espèce, que j'ai indiquée par la lettre a, afin de montrer combien ses caractères diffèrent de ceux du PENÆA mucronata.

3.º Le PENÆA mucronata a beaucoup de rapports avec le PENÆA fucata; mais il s'en distingue aisément par la forme de ses feuilles, par la couleur de ses fleurs, et surtout par son style tétragone. L'observation de ces deux derniers caractères semble prouver que la figure de Meerburg, citée par M. de Lamarck, comme synonyme du PENÆA mucronata, appartient au PENÆA fucata.

4.º La place que doit occuper le PENÆA dans l'ordre naturel, est très difficile à déterminer. B. de Jussieu a pensé que ce genre devoit appartenir à la famille des Liserons; M. Adanson l'a rapporté à l'ordre des Jasmins; Linnæus l'a classé parmi les genres d'ordres incertains; et A. L. de Jussieu, en partageant l'incertitude du Célèbre Professeur d'Upsal, a soupçonné, d'après l'observation du fruit, qu'il pouvoit y avoir de l'affinité entre le PENÆA et les Acanthes. La comparaison des caractères du PENÆA avec ceux des Liserons et des Jasmins, prouve que ce genre ne peut être réuni aux familles indiquées par B. de Jussieu et par M. Adanson : et la déhiscence de la capsule, sa structure intérieure, ainsi que l'attache des semences, présentent une si grande différence entre les fruits du PENÆA et ceux des Acanthes, qu'on peut, même sans consulter les caractères que fournissent les fleurs, chercher un autre ordre dont le PENÆA se rapproche plus naturellement.

De toutes les familles qui composent les classes 6 (1) et 9 de la méthode publiée par A. L. de Jussieu, celle des Bruyères est la seule dont le PENÆA se rapproche par un plus grand nombre de caractères. En effet les espèces du genre PENÆA paroissent avoir dans leur port beaucoup d'analogie avec quelques Andromèdes; leur calice est formé de folioles membraneuses, colorées, quelquefois imbriquées comme dans les EPACRIS, STYPHELIA, etc.; leur corolle périgyne est marcescente, ainsi que celle des espèces nombreuses du genre ERICA; l'attache des étamines est conforme à celle des ARBUTUS, GAULTHERIA, EPACRIS, PEROJOA, STYPHELIA, etc.; le stigmate est à quatre lobes comme dans l'ERICA; les valves de la capsule sont relevées dans leur partie moyenne d'une cloison, comme dans toutes les espèces de la famille; et si les semences sont peu nombreuses, ce caractère s'observe également dans l'ARBUTUS Uva ursi, et dans plusieurs autres genres nouvellement établis, et qui ont les plus grands rapports avec l'ordre des Bruyères.

Les différences que présentent quelques uns des caractères du PENÆA comparés à ceux des Bruyères, nécessitent l'établissement d'une nouvelle section dans cette famille, et semblent même annoncer l'existence d'un ordre nouveau qui comprendroit les STYPHELIA, TETRATHECA, PEROJOA et quelques autres genres décrits récemment.

Expl. des fig. 1, Bractée vue en devant. 2, Fleur. 3, Corolle ouverte et grossie, pour montrer l'attache et la forme des étamines. 4, Pistil grossi.

_____

(1) En considérant les folioles du calice du PENÆA comme autant de bractées, en regardant sa corolle marcescente comme un calice, on seroit tenté de rapporter ce genre à la sixième classe de la Méthode d'Ant. L. de Jussieu. Mais le PENÆA dont l'ovaire est libre, ne peut appartenir à la famille des Chalefs; et il s'éloigne par plusieurs caractères, mais surtout par son fruit, des Thymelées, des Protées, etc.

*Leptospermum Triloculare*

Peint par P. J. Redouté

# LEPTOSPERMUM *TRILOCULARE.*

Fam. des Myrtes, *Juss.* — Icosandrie Monogynie, *Linn.*

LEPTOSPERMUM foliis lineari-lanceolatis, pungentibus; calicibus sericeo-villosis; staminibus quindecim; fructu triloculari.

Arbrisseau peu élevé, dont les feuilles ressemblent à celles d'un genévrier; remarquable par le nombre et la beauté de ses fleurs; originaire de la Nouvelle Hollande. Il passe l'hiver dans l'orangerie, et fleurit au milieu de l'été.

———————

Tige droite, cylindrique, rameuse, recouverte d'un épiderme de couleur cendrée; haute de huit décimètres, de la grosseur d'une plume de cygne. *Branches* alternes, rapprochées, courbées dans leur partie supérieure, rameuses dans toute leur étendue; de la forme de la tige, velues et de couleur pourpre vers leur sommet. *Rameaux* nombreux, axillaires, épars, peu ouverts, de la forme et de la couleur des branches.

Feuilles alternes, rapprochées, presque droites, sessiles, articulées, obliques, linéaires et en lance, très entières, surmontées d'une pointe piquante et rougeâtre, munies sur leurs bords de cils rares et alongés, relevées de trois nervures dont les deux latérales sont peu apparentes; paroissant parsemées de points nombreux, lorsqu'on les observe avec la loupe; d'un vert foncé, d'une odeur et d'une saveur aromatiques; longues de douze millimètres, larges de deux.

Fleurs au sommet des nouvelles pousses, et paroissant latérales après le développement des bourgeons; solitaires, ou au nombre de deux ou de trois; sessiles, entourées de bractées ou écailles des bourgeons; de la grandeur de celles du *Leptospermum scoparium.*

Bractées cinq ou six, droites, ovales, aiguës, se recouvrant par leurs bords; membraneuses, ciliées, roussâtres, représentant un calice extérieur; moitié plus courtes que le calice de la fleur.

Calice en cloche, adhérent à l'ovaire dans sa moitié inférieure, divisé à son limbe; velu, soyeux, de couleur pourpre. *Divisions* du *limbe* au nombre de cinq, ovales, aiguës, ponctuées, ciliées, subsistantes, d'abord très ouvertes, se redressant ensuite à mesure que le fruit se forme.

Pétales cinq, insérés à la base du limbe du calice, alternes avec ses divisions, et deux fois plus longs; très ouverts, arrondis, rétrécis à leur base en un onglet court; d'un blanc de lait, tombant promptement.

Étamines quinze, ayant la même attache que la corolle, opposées de trois en trois à chaque division du calice. *Filets* courbés sur l'ovaire qu'ils recouvrent en forme de voûte; en alène, glabres, blanchâtres, plus courts que la corolle. *Anthères* vacillantes, arrondies, creusées de quatre sillons, s'ouvrant latéralement, d'un jaune pâle.

Ovaire adhérent à la partie inférieure du calice; globuleux, divisé en trois loges qui contiennent chacune un grand nombre d'ovules. *Style* tortueux, cylindrique, de couleur purpurine, plus long que les étamines. *Stigmate* en tête.

Capsule globuleuse, de la grosseur d'un pois, entièrement recouverte par le calice; velue, de couleur cendrée, divisée en trois loges.

Semences nombreuses, linéaires, paroissant anguleuses, lorsqu'on les observe avec la loupe; de couleur cendrée, attachées dans chaque loge à un tubercule qui adhère à l'axe du fruit.

*Obs.* 1.° M. Smith a publié dans le troisième volume des Transactions de la Société Linnéenne de Londres, un mémoire sur les caractères botaniques de plusieurs plantes de la Famille des Myrtes. Parmi les espèces que ce Célèbre Botaniste a rapportées au genre *Leptospermum*, il en est deux, savoir, *Leptospermum baccatum* et *arachnoideum* avec lesquelles la plante que je viens de décrire paroît avoir beaucoup d'affinité. Elle en diffère néanmoins par quelques caractères importants, surtout par ses étamines dont le nombre ne s'élève jamais au-dessus de quinze, et par son fruit qui est constamment à trois loges. J'ai consigné ces deux caractères dans la phrase spécifique du *Leptospermum triloculare,* non seulement pour prouver que cette espèce n'est point la même que les *Leptospermum arachnoideum* et *baccatum,* mais encore pour annoncer que le caractère générique du *Leptospermum* ne lui convient pas parfaitement, et qu'elle se rapproche du *Bæckea* par la structure de son fruit.

2.° Le *Leptospermum triloculare* n'est pas la seule espèce du genre qui présente des anomalies. Les espèces nommées *ambiguum* par M. Smith, et *virgatum* par M. Willdenow, s'éloignent aussi du *Leptospermum,* l'une par ses étamines beaucoup plus longues que la corolle, et l'autre par ses fleurs décandres, et par son fruit à une ou à deux loges.

3.° On cultive à la Malmaison plusieurs espèces du genre *Leptospermum;* savoir, les deux variétés du *Leptospermum scoparium Smith,* les *Leptospermum Thea Schrader,* pubescens *Willdenow,* juniperinum *Smith,* ambiguum (1) *Smith,* et *triloculare.* Toutes ces espèces sont aussi cultivées chez M. Cels.

*Expl. des fig.* 1, Une feuille grossie pour montrer ses trois nervures. 2, Fleur grossie et vue en dedans pour montrer les étamines opposées de trois en trois, aux divisions du calice. 3, Calice et pistil. 4, Fruit de grandeur naturelle. 5, Le même grossi et coupé transversalement. 6, Quelques semences.

---

(1) J'ai observé cette espèce dans une collection de plantes de Botany-Bay, que M. Smith a eu la bonté de m'envoyer; et j'ai reconnu qu'elle étoit la même que celle qui est décrite et figurée dans cet ouvrage, pag et pl. 46, sous le nom de *Metrosideros arifolia.*

*Leptospermum* *Juniperinum*

Peint par P. J. Redouté.

# LEPTOSPERMUM *JUNIPERINUM.*

Fam. des Myrtes, *Juss.* — Icosandrie Monogynie, *Linn.*

LEPTOSPERMUM erectum, orgyale; foliis lineari-lanceolatis, pungentibus, margine scabris; calicibus glaberrimis; stigmate subsessili, orbiculato.

Leptospermum *Juniperinum.* Foliis lineari-lanceolatis, pungentibus, ramulis sericeis; calicibus glabris; dentibus membranaceis coloratis undis. *Smith Act. Societ. Linnean. Londin.* vol. 3, pag. 263. *Willden. Spec. Plant.*

Melaleuca *tenuifolia.* Frutex erectus, ramosus; ramis pendulis, pilosis; foliis alternis, acutis, tenuibus, obliquis, mucronatis, pilosis, quinquenervosis; floribus lateralibus, solitariis, subsessilibus. *Wendl. Obs.* 50.

Arbrisseau droit et de haute tige, dont le port ressemble à celui d'un Genevrier; originaire de la Nouvelle Hollande. Il passe l'hiver dans l'orangerie, et fleurit au milieu de l'été.

---

Tige droite, cylindrique, très rameuse, recouverte d'un épiderme de couleur cendrée; haute de deux mètres, de la grosseur du pouce. *Branches* alternes, rapprochées, ouvertes, courbées vers leur sommet, divisées dans toute leur étendue; de la forme et de la couleur de la tige. *Rameaux* axillaires, légèrement anguleux, couverts de feuilles, soyeux, blanchâtres : les inférieurs ouverts; les supérieurs presque droits.

Feuilles éparses, ouvertes, sessiles, se prolongeant par leurs bords sur les rameaux; obliques, linéaires et en lance, surmontées d'une pointe piquante, rudes au toucher sur leurs bords, relevées de cinq nervures peu apparentes; finement ponctuées, glabres et d'un vert foncé en dessus, d'un vert pâle en dessous et parsemées de quelques poils couchés; d'une odeur et d'une saveur aromatiques; longues de douze millimètres, larges de deux.

Fleurs au sommet des nouvelles pousses, et paroissant latérales après le développement des bourgeons; solitaires, sessiles, entourées de bractées; d'un blanc de lait, de la grandeur de celles du *Leptospermum scoparium.*

Bractées ou *écailles* des *bourgeons* au nombre de trois ou de quatre, ovales, obtuses, membraneuses, concaves, pubescentes en dehors, roussâtres, très petites.

Calice en cloche, adhérent à l'ovaire dans sa moitié inférieure; glabre, ponctué, d'un vert tendre, divisé à son limbe. *Découpures* au nombre de cinq, ouvertes, ovales-arrondies, de la couleur de la corolle; tombant à mesure que le fruit approche de sa maturité.

Pétales cinq, insérés à la base du limbe du calice, alternes avec ses découpures, et deux fois plus longs; très ouverts, arrondis, rétrécis à leur base en un onglet court; tombant promptement.

Étamines au nombre de trente, ayant la même attache que la corolle, opposées quatre à quatre aux découpures du calice, et deux à deux aux pétales. *Filets* d'abord courbés sur l'ovaire qu'ils recouvrent en forme de voûte, ensuite droits; en alène, glabres, blanchâtres, plus courts que la corolle. *Anthères* vacillantes. arrondies, à deux lobes, d'un violet tendre, surmontées d'une glande ou d'un globule verdâtre.

Ovaire adhérent à la partie inférieure du calice; déprimé, verdâtre. *Style* extrêmement court et peu apparent. *Stigmate* orbiculaire.

Capsule recouverte dans sa moitié inférieure par le calice dont les découpures sont tombées; globuleuse, déprimée, de la grosseur d'un pois, d'un brun cendré, divisée intérieurement en cinq loges, ouverte en cinq valves dans sa partie supérieure.

Semences nombreuses, linéaires, de couleur de rouille, attachées dans chaque loge à un tubercule adhérent à l'axe du fruit.

*Obs.* 1.ᵉ Les fleurs des *Leptospermum juniperinum* et *triloculare* naissent un peu au-dessous du sommet des bourgeons; de sorte qu'elles paroissent latérales, lorsque les bourgeons se sont développés.

2.ᵉ Le *Leptospermum juniperinum* se distingue du *Leptospermum arachnoideum* par ses feuilles qui ne sont point en alène, et par son calice glabre; du *Leptospermum baccatum* par sa tige droite et élevée, par son calice entièrement glabre, et par son fruit qui n'est point bacciforme; et du *Leptospermum triloculare* par le nombre des étamines, par son stigmate presque sessile, par son fruit à cinq loges, et par ses feuilles qui sont relevées de cinq nervures, et rudes au toucher sur leurs bords.

*Expl. des fig.* 1, Une feuille grossie, pour montrer qu'elle est relevée de cinq nervures, et crénelée sur ses bords. 2, Fleur grossie et vue en dedans pour montrer la situation et la direction des étamines. 3, Une étamine grossie. 4, Calice, et pistil. 5, Fruit de grandeur naturelle. 6, Le même coupé transversalement, pour montrer les cinq loges. 7, Quelques semences.

*Ascyrum Stans*

Peint par P. J. Redouté

# ASCYRUM *STANS*.

FAM. des MILLEPERTUIS, *JUSS.* — POLYADELPHIE POLYANDRIE, *LINN.*

ASCYRUM foliis amplexicaulibus, ovato-oblongis; caule stricto; ramis ancipitibus; pedunculis axillaribus solitariis, terminalibus fasciculatis.

ASCYRUM *stans.* Foliis oblongis, ramis ancipitibus, pedunculis axillaribus. *WILLDEN. Spec. Plant.*

ASCYRUM *stans.* Caule erecto, infernè simplici, ancipite : foliis oblongo-ovalibus : floribus breviter pedicellatis, trigynis. *MICH. Flor. Boreali-Americ.*, vol. 2, pag. 77. *(Ex Herbario MICHAUX.)*

HYPERICUM *tetrapetalum.* Frutescens; foliis ovato-oblongis, amplexicaulibus; foliolis calicinis exterioribus cordatis. *LAM. Dict.*, vol. 4, pag. 153. *(Ex Herbario LAMARCK et JUSSIEU.)*

Arbrisseau dont le port a beaucoup de ressemblance avec celui de l'*HYPERICUM virginicum*; originaire de la Floride. Il passe l'hiver dans l'orangerie , et fleurit au commencement de l'automne.

Tige parfaitement droite, cylindrique, rameuse, très glabre, d'un brun rougeâtre, haute de sept décimètres, de la grosseur d'une plume à écrire. *RAMEAUX* axillaires, opposés en croix, peu ouverts, relevés de deux angles aigus, membraneux et situés alternativement sur les faces et sur les côtés de chaque entrenœud.

Feuilles opposées en croix, ouvertes, insérées au sommet des angles membraneux dont chaque entrenœud est relevé; embrassant la tige et les rameaux, ovales-oblongues, échancrées à leur base, obtuses à leur sommet, très entières, à bords réfléchis dans leur partie inférieure, relevées en dessous d'une côte saillante et de quelques nervures latérales peu apparentes, creusées en dessus d'un pareil nombre de sillons; paroissant veineuses lorsqu'on les observe avec la loupe; glabres, finement ponctuées, planes, d'un vert tirant sur le glauque, longues de quatre centimètres et demi, larges de deux.

Fleurs solitaires dans les aisselles des feuilles supérieures; au nombre de trois ou de quatre au sommet de la tige et des rameaux; pédiculées, munies de bractées; d'un jaune de soufre, presque de la grandeur de celles de l'*HYPERICUM hircinum.*

Pédicules droits, cylindriques, glabres, d'un vert tendre : ceux des aisselles des feuilles sujets à s'alonger, et formant alors de jeunes rameaux.

Bractées naissant au-dessus de la base des pédicules; opposées, peu ouvertes, en lance, pointues, ponctuées, de la couleur des feuilles; très courtes.

Calice formé de quatre folioles opposées deux à deux, d'abord droites et recouvrant la fleur, ensuite horizontales; relevées de nervures longitudinales et peu apparentes; ponctuées, de la couleur des feuilles : les deux extérieures plus grandes que la corolle, en cœur et ovales, à bords réfléchis en dehors vers leur base; les deux intérieures plus courtes et plus étroites, en forme de lance.

Pétales quatre, hypogynes, très ouverts, un peu obliques, alternes avec les folioles du calice, striés, sessiles, inégaux : ordinairement deux presque en forme de doloire et crénelés à leur sommet, et deux alternes elliptiques et aigus; quelquefois trois en forme de doloire, et un seul elliptique.

Étamines nombreuses, ayant la même attache que la corolle, et plus courtes. *Filets* droits, réunis en anneau à leur base ( *monadelphes* ), filiformes, pointus et en alène à leur sommet; de la couleur des pétales. *Anthères* droites, arrondies, creusées de quatre sillons, d'un jaune doré.

Ovaire libre, ovale, creusé de six ou de huit sillons alternativement plus profonds; glabre, luisant, de la longueur des étamines. *Styles* trois ou quatre, très courts. *Stigmates* recourbés, linéaires, comprimés, obtus.

Capsule ovale, relevée de trois ou quatre angles obtus, creusée d'un pareil nombre de sillons, surmontée de trois ou quatre styles, presque recouverte par les folioles du calice dont les deux plus extérieures ont encore pris de l'accroissement; d'un brun rougeâtre, à une loge, s'ouvrant en quatre valves.

Semences nombreuses, petites, anguleuses, d'un brun foncé, attachées par des filets très courts aux bords renflés et spongieux des valves.

*Obs* 1.° Le nom d'*Ascyrum* avoit été donné par Tournefort à des plantes qui différoient de l'*Hypericum* du même auteur, par leurs fleurs pourvues de cinq styles, et par leurs fruits divisés intérieurement en cinq loges. Linnæus ayant réuni les espèces de ces deux genres sous la dénomination commune d'*Hypericum*, employa le nom d'*Ascyrum* pour désigner le genre que Plumier avoit appelé *Hypericoides*. Quoique le nombre des espèces du genre *Hypericum* de Linnæus, se soit considérablement accru depuis la publication de la première édition du *Species Plantarum*, néanmoins la plupart des Botanistes ont cru devoir conserver ce genre dans toute son intégrité. Ils ont pensé que les caractères sur lesquels sont fondées les sections établies pour grouper les espèces que le genre comprend, présentoient pour l'étude et pour la recherche de ces mêmes espèces, tous les avantages qui pourroient résulter de la division du genre *Hypericum*, et de l'établissement de quelques genres secondaires.

2.° Les espèces du genre *Ascyrum Linn.*, ressemblent tellement par leur port à celles de l'*Hypericum*, qu'il seroit impossible de déterminer celui des deux genres auquel il faudroit rapporter une espèce nouvelle dont la fructification n'auroit pas été encore observée. Les caractères de l'*Ascyrum* ne consistent pas seulement dans le nombre des divisions du calice et des pétales; ils sont aussi fondés sur le fruit qui est une capsule uniloculaire contenant un grand nombre de semences insérées aux bords des valves (1). Les fruits de l'*Hypericum* et de l'*Ascyrum* présentent à peu près entr'eux la même différence, que ceux du *Cistus* et de l'*Helianthemum*.

3.° J'ai observé avec beaucoup de soin les étamines de l'*Ascyrum amplexicaule*, et elles m'ont paru constamment monadelphes. Je suis même parvenu à les détacher de leur point d'insertion, sans qu'il y ait eu la moindre solution de continuité dans l'anneau qu'elles forment par leur réunion à leur base.

4.° MM. Michaux et Bosc m'ont communiqué plusieurs exemplaires de la plante que je viens de décrire. Comme ces exemplaires présentent quelques différences dans les feuilles qui sont tantôt semblables à celles de l'individu figuré, tantôt plus étroites et plus courtes; je pense qu'on doit admettre dans l'*Ascyrum stans* deux variétés, dont une peut être désignée par le nom de *latifolium*, et l'autre par celui d'*angustifolium*.

5.° L'*Ascyrum amplexicaule* Mich., n'a pas été mentionné par M. Willdenow. Cette espèce est très distincte de l'*Ascyrum stans* dont elle diffère surtout par sa tige dichotome et paniculée dans sa partie supérieure, et par ses feuilles en cœur et ovales, et beaucoup plus courtes.

*Expl. des fig.* 1, Fleur dont le calice et deux pétales ont été retranchés pour montrer l'attache de la corolle et des étamines. 2, Calice et pistil. 3, Capsule grossie. 4, La même coupée transversalement. 5, La même coupée longitudinalement pour montrer l'attache des semences.

(1) Ce caractère n'avoit point été indiqué par Linnæus, et par les autres Botanistes qui ont décrit le genre *Ascyrum*. Gærtner est le premier qui après avoir analysé le fruit de l'espèce sur laquelle avoit été établi le genre, ait déterminé sa véritable structure intérieure.

*Sterculia Monosperma*

Peint par P. J. Redouté

# STERCULIA *MONOSPERMA*.

### Fam. des Sterculiacées (1). Monadelphie Dodécandrie, *Linn.*

CHARACTER GENERICUS. *Calix* coriaceus, quandòque tubulosus 5-dentatus, sæpius campanulatus 5-fidus aut 5-partitus; laciniis vel stellatim patentibus, vel arcuatim introflexis. *Corolla* nulla. *Stipes* centralis productus in urceolum 5-dentatum, dentibus 2-3-antheriferis. *Germen* 5-striatum, intrà urceolum insidens. *Stylus* unicus, ovario incumbens; stigmate sub-5-lobo. *Capsulæ* 5 (aut pauciores, quibusdam abortivis), coriaceæ, 1-loculares, mono-polyspermæ, suturâ interiore dehiscentes, marginibus seminiferis. *Corculum* perispermo carnoso et bipartibili cinctum, ut in plerisque Sapotis. *Cotyledones* irregulares, crassissimæ aut tenues. *Radicula* adscendens seu umbilico opposita. *Arbores. Folia alterna, simplicia aut digitata. Petioli sub apice articulati. Stipes quandòque solo germine, quandòque germine et staminibus orbatus.*

STERCULIA *monosperma*. Foliis ovato-oblongis; laciniis calicinis arcuatim introflexis; capsulis ovatis, mucronatis, monospermis.

Arbre provenu de graines envoyées de l'Inde, et semées depuis trois ans; remarquable par la beauté de son feuillage; paroissant devoir s'élever dans son pays natal à une grande hauteur. Il passe l'hiver dans la serre chaude, et fleurit au milieu du printemps.

Tige droite, cylindrique, rameuse, feuillée à son sommet, recouverte d'une écorce gercée et d'un brun cendré; haute de huit décimètres, de la grosseur du pouce. *Rameaux* alternes, droits, marqués dans leur partie inférieure de quelques cicatrices formées par la chute des feuilles; de la forme et de la couleur de la tige.

Feuilles alternes, réfléchies, pétiolées, munies de stipules; ovales-oblongues, pointues, très entières, ondées, relevées en dessous d'une côte saillante et rameuse, creusées en dessus d'un pareil nombre de sillons; veinées en réseau, glabres, luisantes, membraneuses, d'un vert foncé sur la surface supérieure, d'un vert pâle sur l'inférieure, longues de vingt-deux centimètres, larges de dix.

Pétioles peu ouverts, articulés, cylindriques, renflés à leur base et à leur sommet; glabres, de la couleur des feuilles, longs de quatre centimètres.

Stipules distinctes du pétiole, droites, linéaires, pointues, membraneuses, pubescentes, de couleur brune; tombant promptement.

Grappes naissant vers le sommet des rameaux dont les bourgeons ne sont pas encore développés; nombreuses, rapprochées en faisceau, composées, formant par leur ensemble une panicule arrondie et étalée. *Axes* et *Rameaux* des *Grappes* cylindriques, pubescents, d'un vert pâle: la plupart horizontaux, quelques uns presque droits.

Fleurs penchées ou réfléchies; pédiculées, d'un jaune verdâtre, répandant une légère odeur de vanille, incomplètes ou sans corolle, quelquefois dépourvues d'ovaire et d'étamines; de la grandeur de celles du *Convallaria majalis*.

Pédicules courbés, filiformes, pubescents, articulés vers leur sommet; longs de deux centimètres.

Calice d'une seule pièce, en cloche, parsemé de poils courts et glanduleux, divisé dans sa moitié supérieure. *Découpures* au nombre de cinq, en forme de lance, arquées, réunies et légèrement adhérentes à leur sommet; ciliées, à bords réfléchis en dehors.

Étamines environ douze, portées sur un pivot droit, cylindrique, renflé à son sommet; glabre, blanchâtre, de la moitié de la longueur du calice. *Filets* nuls. *Anthères* situées sur les bords du sommet du pivot; à deux lobes arrondis, s'ouvrant extérieurement, d'un jaune doré.

---

(1) Ce nouvel ordre qui tient le milieu entre les Malvacées et les Tiliacées, est surtout caractérisé par les étamines monadelphes, et par le perisperme qui entoure l'embryon. Il doit comprendre les genres placés par M. de Jussieu dans la première section des Tiliacées, et quelques uns de ceux qui se trouvent dans les dernières sections des Malvacées. L'*Heritiera d'Aiton*, ou le *Balanopteris* de Gærtner, paroît devoir faire partie de ce nouvel Ordre.

Ovaire au sommet du pivot; globuleux, creusé de cinq sillons, hérissé, d'un rouge de cerise. Style couché sur l'ovaire; cylindrique, pubescent, de la couleur et de la longueur du pivot. Stigmate renflé, tronqué, à cinq lobes.

Fruit formé de cinq capsules, dont quelques unes sont sujettes à avorter; ovales, ventrues, pointues, coriaces, creusées d'un grand nombre de stries longitudinales; drapées et d'un gris cendré en dehors, d'un brun foncé et parsemées de poils peu apparents dans l'intérieur; uniloculaires, monospermes, s'ouvrant sur la suture inférieure.

Semence remplissant toute la cavité dans chaque capsule, et adhérente par un large ombilic au bord de la suture; ovale, obtuse, de la grosseur d'un petit marron.

Embryon entouré d'un périsperme charnu. Cotyledons de la même substance que le périsperme, et plus épais; irréguliers, contournés, blanchâtres. Radicule montante, c'est-à-dire opposée à l'ombilic; droite, cylindrique, très courte.

Obs. 1.º J'ai cru devoir rapporter le Sterculia à la Monadelphie de Linnæus, parceque l'absence de l'ovaire ou des étamines dans quelques fleurs, doit être considérée comme un effet de l'avortement de ces organes.

2.º Je n'aurois point hésité à regarder la plante que je viens de décrire, comme la même espèce que le Sterculia Balanghas, si les capsules ne m'eussent présenté une différence frappante non seulement dans leur forme, mais encore dans le nombre des semences. A la vérité ce nombre est sujet à varier dans le Sterculia Balanghas; mais Rheede et Rumphe qui paroissent avoir décrit tous les deux cette plante, quoique les figures qu'ils en ont données ne s'accordent pas parfaitement, n'ont jamais observé de capsules monospermes.

3.º J'ai eu occasion d'examiner plusieurs capsules du Sterculia monosperma, et je n'y ai jamais trouvé qu'une seule semence. Il semble que cette unité de semences ne peut pas être attribuée à l'avortement, puisque chaque graine remplit presque entièrement la cavité de la capsule qui la contient.

4.º Linnæus a établi dans sa Flora Zeylanica, le genre Sterculia dont il connoissoit deux espèces, savoir, Sterculia fœtida (1), et Sterculia Balanghas. Une troisième espèce Sterculia platanifolia (2) fut ajoutée dans le supplément publié par son fils. M. Cavanilles décrivit dans la cinquième dissertation sur les plantes de la Monadelphie, trois autres espèces, savoir, le Sterculia crinita dont Aublet avoit fait un genre sous le nom d'Ivira, le Sterculia cordifolia, et le Sterculia lanceolata. M. Roxburg a fait connoître depuis peu dans ses plantes de Coromandel, deux nouvelles espèces qu'il a nommées Sterculia urens (3), et Sterculia colorata (4). Ces huit espèces sont mentionnées dans le Species Plantarum de M. Willdenow, qui a oublié de citer celle que M. Richard a indiquée sous le nom de frondosa (5) dans le catalogue des plantes de la Guiane, envoyées à la société d'Histoire naturelle de Paris, par M. le Blond. Il existe encore dans les herbiers plusieurs autres espèces qui ne sont pas décrites. Celles que j'ai observées, peuvent être désignées et déterminées ainsi qu'il suit:

Sterculia rubiginosa. Rubiginoso-tomentosa, foliis lanceolato-oblongis, suprà glabris; capsulis acuminatis, intùs rugosis et nudis. Java. Ex Herbar. D. D. de Jussieu et Thouin.

Sterculia nitida (6). Foliis lanceolato-oblongis, acuminatis; laciniis calicinis patentibus; urceolo subsessili. Ex Africâ. Culta in Insulâ Mauritii.

Sterculia grandiflora (7). Foliis ovatis, acuminatis, glabris; laciniis calicis patentibus; urceolo subsessili; stylis 5, reflexis. Isle de France, ex Herbario D. de Jussieu. Ex Indiâ orientali, juxtà Herbarium D. de Lamarck.

Sterculia longifolia. Foliis ovato-oblongis, glabris; laciniis calicinis erectis, intùs hirsutis. Java. Communicata a D. la Haye.

Sterculia monosperma. Foliis ovato-oblongis, glabris; laciniis calicinis arcuatim introflexis; capsulis ovatis, mucronatis, monospermis. Jard. de Malm. pl. 91.

Sterculia macrophylla. Foliis cordato-subrotundis, subtùs tomentosis; capsulis obovatis, intùs glaberrimis, dispermis. Java. Communicata a D. la Haye.

5.º On cultive à la Malmaison trois espèces de Sterculia, savoir, le monosperma, le fœtida, et le platanifolia. L'individu de Sterculia platanifolia est un des plus beaux qui existe en Europe. La tige de la grosseur de la jambe, a environ cinq mètres de hauteur. Ce bel arbre a appartenu d'abord à M. le maréchal duc de Noailles, ensuite à M. de Cramayel qui en a fait hommage à S. M. l'Impératrice.

Expl. des fig. 1, Fleur. 2, Pivot pourvu des deux organes sexuels. 3, Pivot dépourvu d'étamines et d'ovaire. 4, Fruit formé de deux capsules ouvertes, dont une vue en dedans, et l'autre en dehors. 5, Une semence dont le tégument extérieur est ouvert longitudinalement. (Les figures 1, 2 et 3 sont grossies.)

_____

(1) La plante de l'Hortus Malabaricus, citée par Linnæus et par M. Willdenow, comme synonyme du Sterculia fœtida, n'appartient pas au genre Sterculia. — (2) Cette espèce présente sur la même panicule des fleurs mâles et des fleurs hermaphrodites. Le périsperme est très épais; et les cotyledons sont minces, foliacés et jaunâtres. — (3) Les fleurs de cette espèce sont les unes mâles, et les autres hermaphrodites, comme dans le Sterculia platanifolia. — (4) Le calice est tubulé et denté dans cette espèce. — (5) Cette plante constitue une espèce très distincte du Sterculia crinita Cavan. — (6) Je présume que cette plante, dont Michaux m'avoit envoyé de beaux exemplaires, est dioïque, puisque je n'ai trouvé aucune apparence d'ovaire dans les fleurs que j'ai analysées. Cette espèce est-elle congénère du Sterculia? n'appartiendroit-elle pas à quelque autre genre de la même famille? — (7) Cette espèce semble s'éloigner du genre par l'absence du pivot, et par les cinq styles qui surmontent l'ovaire. Ces cinq styles ne pourroient-ils pas être considérés comme les stigmates d'un seul style qui ne seroit pas encore développé?

*Lotus Anthylloides.*

Peint par P. J. Redouté.

# LOTUS *ANTHYLLOÏDES.*

Fam. des Légumineuses, *Juss.* — Diadelphie Décandrie, *Linn.*
*Syst. Vegetabil.* §. 11. *Pedunculis multifloris in capitulum.*

LOTUS caule fruticoso; capitulis paucifloris; foliolis, bracteisque triphyllis subspathulatis.

Arbrisseau touffu, de petite taille, originaire du Cap de Bonne-Espérance. Il passe l'hiver dans l'orangerie, et fleurit au commencement de l'automne.

---

Tige droite, cylindrique, très rameuse, recouverte d'une écorce gercée et de couleur cendrée; haute de trois décimètres, de la grosseur du petit doigt. *Branches* alternes, articulées, peu ouvertes, de la forme de la tige, feuillées, d'un vert cendré; parsemées de poils couchés, blanchâtres et peu apparents. *Rameaux* axillaires, étalés, ayant la forme et la couleur des branches.

Feuilles alternes, horizontales et réfléchies, pétiolées, ternées, munies de stipules; parsemées sur chaque surface de poils couchés et peu apparents; molles au toucher, d'un vert cendré. *Folioles* pétiolées, presqu'en forme de spatule, très entières, relevées en dessous d'une côte saillante, creusées en dessus d'un sillon : l'impaire longue de vingt-six millimètres, et large de huit; les deux latérales plus courtes.

Pétiole commun articulé, très ouvert, cylindrique, parsemé de poils peu apparents; blanchâtre, extrêmement court. *Pétioles partiels* parfaitement semblables au pétiole commun.

Stipules distinctes du pétiole commun; ayant la direction, la forme, la couleur des folioles, et presque aussi grandes.

Bouquets dans les aisselles des feuilles supérieures des branches et des rameaux; en forme de petites ombelles; pédonculés, munis de bractées. *Pédoncules* solitaires, droits, cylindriques, de la couleur des feuilles et deux fois plus longs. *Bractées* au sommet du pédoncule, et au dessous de la partie antérieure de l'ombelle; ayant la direction, la forme et la couleur des stipules.

Fleurs cinq ou six, d'abord droites et rapprochées, ensuite très ouvertes et presque unilatérales ou représentant une ombelle dimidiée; pédiculées, d'un jaune soufré, de la grandeur de celles du *Lotus jacobæus.*

Pédicules droits, de la forme, de la couleur et de la longueur des pétioles partiels.

Calice tubulé, relevé de cinq nervures, parsemé de poils courts, divisé à son limbe; subsistant. *Divisions* au nombre de cinq, dont deux sous l'étendard, et trois sous la carène; droites, en lance, pointues, égales, velues en dedans.

Corolle insérée au fond du calice, papillonacée, formée de cinq pétales portés chacun sur un onglet. *Étendard* droit, réfléchi sur les côtés; ovale, obtus, strié, relevé en dehors d'une nervure saillante. *Ailes* plus courtes que l'étendard, redressées, réunies par leur bord supérieur; recouvrant la carène, munies d'une oreillette sur le côté de la base qui est opposé à l'onglet. *Carène* montante, formée de deux pétales adhérents dans leur partie supérieure, ovales, pointus, dépourvus d'oreillette, plus courts que les ailes.

ÉTAMINES dix, insérées sur le calice au dessous de la corolle, renfermées dans la carène, diadelphes, inégales et alternativement plus courtes. *FILETS* réunis au nombre de neuf dans leur moitié inférieure, en une gaîne comprimée et fendue sous l'étendard; libres, distincts et écartés dans leur partie supérieure : ceux des plus longues étamines, dilatés à leur sommet. *DIXIÈME FILET* libre dans toute son étendue, appliqué contre la fissure de la gaîne. *ANTHÈRES* droites, arrondies, d'un jaune soufré. *POLLEN* formé de molécules blanchâtres.

OVAIRE légèrement pédiculé, linéaire, comprimé, velu en dessous, d'un vert foncé, contenant un grand nombre d'ovules. *STYLE* coudé, en alène, presque glabre, blanchâtre, muni d'une dent au dessus de sa partie moyenne. *STIGMATE* en tête. FRUIT.........

*OBS.* 1.° La plante que je viens de décrire, paroît avoir quelques rapports avec deux espèces mentionnées par M. Willdenow, savoir, *LOTUS glaucus AIT.*, et *LOTUS gracilis WALDST.* et *KITAIB.* Elle se distingue néanmoins de la première, par ses feuilles qui ne sont pas charnues, par ses fleurs rapprochées en ombelle, et par sa tige ligneuse : et elle diffère de la seconde par ses folioles presqu'en spatule, par le nombre des fleurs dans chaque ombelle, et par ses tiges qui ne sont point herbacées. La forme de l'ovaire du *LOTUS Anthylloides*, indique de plus que le fruit de cette plante doit encore fournir des caractères distinctifs.

2.° Les feuilles du *LOTUS Anthylloides* paroissent au premier aspect être digitées; mais en les examinant avec attention, l'on reconnoît que les deux folioles les plus extérieures doivent être considérées comme des stipules, puisqu'elles sont insérées au dessous de la base du pétiole de la feuille, ou du pétiole commun des trois folioles.

3.° J'observai, il y a quatre ans, chez M. Cels, une charmante espèce de *LOTUS* provenue de graines envoyées d'orient par MM. Bruguière et Olivier. Cette espèce, dont aucun auteur n'a fait encore mention, est herbacée, et très velue dans toutes ses parties. Elle produit des tiges tombantes, cylindriques et rameuses. Les *FOLIOLES* plus petites que celles du *LOTUS arabicus*, sont en cœur renversé, et munies de stipules ovales-arrondies. Les pédoncules axillaires, solitaires, recourbés et très alongés, ne portent qu'une seule fleur d'une belle couleur rose. La bractée située à la base de la fleur, est formée de trois folioles qui ressemblent parfaitement aux stipules. Cette espèce qui a quelques rapports avec les *LOTUS peregrinus* et *arabicus*, mais qui en diffère par plusieurs caractères tranchés, peut être désignée par le nom de *lanuginosus*, et caractérisée par la phrase suivante :

*LOTUS lanuginosus.* Pedunculis elongatis, cernuis, unifloris; foliolis obcordatis; stipulis, bracteàque triphyllà ovato-subrotundis.

*Expl. des fig.* 1, Pétales. 2, Calice et organes sexuels. 3, Gaîne des étamines ouverte et grossie, pour montrer la forme des étamines. 4, Pistil grossi.

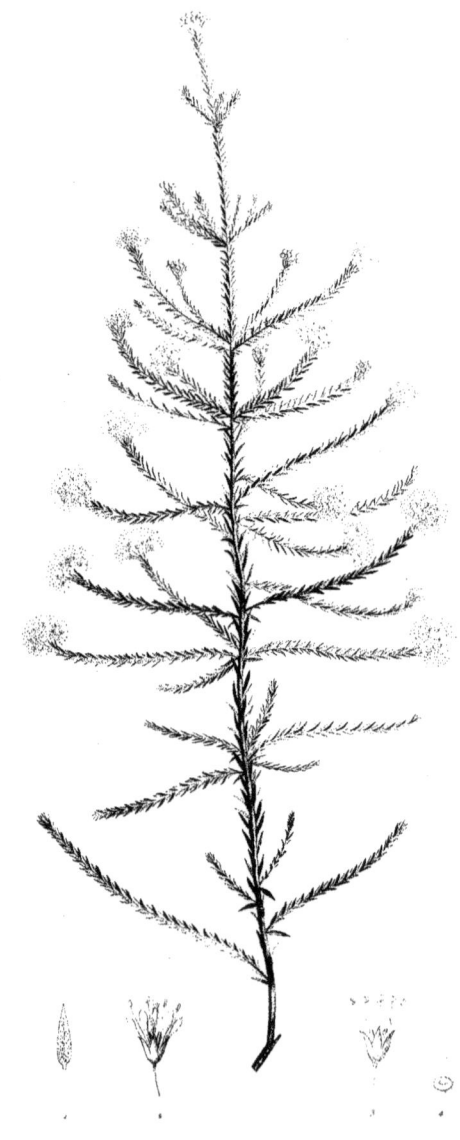

*Diosma Cerefolium*

Peint par P. J. Redouté.

# DIOSMA *CEREFOLIUM*.

F<small>AM</small>. des R<small>UTACÉES</small>, *J<small>USS</small>.* — P<small>ENTANDRIE</small> M<small>ONOGYNIE</small>, *L<small>INN</small>.*

DIOSMA ramosissima; foliis imbricato-patentibus, lanceolatis, ciliatis; capitulis terminalibus; staminibus quinque sterilibus; germinibus nudis.

Arbrisseau dont le port ressemble à celui d'une Bruyère; remarquable par l'odeur de Cerfeuil que répandent ses fleurs et ses feuilles; originaire du Cap de Bonne-Espérance. Il passe l'hiver dans l'orangerie, et fleurit au milieu du printemps.

---

T<small>IGE</small> droite, cylindrique, très rameuse, recouverte d'une écorce d'un brun cendré; haute de cinq décimètres, de la grosseur d'une plume à écrire. *B<small>RANCHES</small>* alternes, presque droites, rameuses dans toute leur étendue, pubescentes, feuillées dans leur partie supérieure, nues dans l'inférieure, et marquées de cicatrices formées par la chute des pétioles. *R<small>AMEAUX</small>* rapprochés au nombre de quatre ou de six, horizontaux, disposés en forme de pyramide, entièrement couverts de feuilles.

F<small>EUILLES</small> éparses, d'abord droites et se recouvrant mutuellement comme les tuiles d'un toit, ensuite ouvertes et recourbées; presque sessiles, en lance, aiguës, très entières, ciliées, munies à leur sommet de deux ou trois poils; relevées en dessous d'une nervure peu apparente, creusées en dessus d'un léger sillon; glabres sur la surface supérieure, hérissées sur la côte moyenne de la surface inférieure; ponctuées, d'un vert foncé, longues de cinq millimètres, larges d'un seul.

P<small>ÉTIOLES</small> très courts, articulés, comprimés, ciliés, blanchâtres.

F<small>LEURS</small> au sommet des rameaux, très petites, rapprochées en une tête peu serrée et de la grosseur d'un grain de raisin; pédiculées, de couleur de chair avant leur développement, d'un blanc pur lorsqu'elles sont épanouies.

P<small>ÉDICULES</small> droits, filiformes, pubescents, blanchâtres, du tiers de la longueur des fleurs.

C<small>ALICE</small> formé de cinq folioles droites, en lance, aiguës, pubescentes, membraneuses et ciliées sur leurs bords; de la moitié de la longueur de la fleur.

P<small>ÉTALES</small> cinq, insérés sur un disque hypogyne et peu saillant, alternes avec les folioles du calice; droits, onguiculés, se flétrissant avant de tomber. *O<small>NGLETS</small>* filiformes, un peu plus longs que le calice. *L<small>AMES</small>* ovales, obtuses, presqu'en forme de spatule; de la longueur des onglets.

É<small>TAMINES</small> dix, ayant la même attache que la corolle, alternativement fertiles et stériles. *F<small>ILETS</small>* des *É<small>TAMINES</small> <small>STÉRILES</small>* opposés aux pétales et de la même couleur; en alène, glabres, surmontés d'une petite glande, à peine de la longueur des onglets. *F<small>ILETS</small>* des *É<small>TAMINES</small> <small>FERTILES</small>* opposés aux folioles du calice, de la forme et de la couleur des filets stériles; plus longs que la corolle. *A<small>NTHÈRES</small>* droites, ovales, surmontées d'une petite glande; à deux lobes, s'ouvrant sur les côtés; rougeâtres avant l'épanouissement des fleurs, ensuite de couleur de chair. *P<small>OLLEN</small>* d'un jaune doré

Ovaire globuleux, entouré d'un disque orbiculaire et peu saillant; nu ou dépourvu de glandes à son sommet, et d'écailles à sa base. *Style* droit, filiforme, d'une teinte purpurine, de la longueur des étamines. *Stigmate* obtus.

Fruit.........

Obs. 1.° L'ovaire du Diosma Cerefolium n'est point surmonté de glandes comme celui du Diosma hirta (1), ni entouré d'écailles comme celui du Diosma serratifolia (2).

2.° L'espèce que je viens de décrire se rapproche par plusieurs caractères du Diosma pubescens de M. Thunberg, ou Hartogia ciliata de Bergius : elle s'en distingue néanmoins par ses rameaux nombreux disposés en pyramide, par ses feuilles moins épaisses, plus étroites et plus pointues; et surtout par l'odeur de Cerfeuil que répandent non seulement les fleurs, mais encore les feuilles lorsqu'elles sont froissées.

3.° Voyez à la fin de la page 77 de cet ouvrage, le catalogue des espèces du genre Diosma, qui sont cultivées à la Malmaison.

*Expl. des fig.* 1, Feuille vue en dessous. 2, Une fleur avec son pédicule. 3, La même dépourvue de corolle, pour montrer les dix étamines. 4, Pistil dont l'ovaire est entouré d'un disque peu saillant.

(1) Voy. *Jardin de la Malmaison*, pl. 72.
(2) *Ibid.* pl. 77.

*Psoralea Meliloïdes.*

Peint par P.J. Redouté.

# PSORALEA *MELILOTOIDES*.

FAM. des LÉGUMINEUSES, *JUSS.* — DIADELPHIE DÉCANDRIE, *LINN.*

PSORALEA herbacea; foliis ternatis; foliolis lanceolatis, mucronatis; racemis terminalibus.

PSORALEA *melilotoides*. Herbacea, parcè minutequè pubescens : foliis lanceolato-trifoliatis : spica oblonga; bracteis latis, acuminatis : leguminibus abbreviato-rotundatis, nervoso-rugosissimis. *MICH. Flor. Boreali-Americ.* vol. 2, pag. 58.

*TRIFOLIUM psoralioides. WALT. Flor. Carolin.* pag. 184.

Plante herbacée, vivace, croissant naturellement en Floride et en Caroline. Elle passe l'hiver dans l'orangerie, et fleurit au milieu de l'été.

---

RACINE en forme de carotte; peu rameuse, d'un jaune sale.

TIGES étalées, tombantes, cylindriques, striées, rameuses, quelquefois bifurquées à leur base, parsemées de poils couchés et peu apparents; de couleur brune dans leur partie inférieure, d'un vert foncé dans la supérieure; longues de six décimètres, de la grosseur d'une plume de corbeau. *RAMEAUX* axillaires, alternes, écartés, de la forme et de la couleur de la tige : les inférieurs très ouverts, les supérieurs plus courts et presque droits.

FEUILLES alternes, réfléchies, pétiolées, ternées, munies de stipules; d'un vert foncé. *FOLIOLES* également pétiolées, en lance, surmontées d'une pointe courte, très entières, relevées en dessous d'une côte rameuse, creusées en dessus d'un pareil nombre de sillons; veineuses, glabres sur la surface supérieure, parsemées de poils couchés sur la surface inférieure, longues de cinq centimètres, larges de dix millimètres.

PÉTIOLE COMMUN articulé, très ouvert, convexe d'un côté, sillonné de l'autre, strié sur les côtés, parsemé de poils couchés; de la couleur des rameaux, très court. *PÉTIOLES PARTIELS* conformes au pétiole commun, inégaux; celui de la foliole du milieu trois fois plus long.

STIPULES distinctes du pétiole commun; droites, en lance, très pointues, de la couleur des feuilles, de la longueur du pétiole de la foliole du milieu.

GRAPPES au sommet des tiges et des rameaux; droites, solitaires, simples, munies de bractées; d'abord coniques, ensuite grêles et alongées. *AXES* des *GRAPPES* longs de quatorze centimètres, nus dans les deux tiers de leur étendue; de la forme et de la couleur des rameaux.

FLEURS ordinairement deux dans l'aisselle de chaque bractée; horizontales, pédiculées, de couleur lilas, de la grandeur de celles du Mélilot : les inférieures s'épanouissant les premières.

PÉDICULES très courts, cylindriques, pubescents, d'un vert pâle; d'abord horizontaux, se redressant ensuite à mesure que le fruit se forme.

BRACTÉES droites et recouvrant les fleurs; transversalement elliptiques, surmontées d'une longue pointe; concaves, striées, parsemées de points glanduleux et jaunâtres; légèrement ciliées, tombant promptement.

CALICE en cloche, divisé à son limbe; presque glabre, parsemé de points glanduleux; d'un vert pâle, de la moitié de la longueur de la fleur; subsistant. DÉCOUPURES du *LIMBE* au nombre de cinq, droites, inégales : les deux supérieures et celles des côtés ovales, aiguës; l'inférieure ou celle qui est sous la carène, en lance et plus longue.

COROLLE attachée à la base du calice; papillonacée, formée de cinq pétales striés, et munis chacun d'un onglet. *ÉTENDARD* redressé, ovale-arrondi, échancré au sommet; concave, d'un violet tendre, marqué vers sa base de deux taches oblongues et blanchâtres. *AILES* de la longueur de l'étendard, horizontales, rapprochées par leur bord supérieur; oblongues, obtuses, recouvrant la carène, munies d'un appendice sur le côté de la base qui est opposé à l'onglet. *CARÈNE* formée de deux pétales ayant la même direction, la même forme que les ailes et plus courts; marqués chacun à leur sommet d'une tache d'un bleu foncé.

ÉTAMINES dix, insérées sur le calice au dessous de la corolle, renfermées dans la carène, diadelphes. *FILETS* réunis au nombre de neuf dans presque toute leur étendue, en un tube courbé et fendu sur le côté qui regarde l'étendard; distincts vers leur sommet, inégaux. *DIXIÈME FILET* appliqué contre la fissure du tube. *ANTHÈRES* droites, arrondies, d'un jaune soufré, très petites.

OVAIRE sessile, ovale, comprimé, glabre, verdâtre. *STYLE* courbé, filiforme, blanchâtre, plus long que les étamines. *STIGMATE* en tête.

LÉGUME entouré à sa base par le calice; arrondi, comprimé, relevé de plusieurs nervures transversales, surmonté de la base subsistante du style; de couleur cendrée, à une loge, ne contenant qu'une seule semence.

*OBS.* 1.° La plante que je viens de décrire, tient le milieu entre les *PSORALEA bituminosa* et *glandulosa*. Elle se distingue du *PSORALEA bituminosa* par ses fleurs disposées en grappe, par la forme de ses bractées, et par son légume relevé de plusieurs nervures transversales, et beaucoup plus grand que le calice. Elle diffère du *PSORALEA glandulosa* par ses feuilles dépourvues de glandes, par ses grappes terminales, par ses bractées plus grandes que les fleurs, et par la forme de son légume.

2.° La plupart des espèces du genre *PSORALEA* sont cultivées à la Malmaison; savoir, *PSORALEA pinnata, bracteata, aphylla, tenuifolia, bituminosa, glandulosa, palæstina, americana* et *corylifolia* Linn.; *PSORALEA aculeata* et *hirta* AIT., *multicaulis* JACQ., et *verrucosa* WILLDEN.

*Expl. des fig.* 1, Une bractée. 2, Pétales. 3, Calice pédiculé, et organes sexuels. 4, Pistil. 5, Légume. (Figures grossies.)

*Cineraria Hirsuta*

# CINERARIA *HIRSUTA.*

Fam. des Corymbifères, *Juss.* — Syngénésie Polygamie Superflue, *Linn. Syst. Vegetab.* §. II, *Floribus radiatis.*

CINERARIA pedunculis unifloris ; foliis oppositis , ovatis , parcè sinuatis , hirsutis ; foliolis calicinis inæqualibus.

Arbuste touffu, dont le port ressemble beaucoup à celui du *CINERARIA amelloïdes ;* originaire du Cap de Bonne-Espérance. Il passe l'hiver dans l'orangerie, et fleurit depuis le commencement de Floréal, jusqu'à la fin de Thermidor.

---

Racine fibreuse, d'un brun cendré.

Tiges tombantes, cylindriques, très rameuses, recouvertes d'un épiderme cendré ; de la grosseur d'une plume à écrire. *Branches* opposées, rapprochées, presque droites, de la forme des tiges ; feuillées, velues, d'un brun tirant sur le violet. *Rameaux* naissant dans les aisselles des feuilles supérieures ; axillaires , ayant la direction, la forme et la couleur des branches.

Feuilles opposées, horizontales, pétiolées et se prolongeant sur le pétiole, sujettes à varier dans leur forme qui est le plus souvent ovale ; aiguës, munies, à l'exception des deux supérieures de chaque rameau, de deux ou de quelques dents profondes ; relevées en dessous d'une côte rameuse, creusées en dessus d'un pareil nombre de sillons ; velues, ciliées, planes, d'un vert foncé sur la surface supérieure, d'un vert plus pâle sur l'inférieure : celles des branches longues de vingt-quatre millimètres, et larges de dix-huit ; celles des rameaux beaucoup plus courtes.

Pétioles ouverts, dilatés et réunis à leur base, convexes en dehors, sillonnés en dedans, velus, ciliés ; de la couleur des feuilles, et deux fois plus longs.

Pédicules au sommet des branches et des rameaux ; solitaires, droits, cylindriques, velus, d'un vert cendré, à une fleur, munis de bractées, longs de sept centimètres.

Fleurs droites, radiées, d'un jaune doré dans le disque, d'un blanc lavé de pourpre à la circonférence, de la grandeur de celles du Séneçon ordinaire, *Senecio vulgaris.*

Bractées deux ou trois, alternes, écartées, droites, en lance, aiguës, entières, pubescentes, très courtes.

Calice commun ovale, velu, formé d'écailles nombreuses, droites, serrées, inégales, en lance, aiguës, convexes en dehors, membraneuses et ciliées sur leurs bords : les extérieures plus courtes, représentant un calice extérieur.

Demi-Fleurons quatorze, femelles-fertiles, plus courts que le calice, tubulés vers leur base, en forme de languette dans leur partie supérieure, munis de trois dents à leur sommet : d'abord blanchâtres et très ouverts, ensuite de couleur purpurine et roulés en dehors.

Fleurons nombreux, hermaphrodites, en forme d'entonnoir. *Tube* insensiblement dilaté. *Limbe* très court, à cinq découpures en lance, d'abord très ouvertes, ensuite réfléchies.

Étamines cinq, insérées au milieu du tube, de la longueur des fleurons. *Filets* capillaires, libres, blanchâtres. *Anthère* tubulée, engaînant le style, divisée en cinq dents, de la couleur des fleurons.

Ovaires des *Fleurons* et des *Demi-Fleurons* ovales-renversés, comprimés, parsemés de quelques poils peu apparents; blanchâtres, surmontés d'une aigrette. *Styles* droits, filiformes, de la longueur des étamines dans les Fleurons, de la moitié de la longueur des languettes dans les Demi-Fleurons. *Stigmates* deux, peu ouverts.

Fruit formé par le calice subsistant qui contient un grand nombre de semences, et dont les écailles sont très ouvertes.

Semences de la forme des ovaires, d'un brun noirâtre, bordés de blanc. *Aigrettes* sessiles, blanchâtres, composées d'un petit nombre de rayons capillaires, réunis en anneau à leur base, distincts et ouverts dans le reste de leur étendue; de la longueur des semences.

Réceptacle convexe, nu, glabre, creusé de fossettes dans lesquelles s'inséroient les semences.

Obs. 1.° La plante que je viens de décrire, s'éloigne de tous les genres de la seconde section des Corymbifères, avec lesquels on doit la comparer, par plusieurs caractères dont je vais énoncer les plus tranchés. Elle diffère essentiellement de l'*Érigeron* par ses Demi-Fleurons qui ne sont point capillaires; de l'*Aster* par son calice dont les folioles ne se recouvrent pas mutuellement comme les tuiles d'un toit; de l'*Inula* par ses anthères qui ne sont pas munies de deux soies à leur base; du *Tussilago* par son aigrette qui n'est point stipitée; du *Senecio* par son calice qui n'est pas monophyle, et dont les folioles ne sont pas noirâtres à leur sommet; du *Solidago* par le nombre de ses Demi-Fleurons; et du *Cineraria* par son calice entouré de quelques écailles qui forment un calicule. Mais comme parmi ces genres, l'*Aster* et le *Cineraria* sont ceux dont la plante décrite se rapproche davantage par une opposition moins frappante dans le caractère essentiel, j'ai dû la rapporter à un de ces deux genres, et j'ai préféré celui dont plusieurs espèces présentent une analogie plus marquée dans leur caractère habituel.

2.° Le *Cineraria hirsuta* se rapproche infiniment par son port du *Cineraria amelloïdes*; mais il en diffère essentiellement par ses feuilles velues et sinuées, par la couleur de ses fleurs, et par son calice divisé plus profondément et caliculé. Ces deux espèces présentent dans l'opposition de leurs feuilles un caractère qui les distingue de toutes les autres espèces du genre.

3.° La plante que MM. Aiton et Thunberg ont nommée *Aster Cymbalaria*, a beaucoup de rapport avec le *Cineraria hirsuta*; mais comme ces deux célèbres Botanistes n'ont fait aucune mention de l'opposition des feuilles, et comme M. Thunberg dit expressément que le calice de l'*Aster Cymbalariæ* est imbriqué, j'ai dû croire que cette plante étoit absolument différente de celle que je décris.

4.° Les plus belles espèces du genre *Cineraria* sont cultivées à la Malmaison; savoir, *Cineraria geifolia* L., *Cineraria cymbalarifolia* L., *Cineraria maritima* L., *Cineraria amelloïdes* L., et les *Cineraria aurita*, *cruenta*, *lobata*, *ramentosa*, *viscosa*, *lanata* et *populifolia* l'Hérit.

*Expl. des fig.* 1, Fleur vue en dessous pour montrer le calice formé de folioles inégales. 2, Un Demi-Fleuron. 3, Un Fleuron. 4, Fruit coupé longitudinalement pour montrer la forme du réceptacle. 5, Quelques semences. (Figures grossies, à l'exception de la dernière.)

*Bauera Rubioïdes.*

Peint par P. J. Redouté.

# BAUERA. (1)

## PLANTES INDÉTERMINÉES, *Juss.* — POLYANDRIE DIGYNIE, *Linn.*

CHARACTER GENERICUS. *Calix* 6-8 partitus, patens. *Petala* 6-8, disco ovarium ambienti inserta, patentia, calicinis laciniisalterna et longiora. *Stamina* numerosa, corollâ breviora et ibidem inserta. *Ovarium* liberum, disco cinctum : styli 2, divaricati, staminibus longiores; stigmata simplicia. *Capsula* calice cincta, globosa, 2-locularis, apice dehiscens, 2-valvis; valvis bifidis, valvulis versùs apicem margine introflexis. *Placenta* centralis, hinc et indè dilatatum, septiforme, valvis oppositum, valvulis contiguum. *Semina* plurima. *Embryo.* . . . . . . . . *Perispermum* carnosum. *Suffrutex. Folia verticillata. Pedunculi axillares, uniflori.*

### BAUERA *RUBIOÏDES.*

BAUERA *rubioïdes. Andr. Botan. Reposit.* 198.

Arbrisseau d'un charmant aspect; originaire de la Nouvelle Hollande, croissant aux environs du port Jackson. Il passe l'hiver dans l'orangerie, et fleurit au commencement de l'automne.

TIGE droite, cylindrique, très rameuse, d'un brun foncé; haute d'un mètre, de la grosseur d'une plume de cygne. *BRANCHES* opposées en croix, presque droites, feuillées dans toute leur étendue, munies dans le point d'attache des feuilles, de deux tubercules opposés; velues, de la forme et de la couleur de la tige. *RAMEAUX* axillaires, renflés et articulés à leur base, ouverts, conformes aux branches.

FEUILLES verticillées au nombre de six, et insérées trois à trois sur un tubercule peu apparent; très ouvertes, recourbées vers leur sommet, presque sessiles, ovales et en lance, aiguës, dentées dans leur moitié supérieure, relevées d'une côte rameuse; convexes, un peu épaisses, glabres et d'un vert foncé en dessus, d'un vert pâle en dessous et parsemées de quelques poils; longues de quatorze millimètres, larges de six.

PÉTIOLES peu apparents, convexes en dehors, comprimés en dedans, d'un vert pâle, de la longueur du tubercule dans l'aisselle duquel ils sont insérés.

PÉDONCULES axillaires, le plus souvent solitaires, quelquefois au nombre de deux ou de trois; filiformes, pubescents, de couleur rose, à une fleur, plus longs que les feuilles.

FLEURS horizontales, dépourvues de bractées; de couleur de rose, de la grandeur de celles du Myrte commun.

CALICE libre, divisé profondément, très ouvert, persistant. *DIVISIONS* au nombre de six ou de huit, en lance, aiguës, dentées, velues en dessous, de la couleur des feuilles, de la moitié de la longueur de la corolle.

(1) Genre dédié par M. Banks, président de la société royale de Londres, et membre associé de l'institut de France, à MM. Joseph, Ferdinand et François Hofbauer frères, nés en Allemagne, et peintres célèbres en Histoire naturelle. Le premier a dessiné une grande partie des plantes publiées par M. Jacquin, sous le titre d'*Icones Plantarum Rariorum*. Le second, après avoir travaillé à la suite des dessins du même ouvrage, accompagna M. Sibthorp dans son voyage du Levant. Le troisième est connu surtout par son superbe ouvrage des Bruyères, qui lui a mérité le brevet de peintre de fleurs de S. M. le Roi d'Angleterre.

Pétales insérés sur un disque situé entre le calice et l'ovaire, alternes avec les divisions du calice et en nombre égal; très ouverts, sessiles, ovales renversés, marqués dans le milieu d'une ligne blanchâtre; tombant promptement.

Étamines nombreuses, ayant la même attache que les pétales. *Filets* droits, filiformes, glabres, blanchâtres, plus courts que la corolle. *Anthères* vacillantes, ovales-arrondies, creusées de quatre sillons, s'ouvrant latéralement, d'un jaune doré.

Ovaire entouré d'un disque assez saillant; globuleux, sillonné sur chaque face, très velu, blanchâtre. *Styles* deux, plus longs que les étamines, ayant une insertion distincte, écartés dans toute leur étendue, recourbés dans leur partie supérieure; subsistants, de la couleur des filets. *Stigmates* simples, obtus.

Capsule de la forme de l'ovaire; coriace, velue, de couleur cendrée, recouverte par le calice dont les divisions se sont redressées; surmontée des deux styles, biloculaire, s'ouvrant au sommet en deux valves. *Valves* se divisant dans toute leur étendue, courbées en dedans vers leur sommet.

Placenta central, moitié plus court que la capsule, dilaté et membraneux sur ses bords qui correspondent à ceux des divisions de chaque valve, et forment la cloison.

Semences nombreuses, très petites, attachées au placenta par un cordon ombilical très court; ovales, chagrinées, de couleur brune.

Embryon............. *Périsperme* charnu.

*Obs.* 1.° M. Kennédy a eu la complaisance de me communiquer quelques fruits du *Bauera rubioides*. Malheureusement les capsules étoient vides, à l'exception d'une seule où j'ai trouvé par hasard une semence encore adhérente au placenta. J'ai reconnu, en analysant cette semence, qu'elle contenoit un périsperme charnu; mais il ne m'a pas été possible de déterminer la forme et la position de l'embryon.

2.° La place que le *Bauera* doit occuper dans l'ordre naturel n'est pas facile à assigner. Ce genre, dont la corolle et les étamines sont insérées sur un disque situé entre l'ovaire et le calice, peut être indistinctement rapporté à la treizième ou à la quatorzième classe de la méthode de M. de Jussieu. Il n'est cependant aucun ordre dans ces deux classes, dont le *Bauera* paroisse devoir faire partie, puisqu'il s'éloigne par des caractères importants, de ceux dont il semble le plus se rapprocher.

*Expl. des fig.* 1, Fleur dont on a retranché les divisions du calice, et quelques pétales, pour montrer l'attache de la corolle et des étamines. 2, Calice et pistil. 3, Fruit parvenu à sa maturité, dans lequel on voit les quatre valves, dont deux sont courbées en dedans à leur sommet. 4, Placenta dilaté sur ses bords. 5, Quelques semences. (Figures grossies, à l'exception de la dernière.)

*Echium Grandiflorum*

# ECHIUM *GRANDIFLORUM.*

## FAM. des BORRAGINÉES, *JUSS.* — PENTANDRIE MONOGYNIE, *LINN.*

ECHIUM caule glabro; foliis lanceolatis, suprà scabris; floribus cymosis, æqualibus; corollarum tubo longissimo.

ECHIUM *grandiflorum.* Foliis nitidis, lanceolatis, hispidis; caule fruticoso; corollis maximis, æqualibus, rubris. *ANDR. Botan. Reposit.* 20.

Arbrisseau originaire du Cap de Bonne-Espérance, d'un bel aspect, se distinguant aisément de toutes les espèces connues du genre, par ses fleurs qui sont d'un rose tendre, et de la grandeur de celles de la *NICOTIANA Tabacum.* Il passe l'hiver dans l'orangerie, et fleurit au commencement du printemps.

---

RACINE rameuse et fibreuse.

TIGE droite, cylindrique, rameuse, feuillée, glabre, marquée de cicatrices semi-orbiculaires, formées par la chute des feuilles; d'un brun cendré dans sa partie inférieure, d'un vert tendre dans la supérieure; haute d'un mètre, de la grosseur du pouce. *RAMEAUX* axillaires, alternes, droits, ayant la forme, et la couleur de la partie supérieure de la tige.

FEUILLES alternes, très rapprochées, horizontales, courbées à leur sommet, sessiles et embrassant par leur base une partie de la tige ou des rameaux; en lance, pointues, très entières, relevées en dessous d'une côte saillante, creusées en dessus d'un large sillon; convexes, hérissées sur la surface supérieure, ainsi que sur leurs bords, de tubercules blanchâtres au centre desquels est une soie roide; parfaitement glabres sur la surface inférieure; d'un vert foncé, longues de quinze centimètres, larges de deux.

PÉDONCULES dans les aisselles des feuilles supérieures, ainsi qu'au sommet de la tige et des rameaux; solitaires, horizontaux, recourbés, cylindriques, dichotomes, rudes au toucher, d'un vert tendre, plus courts que les feuilles. *BRANCHES* de la *BIFURCATION* ayant la forme et la couleur du pédoncule: l'une simple, nue, à une seule fleur; l'autre plus alongée, souvent divisée, munie d'une bractée, à plusieurs fleurs unilatérales.

FLEURS pédiculées, d'un rose tendre, aussi grandes que celles de la *NICOTIANA tabacum;* formant par leur ensemble une cyme lâche et très ouverte.

PÉDICULES droits, cylindriques, hérissés, d'un vert blanchâtre, très courts.

BRACTÉES à la base du pédoncule, et au sommet d'une de ses divisions latérales; solitaires, horizontales, sessiles, en lance, élargies à leur base, de la couleur des feuilles et plus courtes.

CALICE d'une seule pièce, divisé profondément, long de trois centimètres, subsistant. *DIVISIONS* droites, en lance, pointues, concaves, hérissées sur leurs bords, et sur la côte moyenne; inégales: la supérieure plus longue.

Corolle monopétale, hypogyne, tubulée, régulière. *Tube* insensiblement dilaté, relevé de cinq nervures, plus long que le calice. *Orifice* nu. *Limbe* ouvert, à cinq lobes arrondis et se recouvrant par leurs bords.

Étamines cinq, attachées à la base du tube, alternes avec les lobes du limbe, de la longueur de la corolle. *Filets* droits, en alène, barbus vers leur base, glabres dans le reste de leur étendue; de la couleur de la corolle. *Anthères* mobiles, linéaires, creusées de quatre sillons, s'ouvrant latéralement; d'un jaune de soufre.

Ovaire à quatre lobes, verdâtre. *Style* filiforme, légèrement coudé vers le sommet; de la couleur, et de la longueur des filets des étamines. *Stigmate* obtus, échancré.

Fruit formé de quatre noix situées au fond du calice subsistant, appliquées latéralement contre la base du style; uniloculaires, monospermes.

*Obs.* 1.ʳᵉ La plante que je viens de décrire, présente dans les organes de la fleur quelques caractères qui méritent d'être remarqués, et qui semblent l'éloigner du genre *Echium*. Sa corolle, dont le tube est très alongé, est parfaitement régulière à son limbe : ses étamines ne sont point déclinées : son style m'a paru légèrement coudé vers le sommet, dans toutes les fleurs que j'ai observées : et son stigmate est simplement échancré.

2.° M. de Jussieu m'a communiqué une nouvelle espèce d'*Echium*, à laquelle il a donné le nom de *thyrsoideum*. Cette plante a une tige herbacée, droite, presque simple et très velue. Les feuilles très rapprochées, sont sessiles, en lance, pointues et extrêmement rudes au toucher. Les fleurs sont disposées en grappes axillaires qui forment par leur ensemble une espèce de thyrse étroit et alongé. La corolle est irrégulière; et les étamines sont très saillantes. Cette espèce peut être déterminée par la phrase suivante :

*Echium thyrsoideum.* Caule hirsuto; foliis lanceolatis, acuminatis, scaberrimis; floribus thyrsoideis; staminibus corollâ inæquali longioribus.

3.° J'ai indiqué dans les observations placées à la suite de la description de l'*Echium giganteum*, page 71, toutes les espèces du genre cultivées à la Malmaison.

*Expl. des fig.* 1, Corolle ouverte pour montrer l'attache, la direction, et la forme des étamines. 2, Calice ouvert pour montrer l'ovaire formé de quatre lobes, le style légèrement coudé à son sommet, et le stigmate échancré.

*Viburnum Rigidum.*

Peint par P. J. Redouté.

Gravé par Légrae.

# VIBURNUM *RIGIDUM*.

Fam. des Caprifoliées, *Juss.* Pentandrie Trigynie, *Linn.*

VIBURNUM arborescens; hirsutum; foliis ovalibus integerrimis, rigidis, rugosis, basi ad oras eglandulosis.

Arbre de grandeur moyenne, et d'un superbe aspect, lorsqu'il est en fleur, croissant naturellement à Madère. Il passe l'hiver dans l'orangerie, et fleurit au commencement du printemps.

---

Tige droite, cylindrique, très rameuse, recouverte d'un épiderme d'abord presque lisse et parsemé de glandes, ensuite gercé; d'un brun cendré, haute de cinq à six mètres, de la grosseur du bras. *Branches* quatre ou six au sommet de chaque pousse de l'année; cylindriques, glabres et nues dans leur partie inférieure; tétragones, feuillées et hérissées de poils roides dans leur partie supérieure. *Rameaux* presque droits, opposés, de la forme et de la couleur de la partie supérieure des branches.

Feuilles opposées en croix, rapprochées, horizontales et réfléchies, pétiolées, ovales, aiguës, très entières, ondées, relevées en dessous d'une côte saillante et rameuse, creusées en dessus d'un pareil nombre de sillons; veineuses, ridées, presque glabres sur la surface supérieure, hérissées sur l'inférieure, et munies d'une petite touffe de poils dans les aisselles des nervures; convexes, roides, subsistantes, d'un vert foncé, longues de treize centimètres, larges de sept.

Pétioles très ouverts, dilatés à leur base dont les bords se réunissent; convexes d'un côté, sillonnés de l'autre, de la couleur des rameaux; longs de deux centimètres.

Cimes ou fausses-ombelles au sommet des branches et des rameaux; solitaires, pédonculées, formées de six ou d'un plus grand nombre de rayons; convexes, très serrées, munies d'une collerette, larges d'un décimètre. *Ombelles partielles* en nombre égal à celui des rayons de l'ombelle générale, également munies d'une collerette, divisées en plusieurs petites ombelles.

Pédoncule de l'ombelle générale droit, cylindrique, profondément strié, très velu, de la couleur des rameaux; deux fois plus long que les pétioles. *Rayons* des *ombelles partielles* et des *ombellules* ayant la forme et la couleur du pédoncule de l'ombelle générale : ceux des ombelles partielles beaucoup plus longs que ceux des ombellules.

Collerettes de l'Ombelle générale, des Ombelles partielles, et des Ombellules formées de folioles en nombre égal à celui des rayons; droites, linéaires, obtuses, velues, très courtes.

Fleurs huit à dix dans chaque ombellule; pédiculées, d'un blanc pur, répandant une odeur analogue à celle du sureau, munies de bractées; plus petites que celles du *Viburnum Tinus*, var. B ou *lucidum*.

Pédicules ouverts, cylindriques, velus, de la longueur des fleurs.

Bractées deux, situées à la base des pédicules et presque de la même longueur; opposées, parfaitement semblables aux folioles des collerettes.

Calice tubulé, pubescent, d'un vert pâle, de la moitié de la longueur de la fleur. *Tube* adhérent à l'ovaire, cylindrique, très court. *Limbe* à cinq divisions droites, ovales, obtuses, subsistantes.

Corolle en cloche, insérée à la base d'une glande qui surmonte l'ovaire, divisée à son limbe en cinq lobes alternes avec les divisions du calice, ovales-arrondis, très ouverts, recourbés à leur sommet.

Étamines cinq, attachées à la base de la corolle, et alternes avec ses divisions. *Filets* droits, en alène, de la couleur et de la longueur de la corolle. *Anthères* vacillantes, ovales, comprimées, creusées de quatre sillons, s'ouvrant latéralement, d'un jaune très pâle.

Ovaire adhérent au tube du calice; surmonté d'une glande conique et blanchâtre. *Style* nul. *Stigmates* trois, déprimés, semi-orbiculaires, de couleur pourpre.

Baie ovale-oblongue, couronnée des divisions du limbe du calice; charnue, noirâtre, monosperme.

Semence adhérente à la chair de la baie; ovale-oblongue, aiguë, sillonnée d'un côté, anguleuse de l'autre, très dure et presque ligneuse.

Obs. 1.º Le *Viburnum rigidum* est peut-être une des deux variétés du *Viburnum Tinus*, qui sont désignées dans l'*Hortus Kewensis* par les noms de *hirtum* et de *strictum*. Comme il n'existe point de figure de ces deux variétés, et comme on ne trouve même qu'une description très succincte de la première dans Clusius, j'ai cru qu'il seroit utile pour la science de publier la plante que je viens de décrire. En effet le *Viburnum rigidum* me paroit différer essentiellement du *Viburnum Tinus*, par sa tige très élevée, par les poils dont toutes ses parties sont hérissées, par ses feuilles roides qui ne sont point glanduleuses sur leurs bords près du pétiole, par ses fleurs plus petites, et par son fruit plus alongé.

2.º Le *Viburnum rigidum* paroit aussi avoir beaucoup d'affinité avec les *Viburnum Tinoides* et *villosum;* mais il se distingue aisément de ces deux espèces par ses feuilles qui ne sont point glabres et blanchâtres en dessous.

3.º La famille des Caprifoliées renferme, comme l'a déjà observé M. de Jussieu, les éléments de plusieurs familles distinctes. Elle a été divisée en quatre sections. La première dont on a déjà retranché l'*Opieda*, doit constituer elle seule la famille des Caprifoliées. La seconde comprend des genres dont quelques uns ont besoin d'être étudiés avec attention, pour en séparer les espèces qui ne sont pas congénères, et celles qui doivent être rapportées à d'autres familles. En éprouvant ainsi cette section, l'on pourroit établir une nouvelle famille qui comprendroit, outre les genres énoncés dans le *Genera* de M. de Jussieu, le *Bruguiera* de M. de Lamarck, et le *Chloranthus* de M. Swartz. Les plantes de la troisième et de la quatrième section paroissent devoir constituer un nouvel ordre qui pourroit être désigné par le nom de *Sambuceæ*. Cet ordre différeroit surtout de celui des Caprifoliées par sa corolle régulière, et par la structure des semences. Les fleurs stériles du *Viburnum Opulus* qui ont une si grande analogie avec celles de l'*Hydrangea*, n'indiqueroient-elles pas que ces genres ont entre eux une grande affinité, et que les familles qui les contiennent, devroient être plus rapprochées?

*Expl. des fig.* 1, Fleur pédiculée, dépourvue de bractées. 2, Corolle ouverte pour montrer l'attache des étamines. 3, Calice et pistil. 4, Même figure dont on a retranché le limbe du calice, pour montrer la glande qui surmonte l'ovaire, et qui porte les stigmates. 5, Fruit. 6, Semence dont on a enlevé le tégument extérieur. (Les figures 1, 2, 3 et 4 sont grossies.)

*Cineraria Cruenta*

Dessiné par P.J. Redouté.

# CINERARIA *CRUENTA.*

Fam. des Corymbifères, *Juss.* — Syngénésie Polygamie Superflue, *Linn.*

CINERARIA floribus corymbosis; foliis cordatis, angulato-dentatis, subtùs purpurascentibus; petiolis alatis, basi auritis. *Willden. Spec. Plant.*

Cineraria floribus cymosis, foliis cordatis angulatis subtùs purpurascentibus, petiolis basi auritis. *L'Hérit. Sert. Angl.* pag. 26, pl. 33. *Ait. Hort. Kew. Curt. Magaz.* 406.

Plante herbacée, vivace, originaire des Canaries; d'un superbe aspect, cultivée pour l'ornement des jardins. Elle passe l'hiver dans l'orangerie, et fleurit au commencement du printemps.

---

Racine formée d'une touffe de fibres.

Tige droite, courbée vers son sommet; cylindrique, rameuse, parsemée surtout dans sa partie inférieure de poils courts et horizontaux; un peu rude au toucher, d'un brun rougeâtre, haute de six décimètres, de la grosseur d'une plume à écrire. *Rameaux* axillaires, alternes, ayant la direction, la forme, et la couleur de la tige.

Feuilles alternes, distantes, très ouvertes, dentées, relevées de plusieurs nervures rameuses; veineuses, ridées, planes, velues, un peu rudes au toucher, d'un vert foncé en dessus, d'un rouge de sang en dessous : celles de la racine et de la partie inférieure de la tige pétiolées, en cœur et anguleuses, longues de neuf centimètres, larges de sept; celles de la partie supérieure de la tige et des rameaux dilatées à leur base qui embrasse le point d'insertion, sessiles, en lance, insensiblement plus courtes.

Pétioles ouverts, convexes en dessous, sillonnés en dessus, pubescents, de la couleur de la tige et des rameaux : ceux des feuilles radicales nus, longs de seize centimètres; ceux des feuilles de la partie inférieure de la tige beaucoup plus courts, munis sur leurs bords d'une aile foliacée, finement dentée, dilatée à sa base qui embrasse le point d'insertion, et qui est très saillante sur chacun de ses côtés.

Corymbes au sommet de la tige et des rameaux; étalés, formant par leur ensemble une vaste panicule. *Pédoncules* droits, cylindriques, rameux, striés, glabres, munis de bractées à leur base; de la couleur des rameaux.

Fleurs radiées, pédiculées, d'un rouge violet, odorantes, de la grandeur de celles du *Senecio Jacobæa.*

Pédicules filiformes, renflés à leur sommet; fistuleux, munis d'une bractée à leur base, parsemés de quelques écailles; de la couleur des pédoncules.

Bractées très ouvertes, amplexicaules, en lance, aiguës, pubescentes, de la couleur des feuilles; très courtes.

CALICE COMMUN simple; glabre, formé de plusieurs folioles droites, linéaires, aiguës, égales, d'un vert foncé, rougeâtres à leur sommet; de la moitié de la longueur de la fleur.

DEMI-FLEURONS en nombre égal à celui des folioles du calice; femelles-fertiles, très-ouverts, tubulés dans leur moitié inférieure, en forme de languette dans la supérieure. *TUBE* filiforme, légèrement courbé, blanchâtre. *LANGUETTE* oblongue, munie de trois dents à son sommet; d'un rouge violet.

FLEURONS très nombreux, en forme d'entonnoir, hermaphrodites. *TUBE* dilaté dans sa partie supérieure; blanchâtre. *LIMBE* à cinq dents courtes, réfléchies; de la couleur des languettes.

ÉTAMINES cinq, insérées au milieu du tube; de la longueur des fleurons. *FILETS* capillaires, blanchâtres. *ANTHÈRE* tubulée, engaînant la partie supérieure du style; jaunâtre, divisée à son sommet en cinq dents droites.

OVAIRE des FLEURONS et des DEMI-FLEURONS, en forme de cône renversé; glabre, verdâtre, muni au sommet d'un rebord sur lequel s'élève une aigrette dont les rayons sont peu nombreux, ou tombent promptement dans les demi-fleurons. *STYLE* filiforme, blanchâtre, plus long que le tube, soit dans les demi-fleurons, soit dans les fleurons. *STIGMATES* deux, recourbés, de la couleur des languettes.

SEMENCES contenues dans le calice qui fait les fonctions de péricarpe; de la forme des ovaires. *AIGRETTES* formées de rayons droits, capillaires, plus longs que les semences.

RÉCEPTACLE convexe, nu, creusé de fossettes dans lesquelles sont insérées les semences.

*OBS. 1.º* L'espèce que M. Andrews a figurée dans le *Botanist Repository*, pl. 24, sous le nom de *CINERARIA aurita*, est évidemment la plante que je viens de décrire, ou la *CINERARIA cruenta* de L'Héritier, et d'Aiton. Cette belle espèce découverte aux Canaries, en 1777, par M. Masson, mérite d'être cultivée, soit par la couleur tranchée et très remarquable de la surface inférieure de ses feuilles, soit par l'éclat de ses fleurs qui commencent souvent à s'épanouir au milieu de l'hiver.

2.º M. Bosc m'a communiqué l'espèce que Walther avoit désignée par le nom de *CINERARIA caroliniensis*. Il paroît que c'est cette même espèce que Michaux a rapportée au genre *ERIGERON*, à cause de ses rayons très étroits, et qu'il a nommée *ERIGERON nudicaule*.

3.º Voyez pag. 95, l'énumération des espèces du genre *CINERARIA*, qui sont cultivées à la Malmaison. Il faut y ajouter la *CINERARIA tussilaginis* que je publierai incessamment.

*Expl. des fig.* 1, Un Demi-fleuron. 2, Un Fleuron. 3, Fruit dont on a retranché la partie antérieure du calice, pour montrer la forme du réceptacle.

*Cineraria Populifolia*

Peint par P.J. Redouté.

# CINERARIA *POPULIFOLIA.*

Fam. des Corymbifères, *Juss.* — Syngénésie Polygamie Superflue, *Linn.*

CINERARIA floribus corymbosis; foliis cordatis, subangulatis, subtùs tomentosis; petiolis apice multi-jugo-appendiculatis. *L'Hérit. Sert. Angl.* pag. 25.

Cacalia *appendiculata.* Fruticosa, tomentosa; foliis cordatis, ovatis, acutis, angulatis, subtùs tomentosis, petiolatis, appendiculatè foliosis. *Linn. Supplem.* pag. 354. *Willden. Spec. Plant.*

Arbrisseau dont les feuilles ressemblent à celles du Peuplier blanc, originaire des Canaries, croissant dans les lieux humides. Il passe l'hiver dans l'orangerie, et fleurit au commencement du printemps.

Racine rameuse, fibreuse, de couleur cendrée.

Tiges droites dans leur partie inférieure, penchées vers leur sommet; relevées d'angles peu saillants; rameuses, drapées, blanchâtres; hautes d'un mètre et demi, de la grosseur d'une plume de cygne. Rameaux axillaires, alternes, ayant la direction, la forme, et la couleur des tiges.

Feuilles alternes, réfléchies, pétiolées, en cœur et ovales, aiguës, légèrement anguleuses, bordées de crénelures très rapprochées; relevées en dessous de nervures rameuses; creusées en dessus d'un pareil nombre de sillons; veineuses, un peu roides, concaves, d'un vert foncé sur la surface supérieure, drapées et blanchâtres sur l'inférieure; longues de neuf centimètres, larges de sept.

Pétioles de la longueur des feuilles, et de la couleur des rameaux; recourbés, dilatés et concaves à leur base, convexes en dessous, sillonnés en dessus, munis sur les côtés de leur partie supérieure de folioles disposées sur trois rangs, presque opposées par paires, souvent sessiles, quelquefois pétiolées, ovales ou ovales-arrondies, inégales; les inférieures plus grandes.

Corymbes au sommet des tiges et des rameaux; lâches, peu garnis de fleurs. Pédoncules droits, cylindriques, striés, ordinairement divisés et à plusieurs fleurs; munis de bractées; glabres, d'un brun clair.

Fleurs radiées, pédiculées, d'un blanc de neige, de la grandeur de celles de l'*Aster annuus.*

Pédicules ayant la direction, la forme, et la couleur des pédoncules; parsemés de quelques écailles, plus longs que les fleurs.

Bractées à la base des pédoncules, et des pédicules; très ouvertes, en lance, aiguës, glabres, d'un brun clair, très courtes.

Calice commun simple, de la moitié de la longueur de la fleur; formé de plusieurs folioles droites, linéaires, aiguës, glabres, égales, d'un vert tendre.

Demi-Fleurons en nombre égal à celui des folioles du calice; femelles-fertiles, très ouverts, tubulés dans leur moitié inférieure, en forme de languette dans la supérieure. *Tube* légèrement courbé, glabre. *Languette* en coin, échancrée à son sommet qui est muni dans le centre de l'échancrure, d'une dent peu apparente.

Fleurons très nombreux, en forme d'entonnoir, hermaphrodites. *Tube* insensiblement dilaté, strié. *Limbe* à cinq dents recourbées.

Étamines cinq, insérées au milieu du tube; blanchâtres, de la longueur des fleurons. *Filets* capillaires. *Anthère* tubulée, engainant la partie supérieure du style, divisée à son sommet en cinq dents.

Ovaire des Fleurons et des Demi-Fleurons en forme de cône renversé; glabre, surmonté d'une aigrette dont les rayons sont peu nombreux dans les demi-fleurons. *Style* filiforme, de la longueur du tube dans les demi-fleurons, plus longs que la corolle dans les fleurons. *Stigmates* deux, recourbés, obtus.

Semences contenues dans le calice qui fait les fonctions de péricarpe; de la forme des ovaires. *Aigrettes* formées de rayons droits, capillaires, plus longs que les semences.

Réceptacle convexe, nu, creusé de petites excavations dans lesquelles sont insérées les semences.

*Obs.* 1.º La *Cineraria populifolia* ne peut pas être regardée comme congénère du *Cacalia*, puisque son calice n'est pas muni à sa base de petites écailles qui représentent un calice extérieur, et puisque ses fleurs ne sont pas flosculeuses à la circonférence.

2.º La plante que je viens de décrire, et dont les fleurs sont d'un blanc de neige, peut être considérée comme une variété de la *Cineraria populifolia*, et désignée par le nom de *leucantha*.

3.º On donne dans la plupart des jardins le nom de *Cineraria populifolia*, à l'espèce nommée *aurita* par L'Héritier. Cette erreur prouve combien il est nécessaire aux progrès de la science, de décrire complètement les espèces nouvelles qu'on publie, et de les faire figurer.

*Expl. des fig.* 1, Un Demi-Fleuron. 2, Un Fleuron. 3, Fruit dont on a retranché la partie antérieure du calice, et les semences, pour montrer la forme du réceptacle.

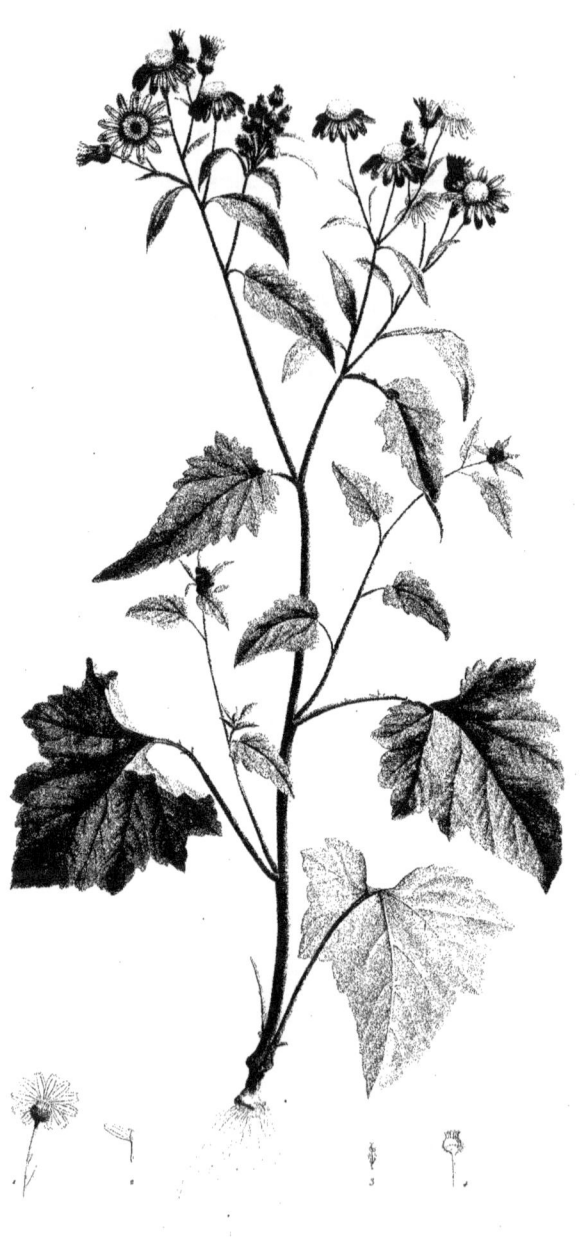

*Cineraria Ramentosa*

Peint par P. J. Redouté.

Gravé par Coldré

# 101

# CINERARIA *RAMENTOSA*.

Fam. des Corymbifères, *Juss.* — Syngénésie Polygamie Superflue, *Linn.*

CINERARIA floribus corymbosis; foliis cordatis, angulatis, subtùs tomentosis; petiolis supernè appendiculatis; calicibus ramentosis. *L'Hérit. Sert. Angl.*, pag. 26.

Cacalia *echinata.* Herbacea, foliis reniformibus cordatis angulato-dentatis subtùs tomentosis, foliolis calicinis tuberculatis. *Linn. Supplem.*, pag. 353. *Willden. Spec. Plant.*

Plante herbacée, vivace, d'un charmant aspect, employée, de même que la *Cineraria cruenta*, à la décoration des jardins; découverte à Ténériffe, sur les endroits escarpés des bords de la mer, par M. Masson. Elle passe l'hiver dans l'orangerie, et fleurit au milieu du printemps.

---

Racine formée d'une touffe de fibres, de couleur cendrée.

Tige droite, cylindrique, striée, rameuse, feuillée, parsemée, surtout vers sa base, de petits filets membraneux et contournés qui lui donnent un aspect cotonneux; haute de quatre décimètres, de la grosseur d'une plume à écrire. *Rameaux* axillaires, alternes, peu ouverts; de la forme, et de la couleur de la tige.

Feuilles presque réfléchies, alternes, distantes, pétiolées, en cœur, anguleuses, dentées, relevées de plusieurs nervures fines qui se subdivisent et se prolongent jusqu'au sommet des angles; veineuses, glabres et d'un vert gai en dessus, drapées et blanchâtres en dessous; longues de sept centimètres, larges de huit : les supérieures et celles des rameaux insensiblement plus courtes.

Pétioles de la longueur des feuilles, et de la couleur des rameaux; ouverts, dilatés et concaves à leur base, convexes en dessous, sillonnés en dessus, munis sur les côtés de leur partie supérieure d'appendices ou folioles ovales.

Corymbes au sommet des tiges et des rameaux; lâches, étalés, peu garnis de fleurs. *Pédoncules* droits, cylindriques, striés, ordinairement divisés et à plusieurs fleurs; munis de bractées, plus courts que les pétioles; de couleur brune.

Fleurs radiées, pédiculées, d'un rouge de sang à la circonférence, d'un jaune doré dans le disque; de la grandeur de celles du *Senecio Jacobœa.*

Pédicules ayant la direction, la forme, et la couleur des pédoncules; plus longs que les fleurs.

Bractées à la base, et sur la surface des pédoncules et de leurs divisions : celles de la base solitaires, réfléchies, en lance, aiguës, de la couleur des feuilles; celles de la surface alternes, écartées, droites, linéaires, pointues, de couleur brune.

Calice commun simple, formé de plusieurs folioles droites, recourbées à leur sommet, linéaires, aiguës, striées, convexes, égales, hérissées en dehors de petites dents d'un pourpre foncé.

Demi-Fleurons en nombre égal à celui des folioles du calice, et plus longs; femelles-fertiles, très ouverts, tubulés dans leur moitié inférieure, en forme de languette dans la supérieure. *Tube* filiforme, glabre. *Languette* oblongue, divisée à son sommet en trois dents courtes.

Fleurons très nombreux, en forme d'entonnoir, hermaphrodites. *Tube* insensiblement dilaté. *Limbe* à cinq dents recourbées.

Étamines cinq, insérées au milieu du tube, un peu plus longues que les fleurons. *Filets* capillaires. *Anthère* tubulée, engaînant la partie supérieure du style, divisée à son sommet en cinq dents.

Ovaire des *Fleurons* et des *Demi-Fleurons* en forme de cône renversé; glabre, surmonté d'une aigrette dont les rayons peu nombreux dans les demi-fleurons, tombent promptement. *Style* filiforme, de la longueur du tube dans les demi-fleurons, plus long que la corolle dans les fleurons. *Stigmates* deux, recourbés.

Semences contenues dans le calice qui fait les fonctions de péricarpe; de la forme des ovaires. *Aigrettes* formées de rayons droits, capillaires, d'un blanc de neige, plus longs que les semences.

Réceptacle convexe, nu, creusé de petites excavations dans lesquelles sont insérées les semences.

*Obs.* 1.ª La *Cineraria ramentosa* n'est pas plus congénère du *Cacalia*, que la *Cineraria populifolia* décrite précédemment.

2.ª Linnæus dit dans son Supplément que l'espèce dont je viens de donner la description, a beaucoup de ressemblance avec la *Cacalia alpina (Simillima Cacaliæ alpinæ)*; mais en comparant ces deux plantes, l'on voit qu'elles diffèrent autant par les caractères spécifiques, et par leur port, que par le caractère générique.

*Expl. des fig.* 1, Fleur vue en dessous, pour montrer les bractées du pédicule, et les petites dents dont le calice est hérissé. 2, Un Demi-Fleuron. 3, Un fleuron. 4, Fruit dont on a retranché la partie antérieure du calice, et les semences, pour montrer la forme du réceptacle.

*Phelalium Squamulosum*

Peint par P. J. Redouté.

# PHEBALIUM (1).

### Fam. des Myrtes, *Juss.* — Décandrie Monogynie, *Linn.*

CHARACTER GENERICUS. *Calix* minimus, basi ovario adhærens, limbo integer. *Corolla* perigyna, calice multò longior, 5-petala. *Stamina* 10, exserta. *Ovarium* globosum, 5-sulcatum. *Stylus* vix longitudine staminum. *Stigma* obtusum. *Capsula* (nondùm matura) ad medium calice cincta, 5-locularis, 5-valvis, oligosperma. *Receptaculum* (2) centrale, angulosum. *Septa* e parietibus orta, et receptaculi angulis contigua. *Semina* minuta. *Frutex. Folia alterna, punctata, subtùs squamulosa. Flores* 8-12, *terminales, subumbellati, pedunculati.*

## PHEBALIUM *SQUAMULOSUM.*

Arbrisseau d'un bel aspect, originaire de la Nouvelle Galles, et croissant sur les montagnes ; couvert sur la surface inférieure des feuilles, et sur la surface extérieure des fleurs, de petites écailles roussâtres, peltées, et semblables à celles que l'on observe sur l'*Hippophae Rhamnoides*. Il passe l'hiver dans l'orangerie, et fleurit au commencement de l'été.

---

Tige droite, cylindrique, très rameuse, couverte dans presque toute son étendue, d'une écorce cendrée ; parsemée vers le sommet de petites écailles orbiculaires, bombées, très serrées, et d'un brun roussâtre ; haute d'un mètre, de la grosseur d'une plume de cygne. Branches alternes, peu ouvertes, pliantes, divisées dans toute leur étendue ; de la forme et de la couleur de la tige. Rameaux axillaires, nombreux, presque droits, semblables aux branches.

Feuilles alternes, rapprochées, ouvertes, pétiolées, linéaires et en lance, très entières, surmontées d'une pointe courte et peu apparente ; relevées en dessous d'une nervure, creusées en dessus d'un léger sillon ; ponctuées, glabres et d'un vert foncé sur la surface supérieure, blanchâtres et écailleuses sur l'inférieure ; répandant, lorsqu'on les froisse, une odeur aromatique ; longues de deux centimètres, larges de quatre millimètres.

Pétioles droits, convexes en dehors, sillonnés en dedans, de la couleur de la surface inférieure des feuilles ; extrêmement courts.

Bouquets au sommet des rameaux, en forme de petites ombelles simples.

Fleurs huit à douze, pédiculées, d'un jaune pâle, moitié plus petites que celles du *Leptospermum scoparium.*

Pédicules droits, cylindriques, à une seule fleur, couverts de petites écailles ; de la moitié de la longueur des feuilles.

Calice très petit, adhérent à l'ovaire dans sa partie inférieure ; libre et entier à son limbe ; en forme de cupule, écailleux en dehors, nu en dedans ; subsistant.

Pétales cinq, insérés sur la partie du calice qui cesse d'adhérer à l'ovaire ; ouverts,

---

(1) Nom employé par quelques Poètes Comiques Grecs pour désigner le Myrte. Voyez J. Bauhin, *Hist. Plantar.* vol. 1, pag. 509.

(2) J'avertis qu'il faut substituer le mot de *Receptaculum*, à celui de *Placenta* qui se trouve dans l'exposition du caractère générique du *Havera*, pag. 96.

ovales, rétrécis à leur base en un onglet court, aigus à leur sommet, entièrement couverts sur leur surface inférieure d'écailles membraneuses, peltées, orbiculaires, bombées et roussâtres dans leur centre.

ÉTAMINES dix, ayant la même attache que la corolle. *FILETS* droits, en alène, blanchâtres, beaucoup plus longs que les pétales. *ANTHÈRES* mobiles, ovales, creusées de quatre sillons, s'ouvrant latéralement, de la couleur de la corolle.

OVAIRE adhérent au calice dans sa partie inférieure; globuleux, creusé de cinq stries. *STYLE* droit, filiforme, de la couleur des filets des étamines, et plus court. *STIGMATE* obtus.

CAPSULE (n'étant pas encore parvenue à sa maturité) entourée dans sa moitié inférieure par le calice; de la forme de l'ovaire, membraneuse, divisée intérieurement en cinq loges, s'ouvrant en cinq valves, ne contenant qu'un petit nombre de semences. *PLACENTA* central, anguleux. *CLOISONS* membraneuses, adhérentes aux parois des valves, et contiguës aux angles du placenta.

SEMENCES très petites.

*Obs.* Le genre que je viens d'établir, appartient évidemment à la famille des Myrtes. Il a beaucoup d'affinité avec les *BÆCKEA* et *LEPTOSPERMUM* dont M. Smith, Célèbre Naturaliste Anglais, a réformé le caractère générique, dans le troisième volume des Transactions de la Société Linnéene de Londres. Il se distingue néanmoins du premier de ces genres, par son calice dont le limbe est entier, par ses étamines plus nombreuses et plus longues que la corolle, par sa capsule qui est à cinq loges, et par ses feuilles qui sont alternes. Il diffère aussi du second par son calice qui n'est point divisé, par ses étamines peu nombreuses, et plus longues que la corolle, par son stigmate qui n'est point en tête, etc. . . .

*Expl. des fig.* 1, Une feuille vue en dessous. 2, Une fleur vue en dedans. 3, Un pétale vu en dehors. 4, Une fleur dont on n'a conservé qu'un pétale, et qu'une étamine, pour montrer l'attache de ces deux organes. 5, Fruit. 6, Le même coupé transversalement, pour montrer les loges, les cloisons, et le placenta.

*Hibiscus Heterophyllus*

Peint par P.J. Redouté.

# HIBISCUS *HETEROPHYLLUS.*

Fam. des Malvacées, *Juss.* — Monadelphie Polyandrie, *Linn.*

HIBISCUS foliis lineari - lanceolatis , acuminatis , plerùmque lobatis , aculeato - serratis ; calice exteriore decaphyllo; caule fruticoso, aculeatissimo.

Arbrisseau très élevé, originaire de la Nouvelle Hollande, cultivé de semences rapportées par le Capitaine Hamelin. Il passe l'hiver dans l'orangerie, et fleurit sur la fin du printemps.

Tige très droite, cylindrique, feuillée, rameuse, hérissée d'aiguillons; d'un brun rougeâtre, haute de deux mètres, de la grosseur du pouce. *Rameaux* axillaires, alternes, articulés à leur base; ouverts, de la forme et de la couleur de la tige.

Aiguillons nombreux, rapprochés, droits, blanchâtres, très courts, portés sur un tubercule conique.

Feuilles alternes, horizontales et réfléchies, pétiolées, munies de stipules; rarement entières, plus souvent divisées en deux, ou en trois, ou en cinq lobes; linéaires et en lance, pointues, dentées en scie, surmontées d'un petit aiguillon au sommet de chaque dent; relevées d'une côte saillante et rameuse; veinées, parsemées d'aiguillons plus nombreux sur les nervures que sur les veines; glabres, d'un vert foncé en dessus, d'un vert pâle en dessous, longues de seize centimètres, larges de quinze millimètres. *Lobes* ordinairement égaux, parfaitement semblables aux feuilles.

Pétioles articulés, renflés ou glanduleux à leur base, et à leur sommet; très ouverts, cylindriques, aiguillonnés, velus; d'un vert pâle : ceux des feuilles lobées longs de cinq centimètres; ceux des feuilles entières plus courts.

Stipules distinctes du pétiole, et situées latéralement au-dessus de sa base; droites, en lance, pointues, pubescentes, de la couleur et de la longueur des pétioles des feuilles entières.

Pédoncules axillaires, solitaires, à une fleur, droits, cylindriques, hérissés de poils qui sont roides, très courts et disposés en étoile au sommet d'un tubercule globuleux; de couleur cendrée, de la longueur des stipules.

Fleurs d'un blanc de lait, nuancées de rose sur un de leurs bords, d'un pourpre foncé à leur base, de la grandeur de celles de l'*Hibiscus palustris,* Linn.

Calice double, du tiers de la longueur de la fleur. *Calice extérieur* formé de dix folioles droites, en alène, parsemées de quelques tubercules surmontés d'une ou de plusieurs soies roides. *Calice intérieur* monophylle, en cloche, pentagone, divisé à son limbe en cinq découpures, hérissé de poils roides et semblables à ceux du pédoncule; subsistant : découpures droites, en lance, aiguës, relevées d'une côte saillante.

Pétales cinq, adhérents dans leur partie inférieure au tube staminifère; très ouverts, ovales-renversés, crénelés, relevés de plusieurs nervures, munis intérieurement à leur base d'un faisceau de poils glanduleux à leur sommet.

Tube staminifère nu, renflé et ovale à sa base; cylindrique et couvert d'étamines dans le reste de son étendue; de la longueur du calice intérieur; d'un pourpre foncé. Filets simples ou rameux, horizontaux, en alène, glabres, très courts. Anthères réniformes, s'ouvrant latéralement. Pollen formé de globules nombreux, d'abord jaunâtres, ensuite d'un pourpre foncé.

Ovaire ovale-arrondi, très velu, blanchâtre, divisé intérieurement en cinq loges qui contiennent chacune plusieurs ovules parfaitement glabres. Style droit, cylindrique, glabre et engaîné dans sa moitié inférieure par le tube staminifère, libre et couvert dans la supérieure de poils très courts et glanduleux; divisé vers son sommet en cinq découpures droites; d'un pourpre foncé, de la moitié de la longueur des pétales. Stigmates en tête.

Fruit......

Obs. 1.° La plante que je viens de décrire est la première espèce du genre *Hibiscus*, qui ait été découverte dans la Nouvelle Hollande. L'élégance de son port, la structure variée de son feuillage, la grandeur et la beauté de ses fleurs, doivent la faire rechercher pour l'ornement des jardins.

2.° Les espèces qui paroissent avoir le plus de rapport avec l'*Hibiscus heterophyllus*, sont l'*Hibiscus radiatus*, *Cav. Dissert. 3, pag. 150, pl. 54, fig. 2*, et l'*Hibiscus longifolius Willden*. Ces deux espèces diffèrent de celle que j'ai décrite; l'une, par sa tige herbacée, par ses pétioles très longs, par son calice extérieur ouvert en étoile, et par ses fleurs plus petites et de couleur jaune; l'autre, par sa tige qui est également herbacée, par l'absence des aiguillons, par ses feuilles portées sur de très longs pétioles, et par la couleur des fleurs.

3.° On cultive à la Malmaison les plus belles espèces du genre *Hibiscus*; savoir, *H. moscheutos L.*, *H. incanus Wendl.*, *H. palustris L.*, *H. populneus L.*, *H. tiliaceus L.*, *H. rosa-sinensis L.*, *H. phoniceus L.*, *H. mutabilis L.*, *H. syriacus L.*, *H. ficulneus L.*, *H. subdariffa L.*, *H. speciosus Ait.*, *H. cannabinus L.*, *H. manihot L.*, *H. abelmoschus L.*, *H. esculentus L.*, *H. digitatus Cav.*, *H. tubulosus Cav.*, et *H. trionum L.*

Expl. des fig. 1, Corolle ouverte, pour montrer l'adhérence des pétales avec le tube staminifère. 2, Calices intérieur et extérieur ouverts, pour montrer leur forme et celle du pistil.

*Kennedia Rubicunda*

Peint par P. J. Redouté.

Gravé par J. gorel.

# KENNEDIA (1).

Fam. des Légumineuses, *Juss.* — Diadelphie Décandrie, *Linn.*

CHARACTER GENERICUS. *Calix* a-labiatus, suprà emarginatus, infrà trifidus, æqualis. *Corolla* papilionacea; vexillo reflexo, recurvo, ad basim maculâ notato; alis carinæ adpressis; carinâ a vexillo remotâ. *Stamina* diadelpha. *Stigma* obtusum. *Legumen* oblongum, multiloculare. *Dissepimenta* membranacea, valvarum parietibus adhærentia. *Semina* solitaria; hilo carunculâ umbilicali marginato. *Frutices* caule volubili. *Folia* ternata vel simplicia, subcoriacea; foliolis articulatis et basi petiolulorum aristatis. *Stipulæ a petiolo articulato distinctæ. Pedunculi axillares et terminales, biflori aut racemoso vel capitato-multiflori; floribus bracteatis.*

CHARACTER ESSENTIALIS. Vexillum recurvum a carinâ non reflexum. Legumen multiloculare, polyspermum; hilo seminum carunculâ umbilicali marginato.

## KENNEDIA *RUBICUNDA.*

KENNEDIA foliis ternatis; foliolis ovatis; pedunculis subtrifloris; leguminibus hirsutissimis.

GLYCINE *rubicunda.* Caule perenni volubili, foliis ternatis, foliolis subovalibus integerrimis, pedunculis subtrifloris. *Curt. Magaz.* 168.

GLYCINE *rubicunda.* Foliis ternatis oblongis subtus sericeis, pedunculis trifloris, caule volubili fruticoso. *Willden. Spec. Plant.*

Arbrisseau remarquable par la grandeur de ses fleurs de couleur pourpre, qui se succèdent pendant le printemps et l'été. Il est originaire de la Nouvelle Hollande, et il passe l'hiver dans l'orangerie.

Tiges volubles, cylindriques, noueuses, rameuses, dichotomes, glabres et de couleur brune dans leur partie inférieure; striées, d'un vert foncé, et parsemées de poils peu apparents dans la supérieure; s'élevant, par le moyen des tuteurs qu'on leur présente, à la hauteur de trois mètres; de la grosseur d'une plume de cygne. Rameaux axillaires, alternes, ayant la direction, la forme, et la couleur des tiges.

Feuilles alternes, horizontales et réfléchies, ternées, pétiolées, articulées, munies de stipules; d'un vert foncé en dessus, et plus pâle en dessous. Folioles également pétiolées et articulées, pourvues de stipules peu apparentes; ovales, obtuses, surmontées d'une petite pointe, légèrement ondées sur leurs bords, relevées en dessous d'une côte rameuse, creusées en dessus d'un pareil nombre de sillons; veineuses, un peu coriaces, parsemées de poils couchés et plus abondants sur la surface inférieure, que sur la supérieure : l'impaire longue de huit centimètres, large de quatre; les deux latérales plus courtes.

Pétiole commun renflé, articulé et contourné à sa base; convexe en dessous, sillonné en dessus, parsemé de poils courts, un peu rude au toucher, d'un vert foncé, de la longueur des folioles latérales. Pétioles partiels conformes au pétiole commun : les deux latéraux plus courts.

Stipules des feuilles distinctes du pétiole commun; horizontales, velues, ovales, pointues, plus courtes que l'articulation. Stipules des folioles insérées à la base des pétioles partiels, droites, linéaires, aiguës, velues, très courtes.

Pédoncules axillaires, articulés, munis de deux bractées à leur base; droits, cylindriques, le plus souvent à deux fleurs, rarement à trois; de la couleur des pétioles

(1) M. Kennedy, célèbre cultivateur, l'un des propriétaires de la riche pépinière de Haumersmith.

et plus courts. *Pédicules* également articulés et munis de bractées; recourbés, cylindriques, hérissés, d'une teinte rougeâtre, de la longueur des pédoncules.

Fleurs réfléchies, de couleur pourpre, plus grandes que celles du *Spartium scoparium*.

Bractées droites, en lance, obtuses, concaves, velues, opposées à la base du pédoncule, solitaires à la base des pédicules.

Calice d'une seule pièce, tubulé, parsemé de poils couchés, divisé à son limbe en deux lèvres; du tiers de la longueur de la fleur. *Lèvre supérieure* échancrée, aiguë. *Lèvre inférieure* un peu plus courte, à trois découpures linéaires, pointues.

Corolle attachée à la base du calice, papillonacée, formée de pétales portés chacun sur un onglet blanchâtre. *Étendard* recourbé, ovale-oblong, obtus et échancré à son sommet, de couleur pourpre avec une large tache d'un bleu sale à sa base. *Ailes* réfléchies ou abaissées, appliquées contre la carène dans toute leur étendue, plus courtes que l'étendard; en lance, munies d'une oreillette arrondie sur le côté de leur base qui est opposé à l'onglet. *Carène* un peu plus longue que les ailes; réfléchie, formée de deux pièces qui adhèrent inférieurement dans leur partie supérieure.

Étamines dix, insérées sur le calice au-dessous de la corolle, réunies par leurs filets en deux corps *(diadelphes)*. *Filets* réunis au nombre de neuf dans presque toute leur étendue, en une gaîne légèrement comprimée, fendue sous l'étendard, et blanchâtre; libres, inégaux et courbés en dedans vers leur sommet. *Dixième filet* appliqué contre la fissure de la gaîne. *Anthères* très petites, vacillantes, ovales, creusées de quatre sillons, s'ouvrant latéralement, d'un jaune de soufre.

Ovaire sessile, linéaire, comprimé, parsemé de poils blanchâtres. *Style* filiforme, courbé, pubescent dans sa moitié inférieure, glabre vers le sommet. *Stigmate* obtus.

Légume entouré à sa base par le calice; réfléchi, oblong, comprimé, pointu, très velu et presque drapé, divisé intérieurement en plusieurs loges transversales, s'ouvrant en deux valves, long de neuf centimètres, large de douze millimètres. *Cloisons* membraneuses, blanchâtres, adhérentes aux parois des valves, et recouvrant les semences.

Semences solitaires dans chaque loge, ovales, obtuses à chaque extrémité, lisses, d'un brun clair, munies à leur ombilic d'une caroncule à deux lobes, entre lesquels se trouve le cordon ombilical qui adhère à la suture inférieure du légume.

Obs. 1.° Je dois au zèle et à la bienveillance de M. Kennedy, les fruits de la plante que je viens de décrire, et ceux des deux espèces suivantes.

2.° Le genre *Glycine* renferme dans les écrits des Botanistes qui ont fait un recueil d'espèces, plusieurs plantes qu'on ne peut regarder comme congénères. Gærtner, après avoir décrit le *Glycine bituminosa*, s'exprime en ces termes: *Genus difficile et hactenus a speciebus manifesté heterogeneis conflatum, ulteriori indiget scrutinio.* M. Martyn, dans l'édition qu'il donne du dictionnaire de Miller, dit après avoir exposé le caractère générique du *Glycine: This is a difficult genus, and being made up of heterogeneous species, it requires further consideration.* M. de Jussieu après avoir observé que le fruit des espèces, dont les feuilles sont ailées, pesé pour être biloculaire, ajoute: *Forsan hæ species genere distinguendæ aut Astragalo rectiis consociandæ.* Parmi ces différentes espèces qui doivent être séparées du genre *Glycine*, celle que je publie, et les deux suivantes, forment un groupe distinct et parfaitement tranché. En effet, le *Kennedia* diffère essentiellement de tous les genres de la section dont il doit faire partie. Il se distingue du *Glycine*, par son fruit multiloculaire, et par sa carène dont le sommet ne repousse pas l'étendard; du *Dolichos*, par son étendard dépourvu de callosités à sa base; du *Phaseolus*, par sa carène, par ses étamines, et par son style qui ne sont point en spirale; de l'*Erythrina*, du *Rudolphia* et du *Clitoria*, par la direction, la forme et la proportion de son étendard.

3.° Dans l'établissement des genres de la famille des Légumineuses, les caractères fournis par la forme des organes de la corolle, doivent-ils être préférés à ceux que présente la structure du fruit? Parmi les caractères qui résultent de la structure du fruit, celui des cloisons transversales, quoique beaucoup moins important que celui des cloisons longitudinales, ne doit-il pas être pris en considération, et faire partie du caractère générique?

*Expl. des fig.* 1, Pétales. 2, Calice et Organes Sexuels. 3, Pistil. 4, Légume. 5, Une valve vue en dedans. 6, Une semence.

*Kennedia Coccinea*

Pine par P. J. Redouté

# 105

# KENNEDIA *COCCINEA.*

### Fam. des Légumineuses, *Juss.* — Diadelphie Décandrie, *Linn.*

Kennedia foliis ternatis; foliolis obovatis; floribus capitatis; leguminibus glabriusculis.

Glycine *coccinea.* Foliis ternatis, foliolis subrotundis undulatis. *Curt. Magaz.* 270.

Glycine *coccinea.* Foliis ternatis subrotundis undulatis subtus villosis, pedunculis unifloris, caule volubili fruticoso. *Willden. Spec. plant.*

Arbrisseau d'un charmant aspect, originaire de la Nouvelle Hollande, cultivé depuis quelques années à la Malmaison. Il passe l'hiver dans l'orangerie, et fleurit à la fin du printemps.

———————

Tige voluble, cylindrique, striée, rameuse, hérissée de poils courts; longue de six à huit décimètres, de la grosseur d'une plume de corbeau. *Rameaux* axillaires, alternes, ayant la direction, la forme et la couleur de la tige.

Feuilles alternes, horizontales et réfléchies, ternées, pétiolées, articulées, munies de stipules; d'un vert foncé en dessus, et plus pâle en dessous. *Folioles* également pétiolées, articulées et munies de stipules; ovales-renversées, émoussées et surmontées à leur sommet d'une pointe peu apparente, relevées d'une côte rameuse, veinées, un peu coriaces, parsemées sur chaque surface de poils couchés : l'impaire longue de cinq centimètres, large de trois; les deux latérales plus courtes.

Pétiole commun renflé et articulé à sa base; cylindrique, strié, hérissé; de la couleur des rameaux, de la longueur d'une des folioles latérales. *Pétioles partiels* conformes au pétiole commun : les deux latéraux plus courts.

Stipules des feuilles distinctes du pétiole, horizontales, en lance, pointues, striées, hérissées en dehors, glabres en dedans, de la longueur des articulations. *Stipules* des *folioles* insérées à la base des pétioles partiels, et plus courtes; droites, linéaires, velues.

Bouquets de fleurs au sommet des rameaux et dans les aisselles des feuilles; pédonculés, de la grosseur d'une noix.

Fleurs rapprochées en tête, horizontales, pédiculées, munies de bractées; d'une couleur éclatante, de la grandeur de celles du Baguenaudier (*colutea arborescens*).

Pédoncule très ouvert ou réfléchi, voluble, cylindrique, articulé à sa base, parsemé de poils couchés et noirâtres; beaucoup plus long que le pétiole des feuilles. *Pédicules* courbés, de la forme et de la couleur du pédoncule; du tiers de la longueur des fleurs.

Bractées dans les articulations des pédicules; solitaires, horizontales, ovales, aiguës, velues en dessous, glabres en dessus, très courtes.

Calice d'une seule pièce, tubulé, divisé à son limbe; parsemé en dehors de poils noirâtres, subsistant. *TUBE* légèrement comprimé. *LÈVRE SUPÉRIEURE* droite, échancrée, aiguë. *LÈVRE INFÉRIEURE* de la longueur de la supérieure; à trois dents pointues et égales.

COROLLE attachée à la base du calice, papillonacée, formée de cinq pétales portés chacun sur un onglet blanchâtre. *ÉTENDARD* réfléchi et recourbé, en cœur renversé, d'un beau rouge avec une tache d'un vert jaunâtre à sa base. *AILES* horizontales, plus courtes que l'étendard, presque en forme de doloire, recouvrant la carène, munies d'un appendice obtus sur le côté de la base qui est opposé à l'onglet; de couleur pourpre. *CARÈNE* ayant la même direction que les ailes, et plus courte; formée de deux pétales qui adhèrent par leur bord inférieur; d'un pourpre foncé.

ÉTAMINES dix, insérées sur le calice au dessous de la corolle, réunies par leurs filets en deux corps *( diadelphes )*. *FILETS* réunis au nombre de neuf dans presque toute leur étendue, en une gaine légèrement comprimée, fendue sous l'étendard, et blanchâtre; libres, inégaux et courbés en dedans vers leur sommet. *DIXIÈME FILET* appliqué contre la fissure de la gaine. *ANTHÈRES* très petites, creusées de quatre sillons, s'ouvrant latéralement, d'un jaune de soufre. *POLLEN* formé de molécules blanchâtres.

OVAIRE sessile, linéaire, comprimé, pubescent en dessous, d'un vert très pâle. *STYLE* très court, filiforme, coudé. *STIGMATE* obtus.

LÉGUME entouré à sa base par le calice; réfléchi, oblong, légèrement comprimé, presque glabre, d'un brun foncé, divisé intérieurement en six ou huit loges transversales, s'ouvrant en deux valves; long de six centimètres, large de huit millimètres. *CLOISONS* membraneuses, blanchâtres, adhérentes aux parois des valves, et recouvrant les semences.

SEMENCES solitaires dans chaque loge; ovales, obtuses, lisses, noirâtres, munies à leur ombilic d'une caroncule orbiculaire, échancrée à son sommet, et au centre de laquelle se trouve le cordon ombilical qui adhère à la suture inférieure du légume.

*Expl. des fig.* 1, Pétales. 2, Pédicule, Calice, et Organes Sexuels. 3, Étamines insérées à la base du calice. 4, pistil. 5, Légume. 6, Une valve vue en dedans, pour montrer les cloisons et les loges dont une contient sa semence. 7, Une semence présentée de côté, pour montrer la caroncule et le cordon ombilical.

*Kennedia Monophylla*

Peint par P. J. Redouté.

# 106

# KENNEDIA *MONOPHYLLA.*

FAM. des LÉGUMINEUSES, *JUSS.* — DIADELPHIE DÉCANDRIE, *LINN.*

KENNEDIA foliis simplicibus, cordato-lanceolatis, glabris; floribus racemosis.

GLYCINE *bimaculata.* Caule volubili lævi, foliis simplicibus cordato-lanceolatis, racemis multifloris. *CURT. Magaz.* 263.

GLYCINE *bimaculata.* Foliis simplicibus ovato-lanceolatis obtusis mucronatis, floribus racemosis; caule volubili fruticoso. *WILLDEN. Spec. plant.*

Arbrisseau d'un charmant aspect, dont les fleurs d'un beau violet s'épanouissent successivement depuis la fin de l'hiver, jusqu'à la fin de l'été. Il est originaire de la Nouvelle Hollande, et il passe l'hiver dans l'orangerie.

---

TIGES volubles, cylindriques, noueuses, très rameuses, dichotomes, glabres, relevées de quelques nervures peu apparentes; d'un brun foncé dans leur partie inférieure, d'un vert tendre dans la supérieure; s'élevant à trois ou quatre mètres, de la grosseur d'une plume de cygne. *RAMEAUX* axillaires, alternes, ayant la direction, la forme et la couleur des tiges.

FEUILLES alternes, horizontales et réfléchies, pétiolées et articulées sur le pétiole, munies de stipules; en lance, arrondies et en cœur à leur base, obtuses et surmontées à leur sommet d'une pointe peu apparente; très entières, relevées d'une côte saillante et rameuse; veinées, glabres, un peu coriaces, d'un vert foncé en dessus et plus pâle en dessous, longues de douze centimètres, larges de deux.

PÉTIOLES articulés et renflés à leur base; ouverts, convexes en dessous, sillonnés en dessus, glabres, d'un vert tendre, longs de vingt-quatre millimètres.

STIPULES à la base des articulations du pétiole et de la feuille; droites, glabres, d'un brun clair, longues de trois à quatre millimètres : celles du pétiole en lance et pointues; celles de la feuille linéaires et aiguës. *ARTICULATIONS* cylindriques, striées transversalement, de la couleur et de la longueur des stipules.

GRAPPES axillaires et terminales, solitaires, ordinairement simples, quelquefois divisées et rameuses à leur base; peu serrées, droites, longues de six centimètres. *AXE des GRAPPES* cylindrique, strié, noueux, glabre, d'un vert tendre, muni de bractées.

FLEURS au nombre de trois ou de quatre dans l'aisselle d'une bractée; horizontales, pédiculées et articulées au sommet du pédicule; d'un beau violet avec une tache d'un vert jaunâtre; de la grandeur de celles du *CYTISUS sessilifolius.*

PÉDICULES articulés sur l'axe des grappes; ouverts, cylindriques, rougeâtres, de la longueur des fleurs.

BRACTÉES alternes sur l'axe de la grappe; droites, ovales, pointues, convexes en dehors, concaves en dedans, beaucoup plus courtes que les pétioles.

CALICE d'une seule pièce, tubulé, divisé à son limbe en deux lèvres; subsistant. *TUBE* glabre, court. *LÈVRE SUPÉRIEURE* droite, échancrée. *LÈVRE INFÉRIEURE* à trois dents ovales, pointues.

COROLLE attachée à la base du calice, papillonacée, formée de cinq pétales portés chacun sur un onglet blanchâtre. *ÉTENDARD* recourbé, arrondi, échancré au sommet, d'un beau violet avec une tache d'un vert jaunâtre à sa base. *AILES* plus courtes que l'étendard, redressées, appliquées contre la carène, presque en spatule, munies sur le côté de la base qui est opposé à l'onglet, d'un appendice crochu et blanchâtre. *CARÈNE* droite, plus courte que les ailes, d'un violet foncé, formée de deux pétales ovales et aigus qui se séparent aisément, et qui sont munis à leur base d'une dent pointue.

ÉTAMINES dix, insérées sur le calice au-dessous de la corolle, réunies par leurs filets en deux corps *( diadelphes )*. *FILETS* réunis au nombre de neuf dans presque toute leur étendue, en une gaîne blanchâtre, légèrement comprimée et fendue sous l'étendard; libres, inégaux et courbés en dedans vers leur sommet. *DIXIÈME FILET* appliqué contre la fissure de la gaîne. *ANTHÈRES* arrondies, creusées de quatre sillons, s'ouvrant latéralement, d'un jaune de soufre.

OVAIRE sessile, linéaire, comprimé, glabre. *STYLE* coudé, très court. *STIGMATE* en tête.

LÉGUME entouré à sa base par le calice; réfléchi, en lance, tronqué obliquement d'un côté vers le sommet qui est surmonté d'une pointe courte; glabre, d'un brun noirâtre, long de quatre centimètres; divisé intérieurement en cinq loges transversales, s'ouvrant en deux valves. *CLOISONS* membraneuses, d'un brun rougeâtre, adhérentes aux parois des valves, et recouvrant les semences.

SEMENCES solitaires dans chaque loge; ovales, obtuses à chaque extrémité, lisses, d'un brun clair, munies à leur ombilic d'une caroncule à deux lobes entre lesquels se trouve le cordon ombilical qui adhère à la suture inférieure du légume.

*OBS.* 1.° J'ai substitué le nom spécifique de *monophylla* à celui de *bimaculata*, parceque les trois espèces de *KENNEDIA* que je viens de décrire, ont également à la base de leur étendard une large tache qui est profondément échancrée à son sommet, et qui paroît formée de deux petites taches.

2.° M. Martyn n'a pas regardé le *KENNEDIA monophylla* comme parfaitement congénère du *GLYCINE*, puisque après avoir donné la description des organes de la fleur de cette plante, il s'exprime en ces termes : *The characters do not appear to be peculiarly expressive of this genus.*

3.° On cultive à la Malmaison une variété du *KENNEDIA monophylla* dont les feuilles sont en cœur et ovales, légèrement échancrées à leur sommet, longues de neuf centimètres, et larges de six. Cette différence est la seule que présentent les individus des deux variétés.

4.° Les deux stipules qui sont placées à la base des articulations des feuilles, semblent indiquer l'avortement des folioles latérales.

*Expl. des fig.* 1, Pétales. 2, Calice et Organes Sexuels. 3, Pistil. 4, Légume. 5, Une valve vue en dedans. 6, Une semence.

*Phlox Reptans*

Peint par P. J. Redouté.

# 107

# PHLOX *REPTANS*.

FAM. des POLÉMOINES, *JUSS.* — PENTANDRIE MONOGYNIE, *LINN.*

PHLOX stolonifera; caulibus floriferis erectis; foliis stolonum subspatulatis; caulinis ovali-lanceolatis; corymbis terminalibus.

PHLOX *reptans*. Reptanto-stolonifera, pubescens; caulibus fertilibus erectis, simplicibus, oligophyllis : foliis radicalibus et stolonicis obovalibus; caulinis ovali-lanceolatis; corymbulo paucifloro. *MICH. Flor. Boreali-Americ. Vol.* 1. *Pag.* 143.

Plante herbacée, vivace, croissant sur les montagnes élevées de la Caroline Occidentale; ayant en quelque sorte le port du *SAPONARIA ocymoïdes*. Elle passe l'hiver dans l'orangerie, et fleurit vers la fin du printemps.

---

RACINE rampante, noueuse, munie à chaque nœud d'une petite touffe de fibres; de couleur cendrée.

TIGES nombreuses, cylindriques, pubescentes, d'un brun rougeâtre, à peine de la grosseur d'une plume de corbeau : les unes couchées ou tombantes, poussant des rejets, garnies de feuilles dans toute leur étendue, stériles ou ne produisant point de fleurs; longues de deux à trois centimètres : les autres droites, simples, peu garnies de feuilles; fertiles ou produisant des fleurs.

FEUILLES opposées, horizontales et réfléchies, pétiolées, très entières, relevées en dessous d'une nervure saillante, creusées en dessus d'un sillon; un peu épaisses, glabres, concaves, paraissant veineuses à la loupe; d'un vert foncé sur la surface supérieure, d'un vert pâle sur l'inférieure : celles des tiges stériles presque en forme de spatule, ou ovales-renversées; longues de trois centimètres, larges de deux : celles des tiges fertiles ovales et en lance, plus courtes et beaucoup plus étroites.

PÉTIOLES réunis à leur base, très ouverts, convexes en dehors, sillonnés en dedans, ciliés sur leurs bords; de la couleur des feuilles, extrêmement courts.

CORYMBES au sommet des tiges fertiles, et quelquefois aussi dans les aisselles de leurs feuilles; très ouverts, peu garnis de fleurs, munis de bractées à leur base.

FLEURS pédiculées, d'un lilas foncé, répandant une odeur agréable; de la grandeur de celles de la petite Pervenche.

PÉDONCULES droits, courbés vers leur sommet, ordinairement simples, quelquefois divisés; munis d'une bractée à leur base, parsemés de poils glanduleux et peu apparents; de la couleur des tiges.

BRACTÉES à la base des corymbes, des pédoncules et de leurs divisions; en lance, aiguës, de la couleur des feuilles.

CALICE d'une seule pièce, tubulé, pentagone, à cinq divisions profondes, parsemé en dehors de poils courts et glanduleux; subsistant, du tiers de la longueur de la fleur. *Divisions* droites, très rapprochées, linéaires, aiguës, ciliées et membraneuses sur leurs bords.

Corolle monopétale, hypogyne, tubulée, en forme d'entonnoir. *Tube* cylindrique, blanchâtre et un peu renflé à la base, légèrement dilaté vers le sommet; strié, presque glabre, deux fois plus long que le calice. *Limbe* très ouvert, à cinq divisions ovales-renversées, égales, plus courtes que le tube.

Étamines cinq, attachées vers la base du tube, inégales. *Filets* capillaires, adhérents au tube dans presque toute leur étendue, libres vers leur sommet: quatre de la longueur du tube; le cinquième plus court. *Anthères* dans l'orifice du tube; droites, linéaires, creusées de quatre sillons, s'ouvrant latéralement, de couleur brune. *Pollen* formé de petits globules d'un jaune doré.

Ovaire ovale, glabre, d'un vert tendre. *Style* capillaire, de la couleur de la corolle, plus long que les étamines. *Stigmate* à trois divisions aiguës.

Fruit......

*Obs.* La plupart des espèces du genre *Phlox* sont cultivées à la Malmaison; savoir, les *Phlox paniculata*, *maculata*, *glaberrima*, *subulata* et *setacea* Linn., *undulata* et *suaveolens* Ait., *ovata* Cav., *divaricata* Willden., et *reptans* Mich. On y cultive aussi une espèce rapportée de l'Amérique Septentrionale par M. Fraser, fils. Cette espèce se rapproche beaucoup du *Phlox maculata* par sa tige tachetée de vert et de pourpre, et par la couleur de ses fleurs : mais elle se distingue par sa tige presque ligneuse, et très rameuse, par ses feuilles qui ne sont pas aussi pointues, et par ses fleurs disposées en un corymbe vaste et serré. Elle peut être désignée par le nom de *suffruticosa*, et déterminée par la phrase suivante :

*Phlox suffruticosa.* Caule ramosissimo; foliis lanceolatis, acutis, glabris; floribus corymbosis.

*Expl. des fig.* 1, Corolle ouverte pour montrer l'attache des étamines. 2. Calice et Pistil. 3, Pistil.

*Andrcusia Glabra*

Pint par P. J. Redoute.

# 108

# ANDREUSIA.

Fam. des Plaqueminiers, *Juss.* — Pentandrie Monogynie, *Linn.*

CHARACTER GENERICUS. *Calix* 1-phyllus, 5-partitus, persistens. *Corolla* 1-petala, hypocrateriformis; tubo longitudine calicis; fauce villosâ; limbo patente, 5-lobo. *Stamina* 5; filamentis medio tubi insertis; antheris intrà faucem. *Ovarium* liberum, ovatum, compressum; stylo tereti, leviter incurvo; stigmate concavo. *Drupa* calici accreta, ficta nuce 4-loculari, 4-sperma. (*Character fructûs ex* D. *Andrews*). Frutices è novâ Hollandiâ. *Folia alterna, glabra. Flores axillares.*

## ANDREUSIA *GLABRA.*

ANDREUSIA ramis erectis, lævibus; foliis ovali-lanceolatis; floribus pendulis.

Pogonia *glabra.* Foliis eliptico-lanceolatis, glabris; floribus pendulis, minutis, albis. *Andr. Botan. Reposit.* 283.

Arbrisseau dont le port paroit avoir quelque ressemblance avec celui d'un Laurier; originaire de la Nouvelle Hollande. Il passe l'hiver dans l'orangerie, et fleurit au commencement du printemps.

------

Tige droite, cylindrique, rameuse, glabre, de couleur cendrée dans sa partie inférieure, d'un vert gai dans la supérieure; haute d'un mètre, de la grosseur du petit doigt. Rameaux axillaires, alternes, articulés dans le point de leur insertion; peu ouverts, de la forme, et de la couleur de la tige.

Feuilles alternes, horizontales et réfléchies, pétiolées, ovales et en lance, surmontées d'une petite pointe, très entières, relevées en dessous d'une nervure, creusées en dessus d'un sillon; veineuses, glabres, luisantes, d'un vert foncé, paroissant, lorsqu'on les observe avec la loupe, parsemées sur leur surface inférieure de petits points blanchâtres; longues de neuf centimètres, larges de deux et demi.

Pétioles très ouverts, articulés, convexes d'un côté, sillonnés de l'autre; glabres, de la couleur des rameaux, extrêmement courts.

Pédoncules axillaires, rarement solitaires, plus souvent au nombre de deux ou de trois; recourbés, cylindriques, glabres, à une seule fleur; plus longs que les pétioles.

Fleurs pendantes, blanchâtres, dépourvues de bractées; de la grandeur de celles de l'*Asclepias Vincetoxicum.*

Calice d'une seule pièce, glabre, subsistant, divisé en cinq découpures profondes, droites, linéaires, pointues, de la moitié de la longueur de la fleur.

Corolle monopétale, attachée au fond du calice et presque hypogyne; hypocratériforme, glabre en dehors, pubescente à l'intérieur. *Tube* cylindrique, de la longueur du calice. *Orifice* fermé par les poils dont il est hérissé. *Limbe* à cinq lobes ouverts, ovales-arrondis, très entiers.

Étamines cinq, attachées à la partie moyenne du tube, et ne s'élevant pas au-dessus de l'orifice. *Filets* droits, en alêne, de la couleur de la corolle. *Anthères* mobiles, ovales, comprimées, fortement échancrées à leur base, s'ouvrant latéralement, d'un brun foncé.

Ovaire libre ovale, comprimé, glabre, d'un vert pâle; divisé en quatre loges qui contiennent chacune un ovule adhérent à leur sommet. *Style* légèrement courbé dans sa partie supérieure; cylindrique, de la couleur des filets des étamines. *Stigmate* dilaté, concave.

Drupe de la forme de l'ovaire; entouré par le calice; contenant un noyau osseux divisé en quatre loges.

Semences solitaires dans chaque loge; oblongues......

*Obs.* 1.º M. Andrews avoit donné le nom de *Pogonia* à la plante que je viens de décrire. J'ai cru devoir changer ce nom déjà consacré par M. de Jussieu pour désigner un genre de la famille des Orchidées, et lui substituer celui de l'auteur du *Botanist's Repository*. Cet ouvrage contient un grand nombre de plantes nouvelles dont plusieurs, également cultivées à la Malmaison, ont été décrites et figurées, presque à la même époque, dans celui que je publie.

2.º Quoique je n'aie pas eu l'avantage d'observer la structure intérieure des semences de l'*Andreusia*; j'ai cru néanmoins, d'après l'ensemble des autres caractères de ce genre, pouvoir le rapporter à la Famille des Plaqueminiers.

3.º La plante que M. Andrews a nommée *Pogonia debilis* (*Botan. Reposit.* 212), appartient aussi au genre *Andreusia*; et elle peut être caractérisée par la phrase suivante :

*Andreusia debilis.* Ramis decumbentibus, glandulosis; foliis lanceolatis; floribus erectis.

*Expl. des fig.* 1, Corolle ouverte pour montrer l'attache des étamines, et la forme des anthères. 2, Pédoncule, Calice, et Pistil.

*Mesembryanthemum Carinatum*

Dien par P. S. Redoute.                    gravé par ....

# MESEMBRYANTHEMUM *CARINATUM.*

Fam. des Ficoïdes, *Juss.* — Icosandrie Pentagynie, *Linn. Spec. Plant.* (édit. 5ᵉ) §. vii. *Caulescentia, foliis triquetris.*

MESEMBRYANTHEMUM foliis connatis, acinaciformibus, punctatis; angulis tribus membranaceo-cristatis; floribus glomeratis.

Arbrisseau originaire du Cap de Bonne Espérance ; remarquable par la beauté de son feuillage, par la grandeur et l'éclat de ses fleurs. Il passe l'hiver dans l'orangerie, et fleurit à la fin du printemps.

———————

Tige montante, relevée de quatre angles dont deux sont alternativement plus saillants et plus aigus; rameuse dans toute son étendue, ligneuse à l'intérieur, recouverte d'une écorce épaisse et charnue; d'un brun rougeâtre dans sa partie inférieure, d'un vert glauque dans la supérieure; haute de six décimètres, de la grosseur de l'index. Branches axillaires, alternes, étalées, ayant la forme et la couleur de la tige. Rameaux semblables à la partie supérieure des branches.

Feuilles opposées, réunies par les bords à leur base, triangulaires, à côtés inégaux, à angles aigus et bordés d'une membrane finement dentée, l'angle inférieur ou dorsal plus saillant que les autres; surmontées d'une pointe courte, ponctuées ou poreuses, lisses, succulentes, recouvertes d'une poussière glauque, longues de six centimètres, épaisses de quinze millimètres : les inférieures horizontales; les supérieures arquées ou falciformes.

Fleurs au sommet des branches; au nombre de cinq ou six, rapprochées en tête, entourées de feuilles courtes; pédiculées, d'une belle couleur rose, de la grandeur de celles du *Mesembryanthemum acinaciforme;* s'ouvrant vers l'heure de midi.

Pédicules droits, charnus, de la forme et de la couleur des rameaux; très courts.

Calice d'une seule pièce, en cloche, anguleux et adhérent à l'ovaire dans sa moitié inférieure, divisé à son limbe; charnu, ponctué, de la couleur des feuilles, subsistant. Divisions au nombre de cinq, ouvertes, triangulaires, dentelées sur les angles : deux munies, à la base de l'angle intérieur, d'une membrane large et saillante sur chaque côté; les trois autres nues.

Pétales très nombreux, disposés sur plusieurs rangées, insérés sur un disque charnu qui adhère à la base du limbe du calice; ouverts, linéaires, aigus, inégaux, les extérieurs beaucoup plus longs que les intérieurs.

Étamines très nombreuses, attachées à la base du disque qui porte la corolle, plus courtes que les pétales intérieurs. Filets capillaires, courbés en dedans, recouvrant l'ovaire en forme de voûte; d'un rouge de feu. Anthères mobiles, arrondies, très petites, creusées de quatre sillons, s'ouvrant latéralement; d'un jaune de soufre.

Ovaire adhérent à la partie inférieure du calice; multiloculaire, contenant un grand nombre d'ovules. *Style* nul. *Stigmate* sessile, orbiculaire, creusé d'un ombilic dans le centre, divisé dans le pourtour en dix lobes arrondis; recouvert par les étamines.

Fruit......

*Obs.* 1.° Comme la plante que je publie, est cultivée depuis quelques années en Europe, il est probable qu'elle a déjà été mentionnée ou figurée dans les écrits de quelque Botaniste étranger. Je me serois fait un devoir de citer ses synonymes, et d'adopter son nom spécifique, si j'avois pu consulter les ouvrages où elle est vraisemblablement décrite, comme la Monographie des Mesembryanthèmes par M. Haworth.

2.° Le *Mesembryanthemum carinatum* a une grande affinité avec le *Mesembryanthemum acinaciforme*. Ces deux plantes ont le même port : mais dans le *Mesembryanthemum carinatum*, les fleurs sont rapprochées en tête, les feuilles sont ponctuées, et leurs trois angles sont bordés d'une membrane dentelée et en forme de crête.

3.° On cultive à la Malmaison un grand nombre de Mesembryanthèmes, savoir les *Mesembryanthemum linguiforme, caninum, bellidiflorum, dolabriforme, difforme, calamiforme, pinnatifidum, cordifolium, crystallinum, helianthoides, pomeridianum, expansum, tortuosum, geniculiflorum, noctiflorum, bicolorum, tuberosum, corniculatum, veruculatum, echinatum, nodiflorum, brachiatum, hispidum, barbatum, glaucum, spectabile, aureum, uncinatum, pugioniforme, filamentosum, acinaciforme, carinatum, deltoïdes,* etc.

*Expl. des fig.* 1, Fleur coupée verticalement, pour montrer les deux découpures du calice qui sont munies à la base de leur angle intérieur d'une membrane saillante sur chaque côté, le disque qui porte la corolle et les étamines, l'ovaire qui adhère à la partie inférieure du calice, et le stigmate qui est sessile et orbiculaire.

*Conchium Dactyloides.*

Peint par P. J. Redouté.

# CONCHIUM *DACTYLOIDES*.

Fᴀᴍ. des Pʀᴏᴛᴇ́ᴇs, *JUSS.* — Tᴇ́ᴛʀᴀɴᴅʀɪᴇ Mᴏɴᴏɢʏɴɪᴇ, *LINN.*

CONCHIUM foliis oblongo-spathulatis, mucronatis, triplinerviis; capsulis reflexis, globoso-ovatis.

Hᴀᴋᴇᴀ *dactyloides.* Foliis alternis, lanceolato-ovatis cum acumine, integerrimis, rigidis, trinerviis : floribus axillaribus : capsulis globoso-ovatis. *CAV. Icon.* pl. 535.

Bᴀɴᴋsɪᴀ *dactyloides. Gᴀᴇʀᴛɴ. Carpol.* vol. 1, pag. 221, pl. 47, fig. 2.

Arbrisseau toujours vert, originaire de la Nouvelle Hollande, et croissant près le Port Jackson. Il passe l'hiver dans l'orangerie, et fleurit au milieu de l'été.

———————

Tɪɢᴇ droite, cylindrique, rameuse, feuillée, marquée de cicatrices formées par la chute des feuilles; glabre, haute d'un mètre et demi, de la grosseur de l'index. *Rᴀᴍᴇᴀᴜx* axillaires, alternes, rapprochés au nombre de trois ou de quatre, et indiquant la pousse de chaque année; très ouverts, parsemés de poils couchés et blanchâtres; de la forme et de la couleur de la tige.

Fᴇᴜɪʟʟᴇs alternes, peu ouvertes, rétrécies en pétioles à leur base, présentant un de leurs bords dans la direction de la tige ou des rameaux; oblongues et en spatule, très entières, surmontées d'une pointe courte, relevées de trois nervures rameuses qui naissent au-dessus du pétiole; veinées, roides, coriaces, d'abord pubescentes et de couleur de rouille, ensuite glabres et d'un vert foncé; longues de seize centimètres, larges de quatre.

Pᴇ́ᴛɪᴏʟᴇs formés par le rétrécissement des feuilles; articulés, convexes d'un côté, concaves de l'autre; de la couleur des feuilles, extrêmement courts.

Bᴏᴜᴛᴏɴs axillaires, solitaires, ovales-oblongs, pubescents, formés d'écailles concaves et alternativement opposées.

Bᴏᴜǫᴜᴇᴛs dans les aisselles des feuilles supérieures; de la grandeur des pétioles, entourés à leur base de quelques écailles subsistantes des boutons, qui par leur recouvrement, forment une espèce de tuyau dans lequel sont contenus les pédicules des fleurs.

Fʟᴇᴜʀs au nombre de douze ou de seize dans chaque bouquet; droites, pédiculées, apétales, d'un blanc de lait, de la grandeur de celles du *Fʀᴀxɪɴᴜs Ornus* L.

Pᴇ́ᴅɪᴄᴜʟᴇs droits, cylindriques, pubescents, blanchâtres avec une teinte de rose à leur base; de la longueur des fleurs.

Cᴀʟɪᴄᴇ formé de quatre folioles linéaires, dilatées à leur sommet, sillonnées intérieurement, tombant séparément; d'abord droites, serrées, courbées et réunies à leur sommet; ensuite ouvertes, écartées, unilatérales, toujours courbées à leur sommet.

Éᴛᴀᴍɪɴᴇs quatre, plongées dans la partie supérieure des folioles calicinales, qui est dilatée et creusée en cuilleron. *Fɪʟᴇᴛs* extrêmement courts. *Aɴᴛʜᴇ̀ʀᴇs* droites, ovales, échancrées à leur base, d'un jaune doré.

Ovaire pédiculé, ovale-oblong, d'un jaune pâle, sans aucune apparence de glande à sa base. *Style* cylindrique, courbé dans sa partie supérieure, et en forme de crosse; plus long que le calice. *Stigmate* renflé, orbiculaire, surmonté d'un mamelon; engagé dans la partie supérieure des folioles du calice avant l'épanouissement de la fleur, ensuite libre.

Capsules de la grosseur d'un noyau de pêche, suspendues à un pédicule court et renflé; ligneuses, réfléchies, globuleuses et ovales, uniloculaires, contenant deux semences, et s'ouvrant en deux valves. *Loge* excentrique, peu profonde. *Valves* très épaisses, raboteuses et de couleur brune en dehors, lisses en dedans, d'un brun très foncé dans la place qu'occupent les semences, et d'un blanc sale sur les bords.

Semences deux, d'un brun très foncé, appliquées l'une contre l'autre, ovales, convexes en dehors, planes en dedans, tronquées obliquement à leur sommet qui est surmonté d'une aile membraneuse et parsemée d'un nombre infini de petites veines.

Obs. 1.º Le genre *Conchium* publié par M. Smith, dans le quatrième volume des Transactions de la Société Linnéenne de Londres, a beaucoup de rapports avec les *Banksia* Ls., *Lambertia* Sm., *Persoonia* Sm., ou *Linkia* Cav., et *Embothrium* L.; mais il diffère de chacun de ces genres par plusieurs caractères. Il se distingue surtout du premier, par son fruit qui n'est pas biloculaire; du second, par son stigmate qui n'est pas aigu, et par ses semences qui ne sont pas bordées d'une membrane courte; du troisième, par son fruit qui n'est pas un drupe monosperme; et du quatrième, par ses semences dont le nombre ne s'élève point au-dessus de deux.

2.º Les espèces du genre *Conchium* varient beaucoup dans leur port. Les feuilles sont planes dans les *Conchium pyriforme*, *dactyloides*, et *ruscifolium*; en forme de massue et très épaisses dans le *Conchium clavatum*; cylindriques dans les *Conchium pugioniforme*, *gibbosum*, *epiglottis*, et *aciculare*.

3.º On cultive à la Malmaison quatre espèces du genre *Conchium* ; savoir, *Conchium dactyloides*, *Conchium pugioniforme*, *Conchium gibbosum*, et *Conchium aciculare*.

Expl. des fig. 1, Une écaille d'un bouton. 2, Une fleur pédiculée et épanouie. 3, Une division du calice vue en dedans, pour montrer l'attache de l'étamine. 4, Pédicule et pistil. 5, Fruit entr'ouvert. 6, Une valve du fruit. 7, Une semence.

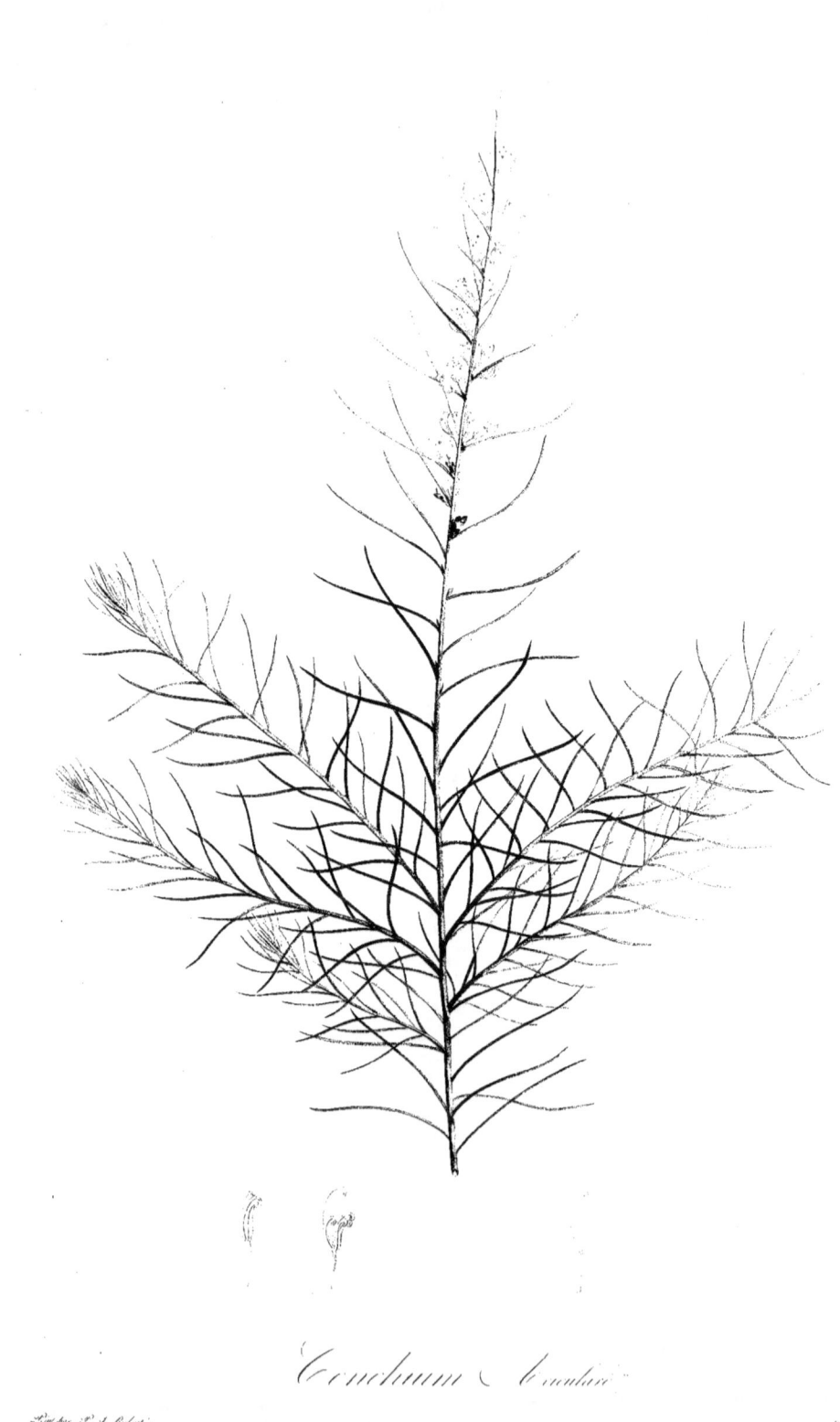

*Conchium baculare*

Peint par M.te A. Riché

# CONCHIUM *ACICULARE*.

Fam. des Protées, *Juss.* — Tétrandrie Monogynie, *Linn.*

CONCHIUM foliis sparsis, acicularibus, mucronatis, glabris; ramis erectinsculis, pubescentibus.

Conchium *aciculare. Smith, Mss.*

Arbrisseau toujours vert, dont le feuillage ressemble à celui d'un Pin; originaire de la Nouvelle Hollande; cultivé à la Malmaison de graines rapportées du voyage du Capitaine Baudin. Il passe l'hiver dans l'orangerie, et fleurit sur la fin de l'été.

---

Tige droite, cylindrique, très rameuse, glabre, d'un brun foncé; haute de six décimètres, de la grosseur du petit doigt. Branches axillaires, alternes, peu ouvertes, feuillées dans toute leur étendue; de la forme et de la couleur de la tige. Rameaux nombreux, presque droits, terminés à leur sommet par une touffe de feuilles; pubescents, d'un brun rougeâtre.

Feuilles alternes, rapprochées, sessiles, cylindriques, très grêles, un peu renflées à leur base, surmontées d'une pointe à leur sommet; glabres, parsemées de petits points blanchâtres qu'on n'aperçoit qu'avec la loupe; subsistantes: celles des jeunes individus ou des individus cultivés à l'ombre horizontales, molles, un peu tortueuses, d'un vert foncé, longues de six centimètres, de la grosseur d'une aiguille; celles des individus adultes ou des individus cultivés dans des lieux découverts presque droites, plus roides, d'un vert moins foncé, plus courtes.

Boutons axillaires, oblongs, formés d'écailles droites, ovales, aiguës, concaves, ciliées, d'un brun clair, se recouvrant mutuellement comme les tuiles d'un toit.

Bouquets axillaires, beaucoup plus courts que les feuilles, entourés à leur base de quelques écailles subsistantes des boutons.

Fleurs au nombre de quatre ou de six dans chaque bouquet; droites, pédiculées, apétales, blanchâtres, répandant une odeur agréable; longues d'un centimètre et demi: celles qui sont situées dans les aisselles des feuilles supérieures se développant les premières.

Pédicules droits, cylindriques, pubescents, blanchâtres, du tiers de la longueur des fleurs.

Calice formé de quatre folioles linéaires, dilatées à leur sommet, sillonnées en dedans, tombant séparément; d'abord droites, serrées, courbées, et réunies à leur sommet; ensuite ouvertes, écartées, unilatérales, presque disposées en demi-cercle, toujours courbées à leur sommet.

Étamines quatre, plongées dans la partie supérieure des folioles calicinales, qui est dilatée et creusée en cuilleron. Filets peu apparents. Anthères droites, ovales, échancrées à leur base, d'un jaune doré.

Ovaire pédiculé, ovale-oblong, d'un jaune pâle, muni à la base antérieure du pédicule d'une glande circulaire qui est portée sur le réceptacle de la fleur. Style cylindrique, courbé dans sa partie supérieure, et en forme de crosse;

plus long que les folioles du calice dont il est d'abord rapproché, et ensuite écarté. *STIGMATE* renflé, orbiculaire, surmonté d'un mamelon conique; engagé dans la partie supérieure des folioles du calice avant l'épanouissement de la fleur, ensuite libre.

F R U I T......

*Obs.* 1.° Je dois avertir que l'individu qui a servi pour figurer le *Conchium aciculare*, étoit cultivé dans un endroit très ombragé. C'est la raison pour laquelle toutes ses parties sont plus alongées, et plus molles que celles des autres individus de la même espèce élevés sans abri et dans des lieux découverts.

2.° J'ai conservé à la plante que je viens de décrire, le nom spécifique d'*aciculare*, sous lequel M. Smith l'avoit désignée dans une collection de plantes desséchées, dont ce savant a eu la bonté de me gratifier. Ce nom qui exprime la finesse du feuillage du *Conchium aciculare*, indique en même temps un caractère qui suffit seul pour distinguer cette espèce des *Conchium pugioniforme*, *gibbosum*, et *epiglottis*. J'aurois néanmoins ajouté dans la phrase spécifique, le caractère fourni par la forme de la capsule, si j'avois pu me procurer un des fruits de cette plante.

3.° La Famille des Protées est une de celles qui démontrent évidemment combien les bornes de la Botanique ont été reculées depuis quelques années. Linnæus n'avoit connu de cette Famille que les genres *PROTEA* et *BRABEIUM*. Son fils, auteur du *Supplementum Plantarum*, avoit ensuite établi les genres *BANKSIA* et *EMBOTHRIUM*; et Aublet avoit découvert le *ROUPALA* Ces cinq genres sont les seuls dont la Famille des Protées soit composée dans le *GENERA* de M. de Jussieu. Aujourd'hui cette Famille se trouve enrichie non seulement des espèces nouvelles ajoutées aux genres déjà connus, mais encore de sept genres nouveaux : savoir, du *GEVUINA* de Molina, qui paroît être le même Genre que le *QUADRIA* de la Flore du Pérou; du *CYLINDRIA* de Loureiro; des *CONCHIUM*, *PERSOONIA*, *LAMBERTIA* et *XYLOMELUM* de M. Smith ; et de l'*ADENANTHOS* de M. Labillardière.

*Expl. des fig.* 1, Fleur qui n'est pas encore développée, pour montrer le stigmate engagé dans la partie supérieure des folioles du calice. 2, La même entièrement développée. 3, La même dont on a retranché les folioles du calice, pour montrer la glande située à la base antérieure de l'ovaire, et le stigmate surmonté d'un mamelon conique. (Figures grossies).

*Melaleuca Nodosa*

# MELALEUCA *NODOSA*.

Fam. des Myrtes, *Juss.* — Polyadelphie Icosandrie, *Linn. Spec. Plant.* (edit. 5°) §. 1. *foliis alternis.*

MELALEUCA foliis sparsis, linearibus, mucronato-pungentibus, rectis; floribus apicem versùs ramulorum glomeratis. *Smith, Act. Societ. Linnean. Londin.* vol. 3, pag. 276. *Willd. Spec. Plant.*

Metrosideros *nodosa. Gærtn. Carpol.* vol. 1, pag. 172, pl. 34, fig. 6. *Cavan. Icon.* vol. 4, pag. 19, pl. 334.

Arbrisseau d'un port élégant et d'un bel aspect; originaire de la Nouvelle Hollande, croissant près le port Jackson. Il passe l'hiver dans l'orangerie, et fleurit au milieu de l'été.

---

Tige droite, cylindrique, rameuse, feuillée, de couleur cendrée; haute d'un mètre et demi, de la grosseur du petit doigt. *Rameaux* axillaires, nombreux, alternes, articulés, peu ouverts, quelquefois recourbés dans leur partie supérieure; de la forme de la tige, ordinairement simples, parsemés de poils peu apparents; rougeâtres.

Feuilles nombreuses, alternes, rapprochées, droites, presque sessiles, linéaires, surmontées d'une pointe piquante, relevées en dessous d'une nervure simple; roides, glabres, parsemées de quelques points, longues de quatre centimètres, larges de quatre millimètres : les inférieures, d'un vert foncé; celles des jeunes pousses ou du sommet des rameaux, de couleur rougeâtre.

Pétioles extrêmement courts et peu apparents; articulés, droits, comprimés, d'un vert blanchâtre.

Fleurs très petites, naissant vers le sommet des rameaux qui continuent de s'alonger, et qui se divisent ordinairement au-dessus de l'inflorescence; rapprochées en une tête globuleuse, et de la grosseur d'une cerise; sessiles, munies de bractées ou écailles subsistantes des boutons; répandant une odeur de cerfeuil; d'un jaune pâle, plus courtes que les feuilles.

Bractées à la base des fleurs, et beaucoup plus courtes; droites, ovales-renversées, concaves, membraneuses, ponctuées, de couleur brune, tombant promptement.

Calice d'une seule pièce, globuleux, glabre, ponctué, verdâtre, subsistant, adhérant à l'ovaire dans sa partie inférieure; libre à son limbe qui est divisé en cinq dents très courtes et arrondies.

Pétales cinq, insérés à la base du limbe du calice, et alternes avec ses divisions; droits, ovales-renversés, concaves, ponctués, blanchâtres avec une légère teinte de rose vers leur sommet.

Étamines ayant la même attache que la corolle, au nombre de trente, réunies de six en six à leur base, et formant cinq faisceaux opposés aux pétales. *Filets* droits, en alêne, d'un jaune pâle, trois fois plus longs que la corolle. *ANTHÈRES* mobiles, linéaires, s'ouvrant latéralement, de couleur de soufre.

*OVAIRE* globuleux, adhérent au calice. *STYLE* filiforme, blanchâtre, courbé et rougeâtre vers son sommet. *STIGMATE* obtus.

*CAPSULE* entièrement recouverte par le calice; globuleuse, de la grosseur d'un grain de poivre, de couleur cendrée; divisée intérieurement en trois loges, s'ouvrant au sommet en trois valves, contenant un grand nombre de semences. *CLOISONS* membraneuses, adhérentes aux parois des valves, et à l'axe du fruit.

*SEMENCES* insérées dans chaque loge sur un tubercule qui adhère à la base de l'axe du fruit; très petites, presque en forme de coin, comprimées, d'un brun cendré.

*Obs.* 1.° Il n'existoit point encore de figure où les fleurs du *MELALEUCA nodosa*, fussent représentées. Cette plante a beaucoup d'affinité avec le *MELALEUCA ericæfolia*; mais elle s'en distingue par ses feuilles droites et planes, par ses fleurs rapprochées en une tête globuleuse, et par les divisions arrondies et très courtes du limbe de son calice. Elle a aussi beaucoup de rapports avec le *MELALEUCA armillaris*, dont elle diffère surtout par ses fleurs qui ne sont point disposées en épi, et par ses étamines dont la partie réunie des filets, est beaucoup plus courte.

2.° Les espèces du genre *MELALEUCA* cultivées à la Malmaison, sont les *MELALEUCA styphelioides* Sm. (1), *ericæfolia* Sm. (2), *nodosa* Gærtn. (3), *armillaris* Gærtn. (4), *myrtifolia* (5), *thymifolia*, Sm. ou *Gnidiæfolia* (6), et *hypericifolia* Sm. (7).

*Expl. des fig.* 1, Une bractée. 2, Fleur dont le calice a été ouvert de force, pour montrer l'attache des pétales et des étamines. 3, Un faisceau d'étamines. 4, Une fleur dont on a enlevé les étamines, pour montrer la forme du calice et de la corolle. 5, Fruit. 6, Le même coupé transversalement. 7, Quelques semences. (Figures grossies).

(1) Cette espèce dont il existe à la Malmaison plusieurs beaux individus, n'a pas encore fleuri.
(2) Voy. Jard. de Malm., pag. et pl. 76.
(3) Voy. Jard. de Malm., pag. et pl. 112.
(4) Je me propose de publier incessamment cette espèce.
(5) Voy. Jard. de Malm., pag. et pl. 47.
(6) Voy. Jard. de Malm., pag. et pl. 4.
(7) Voy. Jard. de Cels, pag. et pl. 10.

*Heliophila Pinnata.*

# HELIOPHILA *PINNATA.*

FAM. des CRUCIFÈRES, *JUSS.* — TÉTRADYNAMIE SILIQUEUSE, *LINN.*

HELIOPHILA foliis trifidis pinnatisque; foliolis linearibus; siliquis moniliformibus, pendulis. *LINN.* Supplem. plant. pag. 297. *WILLDEN. Spec. plant.*

HELIOPHILA *trifida.* Foliis trifidis setaceis, siliquis linearibus articulatis, ramis diffusis. *THUNB. Prodrom. Flor. Capens.* pag. 108.

Plante herbacée, annuelle, d'une odeur et d'une saveur analogues à celles du cresson; remarquable sur-tout par son fruit qui ressemble beaucoup aux légumes de plusieurs espèces d'*HEDISARUM*, d'*ORNITHOPUS*, etc. Elle est originaire du Cap de Bonne-Espérance, et elle fleurit au commencement de l'été.

---

RACINE annuelle, grêle, alongée, munie de fibres.

TIGES rapprochées en touffe, droites vers leur base, étalées et tombantes dans leur partie supérieure; cylindriques, rameuses, glabres, d'un vert foncé, longues de cinq décimètres, de la grosseur d'une plume de corbeau. *RAMEAUX* axillaires, alternes; ayant la direction, la forme, et la couleur des tiges.

FEUILLES alternes, distantes, peu ouvertes, pétiolées, rameuses, ordinairement ailées ou à plusieurs divisions latérales, quelquefois trifides ou à trois divisions; glabres, d'un vert foncé, beaucoup plus courtes que les entrenœuds. *FOLIOLES* alternes, disposées sur trois à quatre rangées; horizontales, sessiles, linéaires, un peu obtuses, creusées d'un léger sillon sur leur face antérieure, longues de deux centimètres.

PÉTIOLE COMMUN convexe en dessous, sillonné en dessus, glabre, de la couleur des feuilles.

FLEURS au sommet des tiges et des rameaux, disposées en une grappe simple qui s'alonge beaucoup pendant la fructification; droites, pédiculées, d'un blanc sale, de la grandeur de celles du *CLYPEOLA Jonthlaspi.*

PÉDICULES d'abord droits, se réfléchissant ensuite à mesure que les fruits approchent de leur maturité; filiformes, renflés à leur sommet; de la couleur et de la longueur des folioles.

CALICE formé de quatre folioles ouvertes, ovales, presque obtuses, concaves, de couleur cendrée en dehors, blanchâtres en dedans, membraneuses sur leurs bords, tombant promptement : deux opposées un peu gibbeuses à leur base.

PÉTALES quatre, hypogynes, disposés en croix, alternes avec les folioles du calice, et plus longs; ouverts, ovales, concaves, aigus à leur sommet, rétrécis à leur base en un onglet court et jaunâtre.

ÉTAMINES au nombre de six, tétradynames; savoir, quatre plus grandes insérées deux à deux sur les faces antérieure et postérieure du disque, et deux plus courtes insérées sur les côtés du même disque, et opposées. *FILETS* plus courts que les pétales, droits, en alène, d'un jaune pâle. *ANTHÈRES* vacillantes, creusées de quatre sillons, s'ouvrant latéralement, d'un jaune couleur de soufre.

Ovaire entouré à sa base d'un disque peu saillant et glanduleux sur chacun de ses côtés; cylindrique, glabre, d'un vert foncé. STYLE très court. STIGMATE renflé, orbiculaire.

SILIQUES disposées en une grappe très alongée; pendantes, pédiculées, linéaires, articulées, pointues, glabres, d'un vert foncé, divisées en deux loges, s'ouvrant en deux valves. ARTICULATIONS au nombre de douze, arrondies, comprimées. CLOISONS parallèles aux valves; membraneuses, blanchâtres, renflées sur les bords.

SEMENCES en nombre égal à celui des articulations; arrondies, comprimées, entourées d'un large rebord, insérées par un cordon ombilical aux bords opposés de la cloison.

OBS. 1.° M. Thunberg a assigné comme un des caractères importants de la plante que je viens de décrire, d'avoir les feuilles trifides : cependant tous les individus que j'ai observés, m'ont présenté des feuilles ailées en très grand nombre; et ce caractère que Linnæus fils, avoit également indiqué, m'a déterminé à adopter le nom spécifique de *pinnata*. On ne peut douter que l'HELIOPHILA pinnata ne soit la même plante que l'HELIOPHILA trifida, puisque M. Thunberg, qui avoit communiqué des exemplaires de cette espèce au fils du célèbre professeur d'Upsal, a cité dans son *Prodromus Plantarum Capensium*, l'HELIOPHILA pinnata, comme synonyme de l'HELIOPHILA trifida.

2.° Le caractère essentiel de l'HELIOPHILA ne paroit pas convenir à toutes les espèces qui ont été rapportées à ce genre. Il est certain que dans l'HELIOPHILA pinnata, aucune foliole du calice n'est vésiculeuse à sa base, que les glandes du disque ne sont point recourbées, et que la silique n'est point cylindrique.

*Expl. des fig.* 1, Fleur dont on n'a conservé qu'un pétale, et deux étamines dont une grande et une courte, pour montrer l'attache de ces organes. 2, Un pétale. 3, Pistil dont l'ovaire est entouré à sa base d'un disque glanduleux sur les côtés. 4, Silique. 5, Cloison séparée des valves, et séminifère sur ses bords.

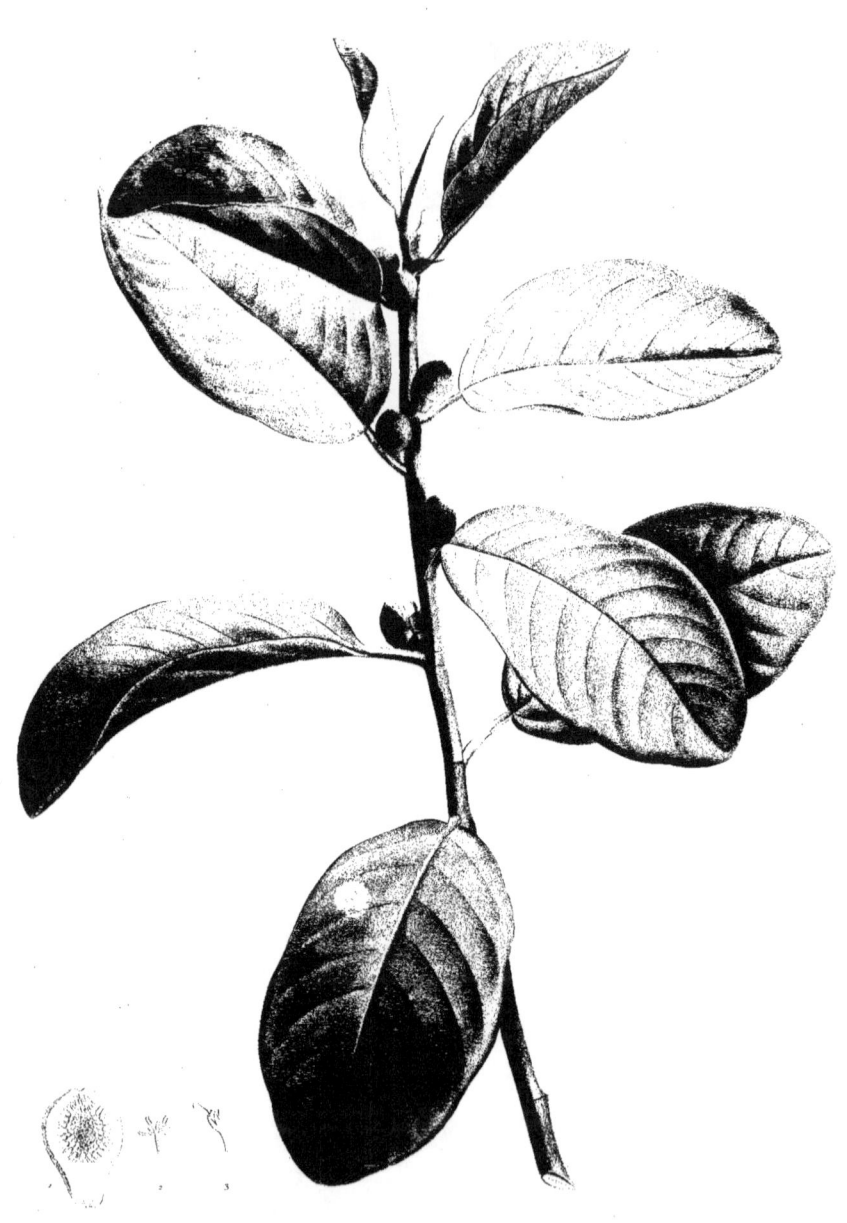

*Ficus Rubiginosa*

Peint par P.J. Redouté.                                                Gravé par Legrand.

# FICUS *RUBIGINOSA.*

Fam. des Orties, *Juss.* — Polygamie Trioécie, *Linn.*

FICUS foliis ovatis, integerrimis, subtùs rubiginosis; fructibus geminis, subsessilibus, globosis, tuberculatis.

Ficus *rubiginosa.* Desfont. *Tableau de l'École Botanique du Muséum d'Histoire naturelle.*

Arbre toujours vert, contenant dans toutes ses parties, de même que les autres espèces du genre, un suc propre laiteux; originaire de la Nouvelle Hollande; remarquable par ses feuilles d'un vert très foncé en dessus, et de couleur de rouille en dessous. Il passe l'hiver dans l'orangerie, et fleurit pendant l'été.

---

Tige droite, cylindrique, rameuse, marquée de cicatrices orbiculaires formées par la chûte des stipules, parsemée de tubercules; de couleur cendrée; de deux mètres de hauteur, et de neuf centimètres de circonférence. *Rameaux* axillaires, alternes, de la forme de la tige, pubescents, d'un brun foncé; terminés par un bourgeon alongé, pointu et semblable à une corne.

Feuilles alternes, rapprochées; roulées en dedans sur elles-mêmes par un de leurs bords, avant leur développement, et recouvertes par une stipule; ovales, très entières, obtuses, relevées sur leur surface inférieure, d'une côte saillante d'où partent plusieurs nervûres fines et presque parallèles qui ne se prolongent pas jusqu'aux bords, qui se courbent, se joignent, et laissent dans leur contour une petite bordure lisse; veineuses, concaves, presque coriaces, glabres et d'un vert foncé en dessus; légèrement pubescentes en dessous, et parsemées d'une poussière de couleur de rouille qui disparoît insensiblement à mesure qu'elles parviennent à leur développement complet; longues de treize centimètres, larges de huit : les inférieures horizontales; les supérieures droites.

Pétioles ayant la direction des feuilles; articulés, convexes en dessous, sillonnés en dessus, pubescents, d'un vert pâle, très courts.

Stipules droites, concaves, réunies par leurs bords, et recouvrant les feuilles non développées; en forme d'alène, pubescentes, de couleur brune, tombant promptement.

Involucres communs axillaires, au nombre de deux, d'une seule pièce, pédonculés, globuleux ou presque en forme de poire; charnus, monoïques, garnis intérieurement à leur sommet de plusieurs rangées d'écailles dont trois sont tout-à-fait extérieures, et se recouvrent par leur bord; munis de bractées; d'un vert pâle, de la grosseur d'une petite noisette.

Pédoncules épais, charnus, dilatés à leur sommet dont le bord un peu saillant semble représenter un calice inférieur; pubescents, d'un vert pâle, extrêmement courts.

Bractées insérées au sommet du pédoncule, quelquefois solitaires et divisées, plus souvent au nombre de deux et opposées; recouvrant d'abord l'involucre commun, se contractant et se détachant ensuite à mesure que le fruit se forme; membraneuses, glabres en dedans, pubescentes en dehors, de couleur brune.

Fleurs renfermées dans l'involucre et adhérentes à ses parois; pédiculées, apétales, unisexuelles, blanchâtres : les fleurs mâles en petit nombre, situées au dessous des écailles de l'involucre; les fleurs femelles très nombreuses, occupant le reste de la capacité de l'involucre.

PÉDICULES filiformes, contournés, de la longueur et de la couleur des fleurs.

### Fleurs Mâles.

CALICE d'une seule pièce, à trois divisions peu ouvertes, en lance, aiguës, égales.

ÉTAMINES trois, attachées à la base du calice, alternes avec ses divisions, et de la même longueur. FILETS capillaires, un peu tortueux. ANTHÈRES arrondies, à deux lobes, s'ouvrant latéralement.

### Fleurs Femelles.

CALICE d'une seule pièce, à cinq découpures droites, et de la forme de celles du calice des fleurs mâles.

OVAIRE faisant corps avec le calice dans sa partie inférieure; ovale, légèrement comprimé, blanchâtre. STYLE latéral, capillaire, courbé à son sommet, plus long que le calice. STIGMATE simple, aigu.

FRUIT (Involucre Commun subsistant) globuleux, de la grosseur d'une cérise, charnu, creux, d'un brun foncé, parsemé de tubercules affaissés; contenant un grand nombre de semences.

SEMENCES de la forme des ovaires, recouvertes d'une substance d'abord gélatineuse, charnue et diaphane, ensuite desséchée et membraneuse.

OBS. 1.º J'ai observé avec la plus grande attention les fleurs femelles de la plante que je viens de décrire, et leurs stigmates m'ont paru toujours parfaitement simples.

2.º Le FICUS rubiginosa paroît avoir quelques rapports avec le FICUS benghalensis; mais il s'en distingue par plusieurs caractères, sur-tout par ses fruits tuberculés, et par ses feuilles de couleur de rouille en dessous.

3.º L'histoire des espèces qui appartiennent au genre FICUS, ne paroît pas encore suffisamment éclaircie. Il est vraisemblable que Tournefort n'a connu que les FICUS Carica et indica, puisque ce père de la science dit formellement dans ses Institutiones Rei Herbariæ, que c'est d'après l'autorité de Plumier, qu'il a rapporté au genre FICUS les autres espèces qu'il cite. Linnæus, dans l'édition de 1762 du Species Plantarum, n'a indiqué que huit espèces du genre; et il a passé sous silence plusieurs de celles qui avoient été découvertes en Amérique par Plumier. Reichard, dans l'édition qu'il a donnée, en 1780, du Species Plantarum, a mentionné douze espèces. M. Thunberg en a cité vingt-sept dans une dissertation sur le genre FICUS, qui a paru en 1786. Aiton a ajouté six espèces nouvelles dans l'Hortus Kewensis imprimé en 1789. M. de Lamarck, en 1790, a décrit vingt-neuf espèces, dans le Dictionnaire Botanique de l'Encyclopédie méthodique. Vahl a publié, en 1790, dans la première partie de ses Symbolæ Botanicæ, plusieurs espèces de FICUS, inconnues à Linnæus, à Reichard, et à M. de Lamarck. Ainsi le nombre des espèces du genre Figuier, qui sont parfaitement décrites et caractérisées, s'élève aujourd'hui à près de cinquante; mais il en est encore plusieurs, soit dans l'Hortus Malabaricus de Rheede, soit dans la Flora Indica de Burmann, soit dans le Prodromus Florulæ Insularum Australium de Forster, etc., qui ont besoin d'un plus grand développement dans leurs caractères, pour être aisément distinguées des espèces qui paroissent avoir quelques rapports avec elles, et pour être comprises avec certitude dans le tableau des espèces du genre.

4.º Le FICUS Carica est la seule espèce du genre qui croisse en Europe. Les autres sont originaires des Antilles, de l'Amérique Méridionale, des Isles Orientales, des Isles de France et de la Réunion, et sur-tout des Indes Orientales. Il paroît, d'après les ouvrages de Bergius et de M. Thunberg, de Walther et de Michaux, que le Cap de Bonne Espérance, et que l'Amérique Septentrionale ne produisent aucun Figuier.

5.º Plusieurs espèces de Figuier nous présentent dans leur manière de se propager, les ressources nombreuses et variées que la nature déploie pour la reproduction des végétaux. Rheede nous apprend que les FICUS Benghalensis, indica, religiosa, benjamina, etc., poussent de leur tronc, que trois hommes pourroient à peine embrasser, des branches d'où pendent de longs jets cylindriques ou des rameaux qui gagnent la terre et s'y enracinent. Bientôt les jets enracinés forment de nouveaux troncs qui pullulent à leur tour; de sorte qu'un seul arbre couvre souvent une étendue assez vaste pour pouvoir contenir un grand nombre de personnes. Les habitans de l'Inde, en dirigeant les nouvelles productions, et en coupant celles qui pourroient nuire au but qu'ils se proposent, pratiquent des allées voûtées pour se mettre à l'abri de l'ardeur du soleil, et forment des berceaux qui leur servent de temples. Le FICUS religiosa, une de ces espèces, est ainsi nommé, parcequ'on le plante autour des pagodes. Les Indiens croient que leur dieu Vistnu est né sous le feuillage de cet arbre.

6.º On cultive à la Malmaison le FICUS Carica et plusieurs des variétés de cette espèce, les FICUS benghalensis et religiosa LINN. mauritiana, laurifolia, arbutifolia, scandens, LAM., et rubiginosa, Jard. de la Maln., pl. 114.

EXPL. des fig. 1, Involucre coupé longitudinalement pour montrer les écailles situées à son sommet, et les fleurs qui tapissent ses parois. 2, Une fleur mâle. 3, Une fleur femelle. (Figures grossies).

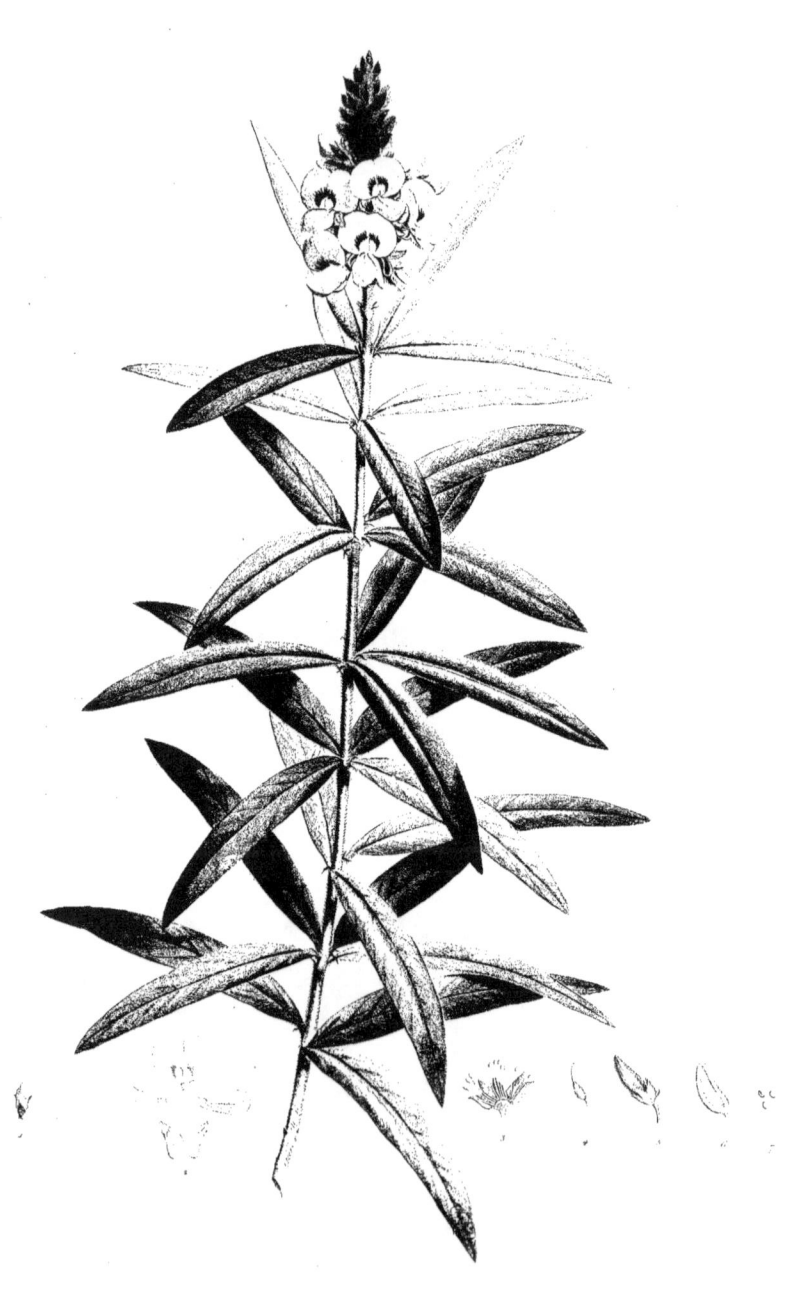

*Callistachys Lancrolata*

Peint par P. J. Redouté.

Gravé par Bessin.

# CALLISTACHYS (1).

Fam. des Légumineuses, *Juss.* — Décandrie Monogynie, *Linn.*

CHARACTER ESSENTIALIS. *Calix* bilabiatus. *Corolla* papilionacea; vexillo erecto; alis et carinâ demissis. *Stamina* distincta, disco inserta. *Stylus* incurvus. *Stigma* simplex, acutum. *Legumen* stipitatum, lignosum, apice dehiscens, ante maturitatem multiloculare; polyspermum. *Frutices Australasiæ. Folia simplicia, subverticillata, mucronulata. Stipulæ intrafoliaceæ, membranaceæ. Flores racemosi, terminales, bracteati.*

## CALLISTACHYS *LANCEOLATA.*

CALLISTACHYS foliis lanceolatis, acutis.

Arbrisseau d'un bel aspect; originaire de la Nouvelle Hollande, cultivé à la Malmaison, et dans le jardin de M. Cels, de graines rapportées du voyage du Capitaine Baudin. Il passe l'hiver dans l'orangerie, et fleurit au milieu de l'été.

---

Tige parfaitement droite, cylindrique, rameuse, feuillée, presque drapée, de couleur cendrée; haute d'un mètre, de la grosseur du petit doigt. Rameaux axillaires, alternes, rapprochés au nombre de trois ou de quatre, et presque verticillés; ouverts, de la forme et de la couleur de la tige.

Feuilles ayant la même disposition que les rameaux, très ouvertes pendant le jour, se redressant aux approches de la nuit; pétiolées, munies de stipules; en lance, surmontées d'une pointe courte et peu apparente; très entières, légèrement ondées sur leurs bords, relevées en dessous d'une côte rameuse, creusées en dessus d'un pareil nombre de sillons; veinées en réseau, parsemées de poils couchés et blanchâtres; d'un vert foncé sur la surface supérieure, d'un vert pâle sur la surface inférieure, longues de neuf centimètres, larges de seize millimètres.

Pétioles articulés au sommet d'un tubercule qui est décurrent, ou qui se prolonge sur la tige et sur les rameaux; très ouverts, convexes en dessous, sillonnés en dessus, soyeux ou couverts de poils blanchâtres; extrêmement courts.

Stipules adhérentes à la base intérieure du pétiole, et de la même longueur; rejettées en dehors et recourbées; en lance, pointues, membraneuses, velues en dessous, glabres en dessus, noirâtres, subsistantes.

Grappes au sommet de la tige et des rameaux; solitaires, simples, droites, ovales, obtuses, serrées, munies de bractées; plus longues que les feuilles. Axes des Grappes nus vers leur base, garnis de fleurs dans leur partie supérieure, anguleux par le prolongement des tubercules sur lesquels sont portés les pédicules; drapés, blanchâtres.

Fleurs très rapprochées, solitaires dans l'aisselle d'une bractée; horizontales, pédiculées, d'un jaune doré, de la grandeur de celles du Baguenaudier : les inférieures s'épanouissant les premières.

Pédicules articulés au sommet d'un tubercule qui est décurrent ou qui se prolonge sur l'axe de la grappe; horizontaux, cylindriques, munis de bractées, plus courts que les fleurs.

(1) Formé de deux mots grecs qui signifient *bel épi.*

BRACTÉES à la base et au sommet de chaque pédicule; en lance, aiguës, concaves, membraneuses, velues, noirâtres, tombant promptement : celles de la base du pédicule solitaires, horizontales, quelquefois divisées à leur sommet en deux ou trois dents; celles du sommet du pédicule au nombre de deux, opposées, droites, toujours entières.

CALICE en cloche, soyeux en dehors, glabre en dedans, divisé à son limbe en deux lèvres égales; de la moitié de la longueur de la corolle; subsistant. *LÈVRE SUPÉRIEURE* droite, très large, profondément échancrée. *LÈVRE INFÉRIEURE* à trois découpures ouvertes, en lance, pointues et concaves.

COROLLE insérée sur un disque qui adhère au fond du calice; papillonacée, formée de cinq pétales portés chacun sur un onglet court. *ÉTENDARD* droit, presque circulaire, strié, échancré à son sommet, taché de pourpre vers sa base. *AILES* de la longueur de l'étendard, abaissées, en forme de coin, concaves et recouvrant la carène; munies à leur base, sur le côté opposé à l'onglet, d'une oreillette recourbée. *CARÈNE* plus courte que les ailes, formée de deux pétales obtus, séparés ou libres à leurs extrémités, adhérents dans leur partie moyenne, et munis chacun d'une oreillette.

ÉTAMINES au nombre de dix, ayant la même attache que la corolle, renfermées dans la carène. *FILETS* libres dans toute leur étendue, courbés en dedans vers leur sommet; en alène, glabres, blanchâtres. *ANTHÈRES* vacillantes, ovales, creusées de quatre sillons, s'ouvrant latéralement; d'un jaune doré.

OVAIRE pédiculé, ovale-oblong, renflé, extrêmement velu. *STYLE* filiforme, courbé, de la couleur et de la longueur des filets des étamines. *STIGMATE* simple, aigu.

LÉGUME entouré à sa base par le calice; oblong, ligneux, extrêmement velu, d'un brun foncé, ne s'ouvrant qu'à son sommet; multiloculaire avant la maturité; ensuite uniloculaire par le déchirement des diaphragmes qui recouvroient chacun une semence.

SEMENCES au nombre de six ou de huit, adhérentes par un cordon ombilical au bord de la suture supérieure du légume; en forme de rein, d'un noir de jais, creusées d'un ombilic circulaire.

OBS. 1ʳᵉ. M. Smith a publié dans le quatrième volume des *Annals of Botany*, des observations sur les caractères génériques des Légumineuses de la Nouvelle Hollande, dont les étamines sont distinctes, ou qui appartiennent à la Décandrie du Système Sexuel. Le Célèbre Botaniste Anglais a divisé ces plantes en neuf genres, savoir, PULTENÆA, AOTUS, GOMPHOLOBIUM, CHORIZEMA, DAVIESIA, VIMINARIA, SPHÆROLOBIUM, DILLWYNIA, et MIRBELIA. L'espèce que je viens de décrire ne pouvant se rapporter à aucun de ces genres, j'ai cru devoir établir celui que je nomme CALLISTACHYS, à cause de la beauté de ses épis de fleurs. Ce genre se rapproche du GOMPHOLOBIUM, et du CHORIZEMA par son fruit polysperme; mais il en diffère essentiellement par ses étamines insérées sur un disque qui adhère au fond du calice, par son légume qui est pédiculé, ligneux, presque évalve, et multiloculaire avant sa maturité. Les stipules du CALLISTACHYS sont intrafoliacées comme dans le CHORIZEMA; mais elles ne sont point dures et épineuses : et le port très différent des espèces de ces deux genres annonceroit seul qu'elles ne doivent point appartenir au même groupe.

2.° On cultive aussi à la Malmaison, et au jardin du Muséum d'Histoire Naturelle, une plante qui provient également de graines rapportées du voyage du Capitaine Baudin. Cette plante n'a pas encore fleuri, mais son port a une si grande conformité avec celui du *Callistachys lanceolata*, que je ne crois pas me tromper en la regardant comme congénère. Elle peut être nommée CALLISTACHYS elliptica, et déterminée par la phrase suivante.

*CALLISTACHYS elliptica*. Foliis ellipticis, obtusis.

*Expl. des fig.* 1, Un bouton et son pédicule, pour montrer les trois bractées. 2, Pétales. 3, Calice ouvert pour montrer le disque qui porte les étamines. 4, Pistil pédiculé. 5, Légume. 6, Une valve coupée avec un canif, pour montrer l'attache des semences, et les débris des diaphragmes. 7, Quelques semences.

*Campanula* *Incana* (?)

Peint par P. J. Redouté.
Gravé par Seyle.

# CAMPANULA *AUREA.*

FAM. des CAMPANULACÉES, *JUSS.* — PENTANDRIE MONOGYNIE, *LINN.*
*Syst. Vegetab.* §. III. Capsulis obtectis calicis sinubus reflexis.

CAMPANULA capsulis quinque locularibus; foliis ellipticis, serratis, glabris; floribus subpaniculatis,
quinque partitis; caulibus fruticosis, carnosis. *AIT. Hort. Kew. WILLD. Spec. Plant.*

CAMPANULA *aurea.* Capsulis quinque locularibus; stigmatibus quinque fidis; caule paniculato; foliis
duplicato-serratis. *LINN. Supplem.*

Arbuste contenant dans toutes ses parties un suc laiteux; croissant sur les rochers de l'Isle de Madère; remarquable par l'éclat de ses fleurs d'un jaune doré, et disposées en une panicule pyramidale. Il passe l'hiver
dans l'orangerie, et fleurit sur la fin de l'été.

---

COLLET de la RACINE s'élevant chaque année, et produisant une souche charnue,
cylindrique, marquée de cicatrices formées par la chûte des feuilles, absolument
nue, de couleur cendrée, haute de six décimètres, de la grosseur du pouce.

TIGE au sommet de la souche; presque droite, cylindrique, herbacée, creusée
de légers sillons formés par le prolongement des bords des pétioles; rameuse et
paniculée, feuillée, glabre, d'un vert gai, haute de quatre décimètres, de la
grosseur d'une plume de cygne. *RAMEAUX* axillaires, alternes, ouverts, de la
forme et de la couleur de la tige.

FEUILLES alternes, rapprochées, horizontales et réfléchies, pétiolées et se prolongeant sur le pétiole, elliptiques, pointues, divisées sur leurs bords en dents
profondes et inégales; relevées en dessous d'une côte d'où partent plusieurs
nervures latérales et montantes; creusées en dessus d'un pareil nombre de sillons;
veineuses, glabres, concaves, d'un vert gai, longues de quatorze centimètres,
larges de quatre.

PÉTIOLES horizontaux, dilatés à leur base qui embrasse la tige et les rameaux dans
le point d'insertion; convexes en dessous, sillonnés en dessus, glabres, de la
couleur des feuilles, longs de trois centimètres.

PÉDONCULES axillaires, solitaires, ouverts, cylindriques, à deux ou trois fleurs;
glabres, d'un vert blanchâtre, de la moitié de la longueur des feuilles.

FLEURS droites, pédiculées, munies de bractées; de la grandeur de celles du
*CAMPANULA latifolia, L.;* formant par leur ensemble une panicule pyramidale.

PÉDICULES coudés, cylindriques, de la forme et de la couleur des pédoncules;
du tiers de la longueur des fleurs.

BRACTÉES à la base de chaque pédicule, et de la même longueur; solitaires, en
lance, aiguës, concaves, très entières, de la couleur des feuilles.

CALICE monophyle, tubulé, coriace, d'un jaune doré; subsistant, de la longueur
de la fleur. *TUBE* adhérent à l'ovaire; pentagone, relevé d'une nervure sur

chacune de ses faces. LIMBE à cinq divisions droites, ovales, pointues, relevées d'une nervûre; ayant leurs sinus légèrement réfléchis.

COROLLE insérée à la base du limbe du calice, de la même couleur et de la même longueur; monopétale, presque en forme de roue. TUBE très court. LIMBE à cinq divisions alternes avec celles du calice, recourbées ou réfléchies, en lance, pointues, striées.

ÉTAMINES cinq, ayant la même attache que la corolle, opposées à ses divisions et beaucoup plus courtes. FILETS blanchâtres, dilatés dans leur partie inférieure et recouvrant l'ovaire; droits et capillaires dans leur partie supérieure. ANTHÈRES droites, plus longues que les filets; linéaires, comprimées, d'un jaune pâle.

OVAIRE adhérent au tube du calice; en forme de cône renversé; relevé de cinq nervûres, divisé intérieurement en cinq loges qui contiennent chacune un grand nombre d'ovules. STYLE droit, cylindrique, de la couleur et de la longueur des divisions du limbe du calice. STIGMATE à cinq divisions profondes, enduites d'une liqueur visqueuse, d'abord peu ouvertes, ensuite horizontales et roulées en dehors à leur sommet.

CAPSULE de la forme de l'ovaire, recouverte par le calice, divisée en cinq loges polyspermes......

OBS. 1.º La CAMPANULA aurea découverte à Madère, en 1777, par M. Masson, a été d'abord cultivée en Angleterre, d'où elle s'est ensuite répandue dans toute l'Europe. Cette belle espèce qui n'avoit point été encore figurée et complètement décrite, est surtout remarquable par la couleur dorée de ses fleurs, par sa corolle presqu'en forme de roue, et par son stigmate à cinq divisions profondes.

2.º Les espèces les plus belles et les plus rares du genre CAMPANULA sont cultivées à la Malmaison : savoir, C. cenisia L., vincæflora Jard. de la Malm. pl. 12, grandiflora JACQ. Hort. pl. 3, carpatica JACQ. Hort. pl. 57, nitida AIT. ou planiflora LAM., latifolia L., glomerata L., thyrsoidea JACQ. Obs. pl. 21, peregrina L., medium L., longifolia Lapeyr., spicata L., tomentosa Hort. Cels. pl. 18, velutina Flor. Ailant. pl. 51, alpina JACQ. Aust. pl. 118, aurea Jard. Malm. pl. 116, perfoliata L., et tenella THUNB.

Expl. des fig. 1, Fleur pédiculée dont on a retranché le limbe du calice, pour montrer le point d'attache, et la forme de la corolle. 2, Une étamine. 3, Pistil. 4, Calice et Pistil.

*Elaeodendrum Australe*

Peint par L. J. Richard.

# ELÆODENDRUM.

Fam. des Nerpruns, *Juss.* — Pentandrie et Tétrandrie Monogynie, *Linn.*

CHARACTER GENERICUS. *Calix* minimus, 4-5-fidus. *Petala* 4-5, patentia, ungue lato. Stamina 4-5. *Stylus* brevissimus. *Stigma* simplex. *Drupa* fœta nuce 1-4 loculari, 1-4-sperma; loculis et seminibus 1-3 sæpè abortivis.

## ELÆODENDRUM *AUSTRALE.*

ELÆODENDRUM inerme; foliis ellipticis, coriaceis, denticulatis; petalis staminibusque quaternis.

Arbrisseau toujours vert, originaire de la Nouvelle Hollande; se rapprochant beaucoup par son port de l'*ELÆO-DENDRUM orientale.* Il passe l'hiver dans l'orangerie, et fleurit sur la fin de l'été.

---

Tige droite, cylindrique, rameuse, feuillée dans sa partie supérieure; d'un brun cendré, haute de huit décimètres, de la grosseur du petit doigt. *Rameaux* axillaires, ouverts, opposés, presque tétragones; de la couleur de la tige.

Feuilles opposées, horizontales, pétiolées, munies de stipules; elliptiques, divisées sur leurs bords en dents écartées et glanduleuses à leur sommet; relevées d'une côte saillante et rameuse; veinées, glabres, coriaces, concaves, subsistantes, d'un vert foncé, longues d'un décimètre, larges de trois centimètres.

Pétioles articulés, convexes en dehors, sillonnés en dedans; glabres, d'un vert pâle, extrêmement courts.

Stipules distinctes du pétiole et beaucoup plus courtes; latérales, ovales, pointues, membraneuses, noirâtres, tombant promptement.

Pédoncules axillaires, solitaires, ordinairement triflores, quelquefois dichotomes ou trichotomes et également triflores au sommet de chaque division; droits, cylindriques, glabres, munis de bractées; de la couleur des pétioles et plus longs.

Fleurs quelquefois unisexuelles par l'avortement des étamines ou du pistil, plus souvent hermaphrodites; pédiculées, herbacées, d'un blanc sâle, de la grandeur de celles du Houx.

Pédicules filiformes, de la couleur des pédoncules, également munis de bractées, et beaucoup plus courts.

Bractées au sommet des pédoncules, et au milieu des pédicules; opposées, en lance, aiguës, membraneuses, noirâtres, très courtes.

Calice monophylle, très court, glabre, à quatre découpures courtes, ouvertes, ovales, obtuses.

Pétales quatre, insérés sous un disque hypogyne, alternes avec les découpures du calice; ouverts, ovales, élargis à leur base, obtus à leur sommet, ondés sur leurs bords, convexes en dessus, concaves en dessous.

Étamines quatre, attachées sur le disque au dessus de la corolle, alternes avec les pétales et plus courtes. *Filets* droits, épaissis, comprimés, en alène à leur sommet, blanchâtres. *ANTHÈRES* droites, arrondies, biloculaires, creusées de quatre sillons, s'ouvrant latéralement; d'un jaune soufré.

*OVAIRE* plongé dans un disque charnu et très épais; conique, d'un vert pâle, divisé intérieurement en quatre loges. *STYLE* épais, cylindrique, très court. *STIGMATE* tronqué.

*DRUPE*.........

*OBS.* 1.° La plante que je viens de décrire, a été envoyée d'Angleterre, sous le nom de *LAMARCKIA*. On pourroit, à la vérité, d'après quelques considérations, en former un genre nouveau; mais ses rapports avec l'*ELÆODENDRUM* sont si frappans, que j'ai cru devoir la rapporter à ce genre, en faisant quelques légers changemens dans l'exposé du caractère générique.

2.° L'*ELÆODENDRUM* est peu distinct du *CASSINE* auquel il faudroit peut-être le réunir, comme semblent le prouver l'*ELÆODENDRUM australe*, et le *CASSINE xylocarpa*, *Choix de Plantes*, *pag. et pl.* 23: à moins que la nature du fruit qui est un drupe à noyau dur, épais et osseux dans l'*ELÆODENDRUM*, et à noyau mince et crustacé dans le *CASSINE*, ne soit un caractère suffisant pour distinguer ces deux genres.

3.° Un individu de l'*ELÆODENDRUM australe* avoit fleuri l'année dernière chez M. Cels; et toutes les fleurs étoient mâles ou dépourvues de pistil. L'individu qui a fleuri cette année à la Malmaison, m'a présenté un grand nombre de fleurs hermaphrodites, et quelques fleurs simplement femelles ou dépourvues d'étamines.

*Expl. des fig.* 1, Fleur pédiculée, grossie et vue en dedans pour montrer l'insertion de la corolle et des étamines sur le disque dans lequel est plongé l'ovaire. 2, La même vue en dessous pour montrer la forme du calice. 3, Ovaire grossi et coupé transversalement pour montrer les quatre loges qui se trouvent dans son intérieur.

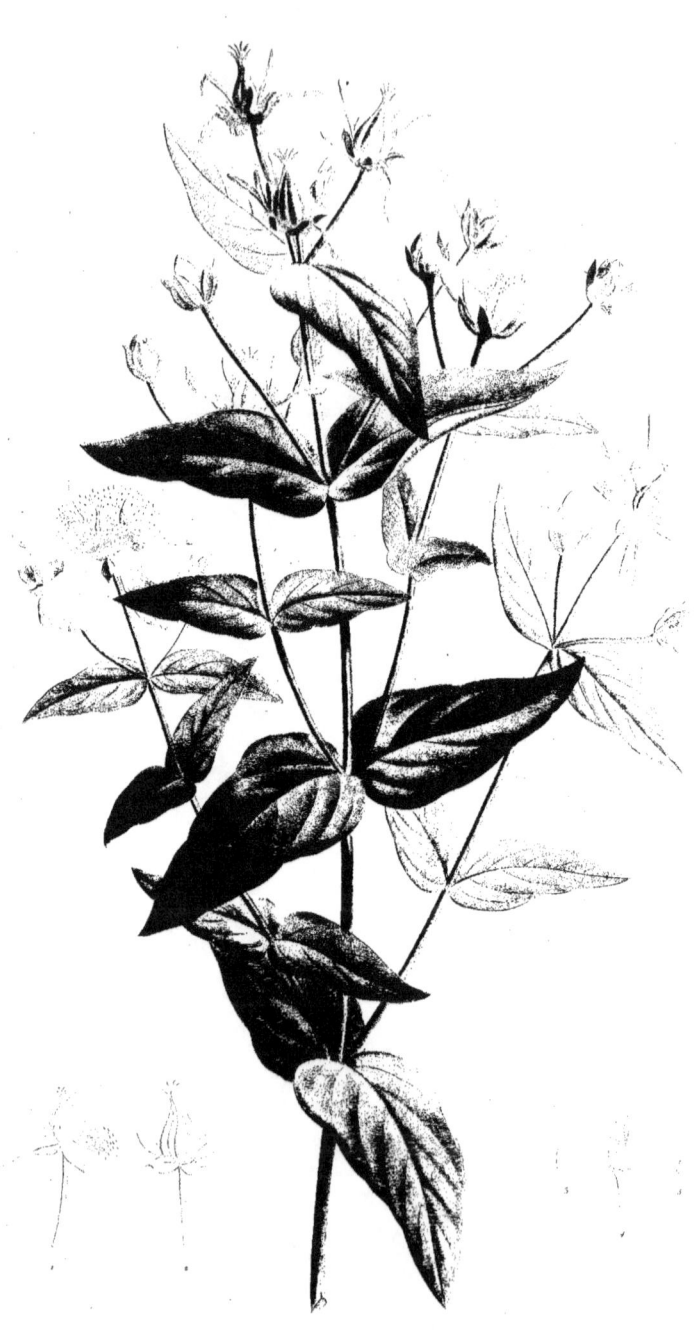

*Hypericum Pyramidatum*

Peint par P. J. Redouté                    Gravé par Legrand

# HYPERICUM *PYRAMIDATUM.*

FAM. des MILLEPERTUIS, *JUSS.* — POLYADELPHIE POLYANDRIE, *LINN.* *Syst. Vegetab.* §. 1. *Pentagyna.*

HYPERICUM caule herbaceo, ancipiti, pyramidato; foliis amplexicaulibus, ovato-oblongis; calicinis foliolis ovatis, acutis; receptaculo seminifero quinquepartito.

HYPERICUM *pyramidatum.* Floribus pentagynis subpaniculatis, caule subtetragono herbaceo ramoso, calycibus ovatis acutis. *AIT. Hort. Kew.* 3, p. 103.

HYPERICUM *pyramidatum.* Floribus pentagynis terminalibus, stylis staminibus brevioribus, calycinis foliolis ovatis acutis, caule subtetragono herbaceo ramoso, foliis sessilibus oblongis acutis glabris. *WILLD. Spec. Plant.*

HYPERICUM *amplexicaule.* Caule herbaceo; foliis ovato-oblongis, amplexicaulibus; calyce ovali, acuto. *LAM. Dict. Encyclop.* vol. 4, p. 147.

HYPERICUM *macrocarpum.* Majusculum, glabrum; caule ramisque stricte erectis : foliis amplexicaulibus, oblongo-ovalibus, acutis : summitatibus paucifloris : stylis quinque : capsula ovata, maxima. *MICH. Flor. Boreali-Americ.* vol. 2, pag. 82.

ASCYRUM erectum salicis folio, magno flore. *TOURNEF. Inst* pag. 256, *ex Herbar. D.* De Jussieu.

Plante herbacée, vivace, d'un bel aspect; originaire du Canada, et croissant naturellement dans l'Isle de Mont-Réal. Elle est cultivée en pleine terre à la Malmaison, et dans le jardin de M. Cels, de graines rapportées d'Amérique par M. Michaux. Elle fleurit au milieu de l'été.

---

TIGE très droite, noueuse, relevée alternativement, entre chaque nœud, d'une membrane peu saillante et formée par le prolongement de la côte moyenne des feuilles; rameuse dans toute son étendue; feuillée, glabre, parsemée d'une poussière glauque; haute d'un mètre, de la grosseur du petit doigt. RAMEAUX axillaires, opposés en croix, droits, disposés en pyramide; de la forme et de la couleur de la tige.

FEUILLES opposées en croix, peu ouvertes, sessiles et embrassant à leur base la tige ou les rameaux; ovales-oblongues, aiguës, très entières, relevées en dessous d'une côte saillante et rameuse, creusées en dessus d'un pareil nombre de sillons; veineuses, glabres, ponctuées, d'un vert foncé sur la surface supérieure, d'un vert cendré sur l'inférieure : celles de la tige longues de neuf centimètres, larges de quatre; celles des rameaux plus courtes.

PÉDONCULES au sommet de la tige et des rameaux; presque toujours au nombre de trois; droits, cylindriques, renflés à leur sommet, glabres, d'un vert tendre, à une seule fleur, presque aussi longs que les feuilles : celui du centre moitié plus court.

Fleurs droites, d'un jaune doré, répandant une odeur balsamique; de la grandeur de celles du Millepertuis de Sibérie (*Hypericum Ascyron*, *L.*); formant par leur ensemble une panicule pyramidale.

Calice à cinq divisions profondes, ouvertes, ovales, aiguës, glabres, ponctuées; se recouvrant par leurs bords, subsistantes, beaucoup plus courtes que les pétales.

Pétales cinq, insérés sous l'ovaire; très ouverts, obliques, presqu'en forme de coin, concaves, arrondis et crénelés à leur sommet; striés, se flétrissant avant de tomber, deux fois plus longs que les divisions du calice.

Étamines nombreuses, ayant la même attache que la corolle; réunies à leur base en cinq paquets qui sont alternes avec les pétales, et plus courts. Filets droits, capillaires, étalés en forme de houppe, d'un jaune pâle. Anthères vacillantes, arrondies, très petites, creusées de quatre sillons, s'ouvrant latéralement, de la couleur des pétales.

Pistil plus court que les étamines. Ovaire ovale, pentagone, glabre, d'un vert blanchâtre. Styles cinq, quelquefois six et même sept, très ouverts, extrêmement courts; subsistans. Stigmates tronqués.

Capsule ovale, presque pentagone, entourée du calice, surmontée des styles; d'un brun foncé, divisée en cinq loges, s'ouvrant en cinq valves. Loges formées par les bords des valves qui sont membraneux, rentrans, et réunis dans toute leur étendue. Placenta à cinq divisions profondes, en lance, pointues, contenues d'abord chacune dans une loge, ensuite libres lorsque les bords des valves se séparent.

Semences très nombreuses, adhérentes au bord des divisions du placenta; ovales, comprimées, de couleur brune.

Obs. 1.° J'ai réuni dans la phrase spécifique de l'*Hypericum pyramidatum*, les principaux caractères qui distinguent cette espèce de l'*Hypericum Ascyron*, *L.*

2.° J'ai observé à la Malmaison, et dans le jardin de M. Cels, plusieurs individus de la plante que je viens de décrire, et je me suis convaincu que ses rameaux ne sont point tétragones. Les deux angles qui existent alternativement, entre chaque nœud, sont formés par une membrane qui est un prolongement de la côte des feuilles opposées en croix.

3.° On trouve dans l'*Hypericum pyramidatum* quelques jeunes rameaux qui ne sont terminés que par une seule fleur; mais si l'on examine avec attention la base du pédoncule, on aperçoit sur chacun de ses côtés le rudiment d'une fleur qui se développe plus tard. Ainsi l'on peut regarder les trois pédoncules uniflores qui terminent chaque rameau, comme un caractère assez constant.

4.° Les capsules de l'*Hypericum pyramidatum* présentent toujours un nombre de loges et de valves égal à celui des styles : ainsi il succède aux fleurs pourvues de six ou de sept styles, des fruits à six ou sept loges, et à six ou sept valves.

5.° Si les espèces d'*Hypericum* pourvues de cinq styles, avoient toutes exclusivement leur placenta divisé profondément en cinq parties, comme dans l'*Hypericum pyramidatum*; les Botanistes qui veulent diviser le genre *Hypericum*, auroient un caractère de plus pour établir le nouveau genre qui comprendroit les espèces pentagynes.

6.° On cultive à la Malmaison les *Hypericum pyramidatum* Ait, calycinum *L.*, chinense *L.*, balearicum *L.*, ægyptiacum *L.*, coris *L.*, nummularium *L.*, crispum *L.*, Eloides *L.*, canariense *L.*, Androsæmum *L.*, et dolabriforme jard. de Cels, pl. 45.

Expl. des fig. 1, Fleur dont on a retranché quatre pétales, et quatre paquets d'étamines, pour montrer la structure du calice, l'insertion de la corolle et des étamines, et la forme du pistil. 2, Fruit entouré du calice, et surmonté des styles. 3, Une valve. 4, Placenta à cinq divisions. 5, Deux semences dont une grossie.

*Mirbelia Reticulata*

# 119

# MIRBELIA (1).

FAM. des LÉGUMINEUSES, *JUSS.* — DÉCANDRIE MONOGYNIE, *LINN.*

CHARACTER GENERICUS. *Calix* simplex, quinquefidus, bilabiatus. *Corolla* papilionacea. *Stylus* reflexus. *Stigma* capitatum. *Legumen* ventricosum, biloculare, dispermum. *SMITH.* — *Suffrutex; folia verticillata, terna, mucronata, integerrima, excavato-reticulata; pedunculi 3-4, uniflori, axillares et terminales; flores purpurei; petala et stamina disco inserta; ovarium pedicellatum; legumen nervo suturæ applicito et ultrà producto mucronatum, bivalve, subbiloculare; utráque valvá septum ex marginibus emittente proprium, medio fissum; loculis duobus fissurá favente obviis, seu in unum quasi confluentibus.*

## MIRBELIA *RETICULATA.*

MIRBELIA *reticulata. SMITH, Remarks on the Generic Characters of the Decandrous Papilionaceous Plants of New. Holland.* pag. 13.

PULTENÆA *rubiæfolia.* Foliis ternis, verticillatis, lanceolatis, serratis, rigidis; floribus capitatis, cœruleo-purpureis. *ANDR. Botan. Reposit.* 351. *Ex D. SMITH.*

Arbuste d'un charmant aspect, originaire de la Nouvelle Hollande; aussi remarquable par la disposition et le mode d'expansion de ses feuilles, que par la structure de son fruit. Il passe l'hiver dans l'orangerie, et fleurit pendant tout l'été.

TIGE droite, cylindrique vers sa base, anguleuse dans sa partie supérieure; rameuse, feuillée, glabre, noueuse, d'un vert tendre; haute de cinq décimètres, de la grosseur d'une plume de corbeau. *BRANCHES* axillaires, peu ouvertes, ternées ou simplement opposées, de la forme et de la couleur de la tige. *RAMEAUX* semblables aux branches, quelquefois alternes ou solitaires dans les aisselles des feuilles.
FEUILLES presque toujours verticillées au nombre de trois, rarement au nombre de deux et opposées; ouvertes, pétiolées, munies de stipules; linéaires et en lance, surmontées d'une pointe piquante, très entières, à bords roulés en dehors, relevées d'une nervûre d'où s'échappent des veines transversales et parallèles qui se prolongent jusqu'aux bords, et qui divisent le disque en quadrilatères déprimés ou creusés sur la surface supérieure; glabres, d'un vert foncé en dessus, d'un vert pâle en dessous, plus courtes que les entrenœuds.
PÉTIOLES articulés, ouverts, convexes en dehors, sillonnés en dedans, glabres, d'un vert pâle, très courts.
STIPULES distinctes du pétiole et de la même longueur; droites, linéaires, pubescentes, tombant promptement.
FLEURS rapprochées par petits bouquets dans les aisselles des feuilles supérieures, ainsi qu'au sommet des branches et des rameaux; droites, pédiculées, munies de bractées; de couleur lilas, de la grandeur de celles du Mélilot.
PÉDICULES droits, cylindriques, pubescents, plus longs que les pétioles.

---

(1) M. Smith a dédié ce genre à M. Mirbel, auteur de plusieurs excellents ouvrages sur l'Anatomie et la Physiologie Végétales, Intendant de la Malmaison, Membre de plusieurs Sociétés Savantes.

BRACTÉES au milieu des pédicules; au nombre de deux, opposées, droites, linéaires, aiguës, concaves, pubescentes, très courtes.

CALICE d'une seule pièce, en cloche, labié à son limbe; pubescent, d'un vert cendré; subsistant. *LÈVRE SUPÉRIEURE* droite, profondément échancrée, ou divisée en deux lobes arrondis à leur sommet. *LÈVRE INFÉRIEURE* à trois découpures peu ouvertes, en lance et aiguës.

COROLLE papillonacée, insérée sur un disque peu saillant et situé au fond du calice; formée de cinq pétales pourvus chacun d'un onglet. *ÉTENDARD* droit, en forme de cœur; strié. *AILES* plus courtes que l'étendard, abaissées, oblongues, obtuses, munies d'une oreillette. *CARÈNE* recouverte par les ailes et beaucoup plus courte; formée de deux pièces adhérentes dans leur partie moyenne, ovales, obtuses, munies d'une oreillette aiguë et peu saillante.

ÉTAMINES dix, ayant la même attache que la corolle, contenues dans la carène. *FILETS* libres et distincts dans toute leur étendue; filiformes, courbés à leur sommet, d'un jaune pâle. *ANTHÈRES* rapprochées, vacillantes, arrondies, très petites, de couleur de soufre.

OVAIRE pédiculé, ovale-oblong, glabre. *STYLE* recourbé, beaucoup plus court que l'ovaire. *STIGMATE* en tête.

LÉGUME entouré à sa base par le calice; porté sur un pédicule court; surmonté d'une pointe; ovale, ventru, d'un brun foncé, divisé en deux loges, s'ouvrant en deux valves, contenant deux semences. *CLOISONS* provenant également dans chaque valve, des sutures supérieure et inférieure sur lesquelles est appliquée une nervure qui s'élève au dessus du légume, en forme de pointe; membraneuses, fendues longitudinalement en deux portions qui, n'adhérant pas ensemble par leurs bords, peuvent être considérées comme deux demi-cloisons.

SEMENCES solitaires dans chaque loge, et adhérentes au bord inférieur de chaque valve; ovales, légèrement comprimées, noirâtres, creusées sur le côté, ou à leur point d'attache, d'un ombilic circulaire et muni d'un rebord cartilagineux.

*Obs.* Le genre *MIRBELIA* présente dans la disposition et l'expansion de ses feuilles, ainsi que dans la structure de son fruit, des caractères qui n'ont point été encore observés parmi les espèces nombreuses que renferme l'Ordre des Légumineuses ou des Papillonacées. En effet les feuilles des plantes de cette Famille sont généralement alternes, très rarement opposées; et celles dont les nervures sont le plus ramifiées, ont leur disque réticulé comme dans les autres végétaux. Le fruit des Légumineuses est presque toujours uniloculaire : et celui de l'Astragale qui est regardé comme biloculaire ne présente dans chaque valve que des cloisons incomplètes provenant soit de la suture supérieure du légume, soit de l'inférieure. Dans le *MIRBELIA* au contraire, les feuilles verticillées ont leur disque divisé par des veines transversales et parallèles, en quadrilatères creusés ou déprimés; et les cloisons de chaque valve du fruit proviennent également des deux sutures.

*Expl. des fig.* 1, Feuille vue en dessus et grossie, pour montrer les veines transversales qui aboutissent à ses bords, et qui divisent son disque en quadrilatères. 2, Pétales. 3, Calice ouvert et grossi, pour montrer le disque sur lequel sont insérées les étamines. 4, Pistil grossi. 5, Fruit entouré par la base du calice. 6, Une Valve vue en dedans et grossie, pour montrer la cloison qui provient également des deux sutures du légume, et qui est longitudinalement bifide. 7, Une Semence.

*Lavatera Phœnicea*

# 120

# LAVATERA *PHOENICEA.*

FAM. des MALVACÉES, *JUSS.* — MONADELPHIE POLYANDRIE, *LINN.*
*Syst. Veget.* §. 1. *Caule fruticoso.*

LAVATERA caule arboreo; foliis 5-lobis, glabriusculis; pedunculis solitariis, paucifloris; calice exteriore
caduco.

HIBISCUS arbor flore phœniceo. *BROUSSON.*

Arbre, peu élevé, remarquable par la beauté de ses fleurs; cultivé à la Malmaison, et chez M. Cels, de graines
envoyées de Ste-Croix de Ténériffe, en l'an XI, par M. Broussonet, commissaire des relations commerciales aux Isles
Canaries. Il passe l'hiver dans l'orangerie, et fleurit sur la fin de l'été.

———————

TIGE droite, cylindrique, rameuse, feuillée, recouverte d'une écorce cendrée et
crevassée; haute d'un mètre, de la grosseur de l'Index. *RAMEAUX* axillaires,
alternes, peu ouverts, marqués de cicatrices formées par la chûte des feuilles;
de la forme de la tige, pubescents vers leur sommet.

FEUILLES alternes, réfléchies, pétiolées, munies de stipules; profondément échancrées
à leur base, divisées en cinq lobes; presque glabres, d'un vert foncé sur la surface supérieure, d'un vert pâle sur l'inférieure, longues et larges de neuf centimètres. *LOBES* ovales, presque obtus, dentés, relevés en dessous d'une côte
rameuse, creusés en dessus d'un pareil nombre de sillons; veinés, inégaux; le
lobe moyen plus alongé.

PÉTIOLES articulés à leur extrémité inférieure, insérés dans la supérieure un peu
au dessus de la base des feuilles où ils se divisent en cinq grosses nervures; horizontaux, cylindriques, presque glabres, de la longueur des feuilles.

STIPULES distinctes du pétiole; latérales, droites, en lance, pointues, pubescentes,
tombant promptement, très courtes.

PÉDONCULES axillaires, solitaires, horizontaux, flexueux, cylindriques, presque drapés
ou hérissés de poils courts et disposés en étoile; de couleur cendrée, à plusieurs
fleurs, plus courts que les pétioles.

FLEURS penchées, pédiculées, d'un rouge de feu, sans odeur, plus grandes que
celles du *LAVATERA olbia, LINN.*

PÉDICULES contournés, à une fleur, articulés dans leur partie moyenne et à leur
sommet; de la forme et de la couleur du pédoncule.

CALICE double, drapé en dehors, glabre en dedans: l'extérieur d'une seule pièce,
à trois divisions droites, ovales et aiguës; très court, tombant promptement:
l'intérieur en cloche, relevé de plusieurs nervûres saillantes, divisé à son limbe
en cinq découpures ovales et pointues; du quart de la longueur de la fleur;
subsistant.

PÉTALES cinq, adhérents dans leur partie inférieure au tube staminifère; très ouverts, ovales-renversés et oblongs, striés, rétrécis et pubescents vers leur base, arrondis et légèrement crénelés vers leur sommet.

TUBE STAMINIFÈRE renflé et globuleux à sa base, cylindrique dans le reste de son étendue, nu dans sa moitié inférieure, couvert d'étamines dans sa moitié supérieure; d'un pourpre foncé, plus long que le calice intérieur. *FILETS* simples ou rameux, horizontaux, capillaires, très courts. *ANTHÈRES* réniformes, s'ouvrant sur leurs bords; de la couleur du tube. *POLLEN* formé de molécules jaunâtres.

OVAIRE orbiculaire, déprimé, sillonné dans son contour; glabre, d'un blanc jaunâtre. *STYLE* cylindrique, engaîné par le tube staminifère, et de la même longueur. *STIGMATES* nombreux, recourbés, linéaires, sillonnés en dedans, d'un violet foncé.

CAPSULES nombreuses, recouvertes par le calice intérieur, disposées circulairement ou verticillées autour du réceptacle sur lequel est porté le style; sillonnées en dehors, échancrées à leur sommet, comprimées, s'ouvrant intérieurement, à une loge, et à une semence.

SEMENCES presque de la forme des capsules.

*Obs.* 1.° Les genres *MALVA* et *LAVATERA* ne diffèrent que par leur calice extérieur qui est à trois feuilles dans l'un, et à trois divisions dans l'autre; j'ai dû rapporter la plante que je viens de décrire, au genre *LAVATERA*, parceque les trois divisions du calice extérieur font corps à leur base, adhèrent ensemble, et ne tombent point séparément.

2.° Le *LAVATERA phœnicea* est une des plus belles espèces du genre. La grandeur et la beauté des fleurs de cette plante, doivent la faire rechercher pour l'ornement des jardins.

3.° On cultive à la Malmaison et chez M. Cels une autre espèce de *LAVATERA*, également provenue de graines envoyées de Ténériffe par M. Broussonet. Cette espèce qui n'a pas encore fleuri, mais dont je possède de beaux exemplaires récoltés par Riedlé, pourroit être désignée par le nom d'*acerifolia*. Elle a les plus grands rapports avec le *LAVATERA phœnicea*, dont elle se distingue néanmoins par ses fleurs de couleur violette, et plus petites.

*Expl. des fig.* 1, Corolle ouverte pour montrer les pétales réunis à leur base par le tube staminifère. 2, Ovaire, Style et Stigmates. 3, Une capsule vue de côté. 4, Une Semence.

# TABLE ALPHABÉTIQUE

Des Plantes décrites dans les deux premiers tomes du JARDIN DE LA MALMAISON.

## ERRATA DES DEUX VOLUMES.

Page 3, ligne 1, Polygamie égale . . . . . . . . . . . . . . . . . lisez, Syngénésie Polygamie égale.

Planche 17, Diospyros *ambigua*. . . . . . . . . . . . . . . . . . . lisez, Royena *ambigua*.

Page 27, versò, Ionidium *strictum*. . . . . . . . . . . . . . . . lisez, Ionidium *linariæfolium* ; et ajoutez , Viola
*linariæfolia*, Vahl, Eclog. fasc. 2.

Page 91 , ligne 1, fam. des Sterculiacées. . . . . . . . . . . . lisez, fam. des Hermannies.

Page 96, ligne 7, *Placenta*. . . . . . . . . . . . . . . . . . . . . . . . lisez, *Receptaculum*.